吉普赛郊游

路魆 著

人民文学出版社

图书在版编目(CIP)数据

吉普赛郊游 / 路魆著. -- 北京：人民文学出版社，2024(2025.3重印). -- ISBN 978-7-02-018798-0

Ⅰ. I246.7

中国国家版本馆 CIP 数据核字第 20244UH829 号

责任编辑　卜艳冰　曹敬雅

出版发行　人民文学出版社
社　　址　北京市朝内大街 166 号
邮政编码　100705

印　　制　上海盛通时代印刷有限公司
经　　销　全国新华书店等

字　　数　185 千字
开　　本　889 毫米×1194 毫米　1/32
印　　张　10.5
版　　次　2024 年 8 月北京第 1 版
印　　次　2025 年 3 月第 2 次印刷

书　　号　978-7-02-018798-0
定　　价　65.00 元

如有印装质量问题，请与本社图书销售中心调换。电话：010－65233595

目 录

绞刑山索隐 /1

魔一般的黉夜 /29

去暹罗的船 /55

群星,娇娥,植物学 /97

乞力马扎罗的阴影 /129

吉普赛郊游 /153

焚风期杂病论 /205

静午的虎 /229

大禹归来 /253

磐石与云烟 /285

后记:山月遍照路迢遥 /325

绞刑山索隐

夏季是攀登绞刑山的好季节。可是那些年，我充当了一头拦路虎，守在绞刑山的唯一入口，一座位于半山腰的牌坊，不厌其烦地向各路登山者宣读劝诫词，劝他们不要进入绞刑山。我的嗓子都哑了，泉水也缓解不了这种焦躁的陈年喑哑。他们说我是山霸，还想留下买路钱贿赂我，放任他们进入深山远足。但我劝返他们不是为了搜刮钱财。

绞刑山的顶峰，有一座绞刑台，是古时绞死罪人的行刑之地，包含公开处刑，以及在夜里执行的私刑与复仇。在战时，它被敌人利用，绞死了我们的父辈与战士。父亲说过，那些不听劝诫非要硬闯的人，一旦见过绞刑台后，皆被梦中的幻影掐着脑袋、勒着脖子，猝死在清晨或日暮的睡眠中。他曾在山上的露营地里发现过这样的死者。所以，我在此请求、劝告、勒令：不要再进入绞刑山；那座沾满鲜血的绞刑台，更是不祥之物。

——我不确定这样说是否还具有说服力、震慑力。如果有人在听完后，反而对绞刑山更有好奇心，千万别以为我是在使用激将法。

"那什么……劝诫词？在文章开头就该写出来，"我身旁有一个微醺的饮者，朝我的笔记瞟一眼后说，"警醒无意间看到的读者，比如像我这样的人。"

"不行不行，"我立刻盖上笔记本，"那是因为……"我实在写得太入神，一个陌生人不知何时坐在了我旁边。我本应斥责他的偷窥行为，却忙不迭地先进行了自我辩护。

"酒会让你冷静一点，要喝吗？"

他又喝一口酒，望着我，期待我的故事。但我没有故事可说，只是再也无法掩饰下去了。这位饮者虽然喝醉了，有些口齿不清，但看得出来，他刚才提的建议是真心实意的，态度也是严肃的。我也就释然了，于是打开笔记，推到他面前，让他看看我在写什么。我想告诉他，那是因为——

因为什么呢？还是别说了吧。一旦开口就是欺骗。我处于一种正常的衰老状态中，但还没老到记忆快速衰退的阶段，然而这段无数次自我口中说出的劝诫词，随时日模糊淡去，再也无法完整地被我重复一遍了。因为词语的破碎，它如今已失去绝对的说服力。昨天它开始显露出说服力崩塌的迹象，而明天，将有更多不听劝阻的登山者进入绞刑山，不在少数，且与日俱增。我后悔当时没有以书面形式写下劝诫词，制成小册子，派给每个想从牌坊进入绞刑山找到绞刑台的登山者。

周遭险峻陡峭，那道穿越牌坊的通天石阶大概是绞刑山的唯一入口了。一夫当关，万夫莫敌，我尽了一位守山人的责任，用一段古老的劝诫词把一众登山者挡在牌坊外。劝诫词最初由父亲传下来给我，我后来对其进行了一番修饰：重置词语顺序，增添形容词，修改比喻，反复推敲声韵，夸大事实后果——我这样做是为了让劝诫词的震慑效果达到最大，增加说服力（但毋宁说，是为了取得耸人听闻的效果？）。那些固执的登山者，使我的工作变得永无止境。上一批登山者刚被我劝下山，下一批登山者又爬上来。他们不是被我的劝诫词吓坏了才原路返回的吗？为什么在我宣读那段如今已破碎的劝诫词时，他们却一个个嬉皮笑脸，在我结束宣读时，才闹哄哄地奔下山去？

不过，事实证明，这样做颇见成效。后来登山者越来越少到这儿来了，需要对他们进行劝诫的次数也因此越来越少。同时，我的劝诫技艺日渐生疏，而且由于对文字修饰过度，我最终把劝诫词原文忘了。为了不再发生这种失职之事，不久前，我养成了写笔记的良好习惯，竭尽全力寻回原文碎片。

现在，在山下旅馆里，我正做这样一件搜集碎片的活儿。我向旅客们打听自己当初为了劝诫他们说过的话，试图重组文本的最初模样。由于混淆造成失真，虚构对记忆产生的副作用此时终于显露出来了。他们每个人都有自己的版本，我不知道该信哪个。或许我应该对他们抱有完全的信任，因为他们所说的就是当初我对他们说的，他们没有必要对我说的话进行润色或篡改。

"我能告诉你的只有词语的碎片，再加上我杜撰的部分，里里外外，真假难辨。"我对饮者说，"如果你是附近的人，应该听过我多年前留下的版本，说不定记得的内容比我还多。所以，你还记得什么吗？"

"原谅我终日饮酒，不问世事。"饮者打着酒嗝，注视窗外黛青色的山脉，那里雾气氤氲，"略有耳闻吧，但我不可能比你更清楚。难道你没上去过？"

"惭愧。"我抓起笔记，往回收，"从未……"

"虽说真理需要实践检验，但我劝你不要去。"

"为什么不去？"

"当初不是你劝我们不要去的吗？"

"啊——我最大的障碍是我自己？"

我接过他为我点的酒水，然后才知道他是旅馆主人。我在他的旅馆里。他略微喝醉了，眼色迷蒙如夜，在这幽静的山下旅馆里，仿佛一切都在他的观察之中。山下的人大多认识我，至少听闻过我，但他们很可能是抱着怨恨和不满的情绪记住我的。我因为太专注阻止人们上山，甚少离开牌坊，十年如一日，身处人群中宛如一个外来者。

以往，从登山者的年龄面貌、装备衣着和谈论话题的变化，我可以感知山下世界的变化，但事实上，我根本不需要下山。绞刑山管理委员会是我的终身雇主，父亲在半山腰留下的农林产业也足够我吃喝过活。我多年来的工作减少了上山的人数，但山下新开的旅馆和酒家的数量没有因此减少。那是因为他们还有其他的消遣吧。

第一天，我就对山下的情况进行了一番巡视。当年因为轰炸被夷平的村舍重新规划修建，开发了温泉旅馆，附近的溪流和森林也都是极好的旅行去处。他们为何还要冒险进入林深路歧的绞刑山，寻觅那死亡之地？亲眼见到这些变化，我很惊愕。过去这么多年，连哪怕一丝动工的声音都没有穿过森林形成的屏障，传到我隐居在山上的那些恐慌紧张的日子中来，仿佛是他们故意为之的。坚定的隐居者常常被当成一个陌生人，我要靠辨识路牌和沿途打听，才能走入早已面目全非的山下世界，参与他们新颖的现代生活。我不敢走太远，害怕迷路，早早回到旅店。

"但我始终负有责任，保卫人们的安全。"我接着说。

"你的责任来自哪里？"旅馆主人问。

"我父亲。"

"令尊还好吗？他在哪儿？"

"他……"

"说到底，那不过是一座山。你的工作也只是一份工作。哪怕你不干了，以后要是有人上山遇了险，也没人会怪罪你。"

"你知道吗,守山人的工作从我太祖父时就开始了,一代接一代。我们一直生活在绞刑山。你们把旅游业拓展到这儿来,不太明智。我们不会让其他人上山。再说,绞刑山管理委员会也一直非常尊重我们的传统。"

"原来如此。"

旅馆主人点点头,叫他妻子为我续杯。旅馆女主人走过来,不情不愿地往我杯里倒酒。临走时,她站在我侧后方,瞥了我一眼。我看不到她,但感觉到了她那道刺人的目光。"若不是你,房间订单早该爆满啦。总有些天真的顾客相信你。"说完,她快步走开了。

旅馆主人没有呵斥他妻子的无礼,说:

"话说回来,你始终未曾到过绞刑山的顶峰,也就是绞刑台。我在想啊,恐怕……这种责任并不值得你肩负?"

"听起来确实如此。"

"那你怎么知道上面有问题?"

"劝诫词就是证据。绞刑台是不宜参观的。"

旅馆主人拿纳粹集中营做例子进行比较,认为种种暴力与死亡都存在被凝视、审判与见证的价值。好吧,他说的集中营,跟我守卫的绞刑台一样,当然都是肃穆的遗物,但前者带来的死亡已经被正义终止,而后者犹如一座休眠火山,仍敞着令人心绪不宁的火山口。谁敢肯定,山下温泉的热能不是来自流动的熔岩呢?我们活着时应远离死亡，自投罗网增加死亡国度的子民数目并不是什么值得称赞的善举。

"总之，绞刑台是不祥之物啦。"我囫囵地总结，"它能留下来，仅仅是为了……见证。但这样的见证需要付出代价。"

"好吧。绞刑台若是不祥之物——"旅馆主人不服气似的灌了一口酒，"管理委员会的人自然会拆掉它，又何必将它留下？"

"拆掉它？"我放下酒杯，"集中营如今被拆掉了吗？"

"嘿！"旅馆主人面露愠色，闭上眼，似乎醉了过去。

这是我入住山下旅馆的第二天，交谈不算愉快。旅馆主人有所暗示，对我继承的工作也有所质疑。但喝酒后，我的身体出奇地感到畅快。在山上的年月，为了保持神志清醒，以防在迷醉的夜里出现漏网之鱼，我从来滴酒不沾。用泉水泡茶是我唯一的饮品。饮茶后的夜晚总是多梦，梦见绞刑的执行以及罪人的呼救。大概是因为，顺势而下的泉水曾流过那些被埋在绞刑台附近的死者骨骸吧。被骨殖、毛发和棉麻衣服滤过的泉水，浸润肠胃，扰乱思维，引起夜晚的死亡幻影。即使未曾到过绞刑台，我仍可根据奇诡的梦境体验证明人们不必费尽心思到山上去，守山人的工作具有无可撼动的必要性。

此时此地，有两种令我不安的情绪：旅馆主人藏在言辞间的质疑，女主人过于明显的怨怼。除此外，其他旅客对于我的提问，离奇地表现出热情和善意来。他们明明受制于我，未曾有机会穿越唯一的入口找到绞刑台，如今见我下山来，却没有对我向来坚持的看法提出真实性的质疑，看样子也没有趁机溜上山去。要么，我的劝诫工作早已形成一道不成文的法则；要么，他们终于发现，其实山下的娱乐消遣，比大汗淋漓的登山活动有趣得多。

我破天荒地下山来，稍晚些时，为旅馆带来了一些额外客流。女主人对我的态度有所缓和，还主动为我添酒，希望我尽量坐在显眼的位置。只是她仍流露着莫名其妙的讥讽，好像我有责任当一个吸引客人的活招牌，弥补这么多年因守山工作给她带来的客流损失。

提供词语文本的旅客越来越多，他们把这件事当成一种解谜游戏，要为我推理出谜底，哪怕我将用这个谜底再次牵制他们上山的脚步。他们围在我身旁如同看马戏，为了消除围观带来的不敬，又略显刻意地向我打听更多关于绞刑山的幽暗历史。可我能说的已经说完了。我从父亲那儿继承的仅仅是一份无尽的工作和有限的背景知识，深谙自己只能对其复述和修饰，唯独经不起材料性的延展。父亲也是从祖父那儿继承了这部分内容，并在传授给我时损耗了某些部分。语言损耗，是这项劝诫工作必须面对的风险。这也是一项缓慢告别语言的工作。

旅客过分热情令我困扰。我暂停工作，躲回房间，整日坐在床上。一个舒适宁静的房间，比我在半山腰那间蚊虫肆虐的小屋更好。一扇圆窗，开在床边的墙上，从床上坐起，侧头便能透过窗看见绞刑山的正面全景。过去身在此山中，林深不见景，现在正面远眺绞刑山轮廓，我竟感觉这只是一座平平无奇的山脉。天下奇山想必大有所在，绞刑山却是我一生的全部。我屈从于它的历史。我从未上过山，下山是迫不得已之举，为此我鼓足了勇气。

绞刑山历代的守山人过的是一种什么样的生活？这种工作真有价值吗？守护的到底是浅薄、无知、鲁莽的登山者的安全，还是说，我们仅仅继承了一种不可摆脱的沉重责任？绞刑山管理委员会从来没有对我的工作提出过质疑，还不时派人来问候我，担心游客刁难我。当然，他们只是出于绞刑山开发程度低、登山存在人身风险的缘故吧，而不是惮于绞刑台的恐怖阴影，才默许了我们这份工作的正当性。可是，现在的绞刑山下人流如织，旅游开发势不可挡，死亡也近在咫尺。我忧心忡忡地盯着牌坊方向，时时刻刻想象：那些一意孤行的登山者啊，忽视我留下的封条和警告，越过牌坊进入绞刑山深处，最终在见到绞刑台时，把他们一生的美好天真葬送在犹如噩梦的一瞥中！

第三天，旅馆女主人亲自过来照顾我的起居饮食，提供的却不过是稀粥、酸菜和烙饼。与这干巴巴的饮食截然相反的,是她那种过分亲昵的态度。她把食物搁在桌上后,在离我床边不远的椅子坐下,朝我微笑,有什么话到了嘴边又咽下。这其中恐怕有什么错误。我迅速从床上下来,恭敬地坐到桌边。

见我慌乱的样子,她才连忙解释说,这经过了她丈夫允许,而且这房间也是他特意为我挑选的,说是为了让我获得一种"宏观的视野"。为了劝诫他人,我养成了直截了当的个性,该说的会毫不犹豫地说。此刻它却不起作用,我不知该如何回应女主人由于错误地表达自己的热情,反而显得怪异暧昧的态度。

"别回山上去了吧?你考虑过在这儿住下来吗?"女主人问,"要是没问题,这个房间以后就是你专用的啦。"

此话目的昭然。我迟疑不应。下山后,我没有能力守山,却为他们增加了客流。我只是一只偶然下山的猴子,人们乐于观察我的言行,纷纷围上来,到了明天,他们还会突发奇想地用面包投喂我,要我表演几段滑稽的舞蹈呢。

"工作结束后,我会回到山上去。"我说。

为表示领受好意,我还啜了一口粥。

"这几天,你也很享受山下的生活对吧?你应该花点时间,去泡泡温泉啊,和其他人说说话啊,舒缓一下紧张的神经也好嘛。"女主人继续劝道,"山上要是有危险,我们自然会知道的。"

"不,你们一无所知。"

"怎会不知道?很多人可以做证——"

"能做证的人都没有活着回来!"

我真是忍无可忍了,客气地请她离开房间。离开前,她还叮嘱我记得用餐。她一出门,我就隔着没关严的门缝,听到她一声叹息,说我是老顽固,脑子有问题。从晚餐开始,我就没有错过任何一次亲自下楼用餐的机会。我还没到需要人伺候的地步,也不会为了旅馆的专属服务,就献出猴子似的滑稽表演。

不过,迟些时候,我确实没按捺住心动,去了一次附近的温泉。

温泉是露天的,一个个形状不规则池子冒着热气,分布在小山丘上,有桂花池,玫瑰池,红酒池,咖啡池,当归池,等等,功效不一。一张温泉导览图介绍,这温泉里的水来自山上。但我怀疑那只是自来水,经过锅炉房加热后,输送到池子里来。但,万一这真是山泉呢?池边热气氤氲,我不敢下水。泡在被死者骸骨滤过的泉水里,恐怕是不祥的。团团热气模糊了灯光,没有人发现白天他们拥簇围观的守山人,此时穿着一条裤衩,呆站在池边不敢下水。

旅馆主人口中的集中营附近,难道会打造这么一片亵渎悲伤的游乐园,供参观完大屠杀历史的游客消遣游乐吗？我在石阶上站了一会儿，待鹅卵石暖了脚板后，才慢慢地把疲倦僵硬的身躯浸入发烫的温泉中。夏夜风大，森林凉爽，甚至有丝微寒，即便泡温泉也不会很热。奇异的舒畅从脚底开始向上蔓延，我忽而有了困意，夜色迷蒙中，透过池边疏落的灌木丛，望向月下的绞刑山。密树摆动，山的轮廓如波浪摇曳。

隔壁池里，有一个女人的半裸身影，在水雾背后隐隐约约。那是一个玫瑰池，花香四溢。池子间的鹅卵石小道，隔绝了泉水互通。我所在的是一个棕色的咖啡池。我朝玫瑰池爬过去，像一只皱巴巴的蝾螈，从一个泥泞的池塘爬去一个清澈的泉眼。我的膝盖骨硌在鹅卵石上直生痛。热气抚平了她脸上的皱纹。我仿佛也恢复了年轻态。泡在同一个热池里，我们用四肢划拉着水，但终究没有越过水波，有进一步的肌肤之亲。我知道一旦这么做，我将永远被禁锢在旅馆，做一只为她表演的猴子。

热得口渴了，我趁机起身去便利店买水，左挑右选，买了一瓶用山泉酿造的烧酒。收银员对我手里攥着的那几张褪色的旧版本纸币感到不解。这样的烧酒却不会令人发噩梦，那夜我睡得特别踏实。是因为浓烈的酒精盖过了山泉中的往事杂味吗？不，那根本就是普通的自来水吧。平庸总乐于扮演深刻。明明抬头就能望见恐怖的山巅，而他们低着头，一片欢声笑语。这里毫无凶险之感，人们已在重建的盛世中乐而忘返。

回旅馆路上，我遇见了旅馆女主人。从温泉出来后，她两侧的鬓角仍有些湿。我们对刚才在池中几欲发生的某些事情避而不谈，像是偶然在路上撞见的。她先以旅馆女主人的身份客气地问候我，又说我们之间若是有矛盾和误会，那也单纯是出于旅馆经营的缘故，但她对我奉为使命的工作是充满敬佩的。我口头上感谢她的理解，但并不认为她真的理解当中的价值。首先，我们赖以生存的价值根本不一样。这种巨大的分歧一度消解了暧昧，即使走在无人的黑暗小道上，始终存在一道磁力排斥似的，我们没有靠近彼此。

她提起那天她丈夫问我，但我没有回答的问题："令尊还好吗？"她以为这是一个可以缓解局促的话题。但涉及父亲的话题，在我看来任何时候都有点不合时宜。父亲正是那个能为绞刑山的神秘与危险做证，却没有活着回来的人。

"听见了吗？"我指着绞刑山。

"嗯？我听听……"她侧耳谛听，"只是风声？"

"那是魃的号叫。"我说，顺便模拟这种猿猴的怪叫，吱吱——嘎嘎——"十三年前，我父亲上了山后没有回来。我想过他会以各种方式回来找我。后来山里多了魃的号叫。如果不是魃吃了他，就是他死后化为鬼魅的魃，还在努力吓跑登山者。"

她的脸浮起一道玄思的神色，又抚平了那些皱纹。

也许她真的在思考这个问题,但没有再问下去。即使她再问下去又如何?讲述再多的故事,也无法改变我们的关系。还没走到旅馆,她就要和我分别。也许她平时住的地方不是旅馆吧。

"你说得没错,我应该多去泡泡温泉。"聊天结束前,我觉得讲点题外话可以驱散刚才的尴尬气氛,为今晚的邂逅留下一个完美的句号,"今晚泡完温泉真是舒畅!"

"哦,你去泡温泉了?"

"你……没有去?"

"我才散步回来,准备去。"她指着不远处的一家温泉。那是一家专供女性客人享用的温泉,专用,专情,荡涤了暧昧。方才沾湿旅馆女主人鬓角的,只是夏夜的汗,玫瑰色的汗……

"你要相信,山下的生活是进步的。"她又说,"就聊到这里吧。你可不能进去哦。"

"再见。"是的,我不能尾随她踏入文明进步的场所。

这几天,她在我眼前展现了三种分身:狎昵的、暧昧的、庄重的。我看见了一种转变,像流水结成坚冰的过程,从浮荡变为稳固。接下来是什么?庄重结束之后是什么?是无情,是冷漠,是陌生?从水到冰的转变,是一种进步吗?但同一种物质在几种形态之间变化,没有进步可言,是顺势而为罢了。那么,从山上走到山下是一种进步吗?我不相信这种进步。但我相信堕落。

一座冰山结成了，矗立在我身前，横亘在我和他们之间。

父亲曾说：愚公移山，我们守山，干的虽是南辕北辙的活儿，可无疑我们是同道中人，一南一北地走，终将相遇。

——我忘了他传下来的劝诫词，却还记得他的日常譬喻。

十三年前的一个凌晨，父亲终于走向绞刑山的顶峰。

"劝诫词忘得差不多了……"他事前哀叹，"没人会再信我。他们不怕死。他们不怕死，是因为我的劝诫词失去了说服力。我每天要花一炷香的时间，才能稍微想起劝诫词来，有时候，它还会跟梦话混淆在一起。"

"你忘了，但我还记得。"我说。

"只是我也不肯定，我传给你的劝诫词就是最初版本。"

"我们还可以抄写下来，以后它就不会变了。"

"纸上得来终觉浅，不是吗？"父亲又说，"没有我们守山人声情并茂去演绎，劝诫词不过是一纸空文。"

"哦！好吧……"

我不理解他当时为何要冒险，但他终究说服了我。我目送他上山，消失在露珠清冷的松林里。今天我也忘了劝诫词，而且后继无人。世上有那么多经文是因为手抄本才得以流传后世的，但我们从来没有真正动手把劝诫词抄下来。

身体和语言是守山人的两大武器：先将绞刑山挡在身后，再用劝诫词劝返来者。守山人还有两大威胁：身体衰老，无力保卫；记忆淡忘，语言损耗。父亲一定预见了，并在经受这样的威胁，才决定攀登凶险的顶峰，要亲眼看一看传闻中的绞刑台，重建劝诫词的威力和说服力。语言经验永远走在身体经验前面，当语言消逝，身体不得不成了最后的武器。

我无数次梦见父亲，梦见他那种陈词滥调式的牺牲：在语言失效后，为了警告愚蠢的世人，他把自己吊死在绞刑台。一种昭告，一个展览，一次捍卫。

但是，父亲，您看到了吗？愚公的后代早已不移山了，他们就泡在温泉里，他们用花香、酒精盖住水中的尸臭。父亲，若那魍的叫声是您发出来的，请不要在清冷的夜里叫得太凄凉，那时登山者还在旅馆的梦中，聋了似的听不见您的恐吓，只会让孤身守山的我感到害怕，怕得胃痛，怕得一夜之间枕头上落满头发。而午夜渗进小屋、带着尸骨寒的风啊，又让我毛发稀疏的颅顶浸满人间凉意！

他们大发善心地建议我，假如遇着这样的凉意，最好到温泉去泡一泡，以防患上伤风感冒。啊，巨大的诱惑！于是，我又一次去了泡温泉。我享受当归池带来的暖意，却又感到发闷作呕，终于忍不住当着众人面，在池水里呕吐起来。池水飘满胃里的残渣浮沫，功能从"驱寒"变为"驱人"。他们捂着鼻子，纷纷爬出去，指责我为独占一个池子，甘愿泡在自己的秽物里。我到他们当中来才几天时间，他们就已认不出我是绞刑山的守山人，问我是从哪儿来的疯子、乡巴佬，竟穿着大裤衩下来泡温泉？又问我知不知道，有一种东西叫泳衣、泳裤，还有啊，温泉池跟痰盂和便池完全是两码事。山下世界已经将一切事物细分，一种特定的事物对应一种特定的场景。我，对应着——现代社会的坟墓。一个不幸的疑问：我有资格埋在他们的公墓里吗？没有。因为一定存在一个与现实阶级清晰对应的死后世界，我们只会把无尽的争吵带到那儿去。我最好的归宿是被抛尸山上，埋在绞刑台底下——对于这个决定，我们的观点将罕见地达成一致，皆大欢喜。

旅客提供的词语支离破碎，字不成章。我在旅店继续待下去，已无更多意义。下山探寻已失败，向上求索是唯一的道路。为重建劝诫词——不对，不如说，是为了重组一段我本人版本的劝诫词，我决定以身犯险，独自进入一座因为我们的劝诫工作变得近乎不存在的隐山。那年离开前，父亲曾在豆大的油灯下低语：我不入地狱，谁入地狱？我继承了他的劝诫：绝知此事要躬行。

我结清了旅店的住宿费。旅店主人得知我要登顶，每天沉溺酒精的他那天第一次没有喝酒，吩咐妻子为我准备登山装备。对于我即将踏上一条危险的道路,他没有担忧,反而感到高兴,说我终于开了窍。

我们回到我楼上的房间。从窗户远眺,旅馆主人问我知不知道自己的小屋具体在哪儿。在宏观的视野下,绞刑山一片苍茫,除了绿色森林和灰色岩石,难以辨认其他事物。他随手指了个地方,像在水墨画上指出一个小墨点,说:"那儿就是。"那地方离山脚有一段不小的距离,但它还远远不到我原先自认是半山腰的位置。我的小屋离顶峰似有十万八千里路。

"太高了,太远了。"我感到了艰险,甚而揣测,那些受害者是死在艰险的路途中的,最终因为绞刑台而死的实则寥寥无几?

"你得先到那儿去才知道。"他说。

"收拾好了。"有人敲门进来,是女主人。她递来一个背包,里面有干粮、饮用水、登山服、头盔、电筒等等。今天她的分身形象又变了,面容宛如我那位早逝的母亲。她在背包里藏了一瓶烧酒,趁丈夫不注意时,在我耳边说:

"假如夜里听见魈叫,喝一口酒,壮壮胆……"

旅馆主人夫妇目送我离开。旅客们也拥簇着,站在他们身后,像长辈身后的一群直系旁支的兄弟姐妹,脸上挂着嬉皮,笑脸,严肃,疑惑,讥讽……我从未一下子见过那么多张脸。我缓缓地朝山上走去。苦修已是一个老土的笑话了吧？我有想过留下来吗？过一段现代的生活，娶一个妻子，在温泉里缠绵，在山之外周游？

也许有吧。但我不过是一个下山化缘结束，准备打道回寺的僧人。

我化到的缘全藏在背包里了。温泉的暖意腐蚀了我的骨头。在旅店睡醒后我的头发又落了几缕。人们脸上的表情神色，比山间风雨树林的变化加起来还多。我可不能把这些全都带回山上去，实在太沉重了，不能再压垮我本已劳损不堪的双肩。除了干粮、酒和登山服，我不得不把余下的东西在沿途丢弃。

回到牌坊，我发现下山前留下的封条没有被撕毁。我不在这儿期间，登山者对登山是不是不感兴趣了呢？因为与我进行一番对垒，才是他们硬闯绞刑山的最大乐趣，我是他们约定好必经的游戏关卡。我们的登山者多么好斗啊！若没有他们一次次来挑战我的法则，我的工作也就失去了意义不是吗？若没有劝诫的对象，"劝诫"一词也就难以成立了不是吗？重建劝诫词迫在眉睫。

莽莽群山，魈已屏息。唯独夜愈深，从山巅顺流而下的泉声愈响。我沿着泉水发源的方向攀登，想象在山顶见到父亲将自己吊死在绞索上，在风中晃荡，而我步向森森白骨的景象。

树木编织的致密穹顶遮住了月色，泉水失却了粼粼波光。我突然站在泉水的汇集处，面前有几道支流，指向不同的方向。作为守山人，我对山路竟然一无所知，此时难辨方向，如迷途的登山者。登山者曾体验过的迷路、恐慌、泄气和死亡，我今夜才有了第一次体验。没有切身的体验，劝诫词不过是一则空洞无物的教条。我感到沮丧，霎时停住了脚步，打算往回走。此时，大风过林，魈的号叫又响起了。

如今选择下山，也失去了方向，我只好继续前进。几次走到峭壁边缘，看到一些挂在悬松上的旅行者衣物，从颜色看，有些时日了。那些尸骨无存的登山者，其实比我更清楚登山的风险吧？而我知道的太少了，胆倒是大，丢弃了旅馆主人夫妇好心为我准备的物什。恍然想起童年时，在林中孤身走夜路，大彻大悟似的，大喜又不惧，总能在恰当的时刻遇见明月星辉，折返回到牌坊处的小屋。在那里等着我的，是夜烛和米香，又听见父亲在房间里与母亲交谈，吩咐她明日下山采购灯油火蜡、柴米油盐。我们这些男性极少下山，现代的教育与见识来自女性从外面带回来的消息与书籍。地母和人类母亲哺育了我们。此刻我却丢失了童年时的无畏和澄明，不知不觉迷了路。

很艰难地，我才来到平坦的山腰处，看见经过一条修葺过的山径。山径的人工痕迹明显。有人居住深山，而我向来不知？松针结满冰冷的露珠，我口中哈的气立刻结成雾。实在太冷了。沿着山径走，就绝对不会出错。

摸黑再走了一阵子，前方似有拦路虎，出现了一座高耸而起的阴影。那不是树丛，不是山丘，应是一间小屋。我绕着小屋走，冷得实在想破门而入，以求度过这凄清的山中之夜。

忽而，窗内亮起鬼火似的烛火，还有呼吸般起伏的炭火，照亮了两张衰老的脸。两双沉寂的眼睛盯着面前的炉火，拱起的双手在取暖。我甚是惊惧，不敢作声，冷得颤抖的手却忍不住敲了敲窗框。两双眼睛齐齐看向我，平静，漠然，没有惊讶。他们互相交谈了一下，其中一个人走到门边为我开门。

我们一起坐下来，在炉火前取暖。炭火里，有烤焦东西的味道——他们在烤番薯。我不经意地打量他们的脸庞，发现他们跟山下旅馆主人夫妇是多么神似啊，或说，所有给予善意的人都拥有相似的五官构成吧？他们一直不和我说话，不打听我的来去，等番薯烤好了，用木棍挑出来，剥好皮，递给我。那夜，我们始终没有说过一句话。我感到幸福，为这没有语言的生活感到幸福。也许，语言不必用来战斗，它甚至可以没有。滚烫的番薯在口腔里烫出一个火辣辣的水泡。待灯油枯竭，也没人起身添油。炭火仍在闪烁。随着火苗黯淡，我们三人仿佛一直在缩小，小到只剩一双倒映暗火的眼睛。我们三个是时代的遗民。

过了午夜，又有人敲门。这山里还有人？我一下子挺起背，见主人家没动作，只好主动起身开门。外面更冷了，竟落了霜。等在门外的，是一对年轻情侣，他们偎依在一起，打着哆嗦，说跟团队走散，迷了路。

"你们从哪里来的？"我把着门。

"山下。"

"没看见警告吗？"

"哪有警告？冷死了，快让我们进去吧！"

炉火前的空间更窄了。我们几乎拥簇在一起，汲取那微弱的炭火暖意。老夫妇瞌睡了一会儿，起身卧床而眠。情侣问我，我是借宿的人，还是老夫妇的儿子？我说不认识两老，不过也是一个迷路的人。这时，大风刮起，从窗棂渗入，骤然有了寒意。情侣不约而同地望向漆黑的窗外，又说，怕是来不及到山顶看日出了。

"你们是从哪条路上来的？"我问。

"只有一条路。"

"哦，是的。"

柴薪不足，寒意积聚。他们打算把手中的地图册烧了。我及时从火中把它救了出来。但屋子昏暗，我老眼昏花，看不清地图册的文字，于是折起来塞进口袋。我记起背包里还有酒，于是和二人一起分了饮。酒饮下后，身体也暖和了，我们的头脑渐渐清醒。我到门外搜集了一些木屑和松针，投入火里。松针呼一声燃起，屋子瞬间大亮。我看见情侣正警觉并略带惊讶地盯着我。他们以赶日出为由,动身离开屋子。

此时天色未明,山路险峻,为了尽一个守山人的责任,我只好尾随而行。他们加快脚步要摆脱我,铁定是认出了我来,担心会被驱赶下山吧。我是一个守山人,不是一个尾随者。为了显得庄重,我时而放慢脚步,时而四处张望,却怎么也像在模仿一头尾随屠夫,觊觎其骨肉的狼,目似瞑,意暇甚。

前方忽然一阵人声鼎沸。啊,竟有这么多人到山上来了?!我的工作出现了迄今为止最重大的失误!我快步前行,看见一群打着电筒的人,正沿一条弯曲的石阶朝山上走去。情侣二人大喜相拥。但在回到人群之前,情侣中的年轻男子转过身走向我。

"你准备好了吗?"他问。

"准备什么?"

"日出。大大的日出。照亮一切!"

"那你又准备好了吗?"

"准备什么?"

"踏上不归路。"

"谢谢你的酒。"说完,他回到女友身边。

他女友嘀咕了一句:"哇,我们会见证历史!"

"嘘——"

我孑然一身,怎能阻拦一代又一代的登山者前赴后继地去冒险?深知此时已无法劝返他们,我一下子失却了底气，低着头跟在吵闹的人群后，一起走在这凹凸不平的石阶上。石阶表面很粗糙，像是徒手凿出来的，不知连接山脚何处，但向上必定是通往山顶。人们一脸轻松愉快，交谈着，期待见证不久后的日出盛景。他们的愉快是对守山人工作的亵渎。人们又窃窃私语，不时回头看我，似在密谋执行某种私刑与复仇。

下山，下的是油锅。上山，上的是刀山。住在半山腰的几十年，我是被腰斩的迷途之人。但只要轻轻一跨，越过最高一级的石阶，绞刑山宽阔而起伏的顶峰，便在我眼前展露无遗。还没到日出时分，昏暝的天色下，视野混沌，而风极大。游人分散开来，四处观景。我随手抓住一个人的肩膀，问道：

"绞刑台在哪儿？"

"你说什么啊？！"他大声问我，试图抵御呼啸的风声，"绞刑台？你说那个吗？在那儿，在那儿！"

我浑身战战兢兢，半闭着眼望过去，模糊地看见在悬崖边有一座由几根木头搭成的架子，横跨在一道一丈宽的崖口上。崖口下，应是万丈的深渊。被绞死的人，当年就是悬在那儿的吧？在主横木下，有一个瘦长的阴影，正随风晃荡——我是不是看见了？是不是看见了父亲那具挂在绞索上已被风干的尸骨？他终于失败了！他果然绞死了自己！可是，人们对他用自身死亡昭示的危险事物视若无睹。

"哇——"有人惊呼。此时东方露出了曙色,日出已至。

我眼前的事物,忽然换了一种奇怪的模样。那具被风干的尸骨,只不过是一架秋千,由垂下的两根粗绳和一块坐板组成……

一座绞刑台;一架秋千。

我猜,父亲当年肯定也看见了吧?也许,他没有绞死自己?但跟死了差不多。也许,他正混在人群中,每天日出时到这儿等我上来,一等就是十几年?又或者,他花了很多年在山的另一侧,徒手凿出一条下山的石阶——一条全天下只有我不知道的石阶——从那儿走到山下去,再也没有回来?

我掏出地图册,看见小屋位置上标有一个红点。红点意味着是一个景点。景点名称写着:痴人说梦。人们沿着这条粗糙的石阶上山来,坐在秋千上,可以欣赏雄伟壮观的日出。当然,还有另一个选择,从牌坊的石阶上来的话,他们可以欣赏一段声情并茂的朗诵表演。表演者演的,是一个活在时代之外的痴人。但这些年来,他们对这种表演的兴趣也越来越小了。

是啊,对绞刑山而言,我没有比谁更重要。岩石草木前,死生同一。我缓缓呼了一口气,坐在秋千上,调整好坐姿,用力蹬了一下崖口岩石。当我把自己荡到最高处时,硕大的朝阳刹那间把天空染成了血红色。父亲,我知道劝诫词是什么了，不正是我身下这块易碎的秋千板发出的那种像是魈在号叫，又像是颈椎脱位的巨大爆裂声吗？

吱吱！嘎嘎！活像一道活着时的绞刑。

魔一般的夤夜

庄生晓梦迷蝴蝶，不仅是一句诗，还指庄生以及他的三个朋友：晓梦、迷、蝴蝶。庄生是明慧父亲的本名，其他三人的名字是由"庄生"派生而来的代号。做父亲的，大概都会期待孩子学会说话后，能先叫自己一声爸。但明慧第一声叫的，却是"庄生"，自此以后便没叫过庄生一声爸。虽然直呼老子本名实属不敬，但明慧这么叫却是理直气壮，因为这是庄生本人的意思。庄生不允许明慧叫他爸，或爹，自小教他喊自己庄生。并非他不想认我做儿子，反而是——明慧想，是他不喜欢父亲这个身份吧，似乎有什么道德或身份上的冲突。至于个中的理由，明慧虽是很迟地，但也最终知道了。

庄生、庄生、庄生……这么叫久了，渐渐地，明慧就把他看成是一个和母亲住在一起的老熟人罢了，至于父子亲情之类的东西，并不怎么热衷去辨认和确立。这样的好处是，他们之间没有血缘阶级压力，明慧不期待他父慈，庄生也不指望他子孝。

庄生唯一期望明慧能做好的，是要他到古山寺去打扫，勤勤恳恳，特别是擦拭弥勒佛身上的尘埃。"你替我去吧？我晚上出诊，白天没空。"庄生对明慧说，竟是客客气气地探询，又带着些许家长式的威严命令，"在佛面前记得谦恭，千万不要在寺里面撒尿。不听话，佛祖会把你的小鸡鸡收走。"庄生偶尔这样打趣，但大多时候他是很朴素的，说话节奏平缓沉郁，慢条斯理，没有任何顿挫之感，像来自收音机里的播报。

全县的人都称他是一等一的好丈夫、好父亲。奇怪的是，母亲对他竟然也是毕恭毕敬的，不像是自己的枕边人，毋宁说是座上宾吧。明慧没问过母亲为什么，倒是想起古代朝廷，君王高高在上，从民间来的皇后和她的皇子大抵是这副模样，表面是羡煞旁人的皇族，背后还是以严酷的礼教维系着，只是他们一家更世俗，也更和睦。

明慧十二岁开始去打扫古山寺，每周一次，打扫一次花上半天，通常周末去，迄今为止已有五年了。古山寺不是一个正式名称，它的原名是"夕照"，曾是全县唯一的佛门地。寺的匾额已不复存在，寺门的门楣杳无一物，空空落落。县政府派人拆走匾额那天，他还很小，也甚少到那儿去。夕照寺变成古山寺，是从它失去匾额的那天开始，无名也无分，空余一座寂静无人的深山院落，因此得名"古山寺"。

随着匾额一同消失的还有寺内大大小小的佛像。有人见过一桩奇事，说夤夜时分目睹过众佛夜行。不久后又有人说，是盗贼在运走寺里的佛像，释迦牟尼佛、送子观音、地藏菩萨、金刚夜叉，一尊尊行走大地，排着队离开县境。不知古山寺遭了什么罪，被盗走佛像也无人在意，无人报警，只有那些年轻人议论纷纷，觉得不可思议。寺庙被盗空后，唯独天王殿迎门的那尊弥勒佛免遭毒手，大概是祥和温润的笑容令盗贼也心生慈悲，留了一手吧。

夕照匾额最后流落何方了呢？总不会送去了博物馆。有个传闻，说它在隔壁临县的一个寺院挂了牌。乍听，仿佛是这个县被众佛嫌弃了，佛不再眷顾普度此地的民众，举寺搬到别的地头去。传闻未经证实，也许是有一座同名的寺庙新建落成吧。明慧由此猜想，庄生要他打扫古山寺的动机，大概是对这种被抛弃和忽视的不甘吧？曾经香火鼎盛一时的寺院不能落得如此下场，于是叫他去打扫维护，好歹那里还有一尊弥勒佛。

佛，也会孤寂吗？盘在一个座上，落灰积尘，别说是百年，要是数十年没有香客祭祀和香油钱，就算是弥勒佛又还能笑多久？县里的人处心积虑，只为一只摔不破的铁饭碗。另一边厢，有人一心向佛，难道是为了一个能坐上千百年不动的莲台？那时实在想不通古山寺所代表的佛门奥妙，不过打扫工作他可是一次没落下，一是顺着庄生的意，二是聊作周末的消遣。

古山寺在县城的山里，离市集很远，离明慧的家很近，只有一两里路。除了盗贼，平时别人没有闲情逸致登山拜访。那里因此成了他的私人领地,他在那里干什么都不会被人发现,哪怕朝铜炉里撒尿也不怕,除非弥勒佛的背后长了眼。

烧香的铜炉还在,盗贼没把它们偷走,因为倒卖佛像的钱就够他们吃一辈子了吧。雨天,铜炉灌满水,积攒多年的炉灰浸起泡,鸟粪里的草种子落入其中,很快长出植物来。有些植物是明慧没见过的,想必是某些从另一个地方迁徙至此的鸟带来的。给铜炉除草也是他的工作,不能让这里满目蛮荒,有时不舍得那些奇珍异草,只好拔下来,移栽到僧寮后面的菜畦里。渐渐地,僧寮就被各种不知名目的植物裹住。植物的根肆意横生,从地板砖下突起,把床脚也缠上了。

庄生特别叮嘱明慧,打扫要在午后动身,对谁也不许说,也不能让人看见。五年来,几乎没有人知道明慧在古山寺干了什么。遇到暴雨天回不了家,等雨停,等着等着,就入夜了,他也不怕,就在僧寮里过夜。有点宁采臣误入兰若寺的意思,床底下蛮缠的树根是姥姥的爪牙,只是不会遇见聂小倩,长夜孤单。

来古山寺的事并非谁也没说。庄生的另外三个朋友,也就是晓梦、迷、蝴蝶,他们各自有个儿子,分别叫风、雨、沛,都是单字名。明慧跟蝴蝶的儿子很熟,因为是同龄人。至于另外俩人,关系则是普普通通。蝴蝶的儿子阿沛,每次喊他名字都像骂人:"啊——呸!啊——

呸！"明慧没告诉阿沛，打扫古山寺是庄生叫他去的。但阿沛多少会猜到，要不然一个年轻人为何要去打扫寺院呢，总不会是想出家当和尚吧？

阿沛随明慧去古山寺，没什么别的事可干，只是半身匍匐在弥勒佛前，念念有词。明慧去井里打桶水，爬到莲台上，用抹布仔细擦拭弥勒佛圆滚滚的头，它的耳垂、眼眶、嘴巴，还有衣服的一道道褶皱。夕阳明亮时，擦净后的弥勒佛那黯淡的佛身显出微微金光。阿沛见状，念得更起劲儿，头也磕得更频了。每次站在弥勒佛旁，明慧都好似领受了他的跪拜。他这么做，不是求财，是为他父亲祈福，但也是为他自己祈福。阿沛跟他父亲蝴蝶一样，身体底子弱，瘦巴巴的，弱不禁风，只有一副骨架，没有几块肉，所以他父亲的代号起作"蝴蝶"，是很贴切的。

"下一个死的会是我爸吗？"阿沛擎住脑袋问道，呆呆望着明慧。

"这得问弥勒佛。"明慧跳下莲台，淘净抹布。

"你不怕？阿风和阿雨的爹都死啦！"他站起来，拉着明慧的衣袖，"大家心照吧！你搞清洁，我拜神，都是来求佛祖保佑平安的。"

"我可不吃这套呢，"明慧拨开他的手，"我爸是医生。我只知道，晓梦和迷都是病死的。要搞清楚，什么是科学，什么是偶然。"

明慧随意扫了扫庭院的落叶，就说要下山回家。阿沛掸掸膝盖的尘，也不吭声，跟在他后面一起下山。方才明明一片晴好，踏出门口没几步，竟然又是风又是雨。他们躲进僧寮的廊下避雨。阿沛望着天，打起哆嗦。天并不冷。见阿沛那病鸡似的可怜样儿，明慧忽然也有一丝惆怅，一丝恐惧。

晓梦是喝酒喝到肝癌死的。迷是抽烟抽到肺癌死的。庄生晓梦迷蝴蝶的四个人，已经死了两个。庄生和蝴蝶，昏昏然地，还活着。阿沛说，这是寺里的佛像被盗走所致的，大人们不出手阻止，这里不但没佛保佑，还降了罚。简直胡思乱想！我们县的人，生老病死，没有什么异常之处，不能因为四个好朋友死了两个，另外两个便无因无缘地也得死啊——只为死得齐齐整整？明慧想。

嘴上是这么说，但仔细想想，县里有不少男人总是年纪轻轻地就死在女人前头，留下一群孤儿寡妇。这县境内，男人的灵魂仿佛天生要比女人的脆弱。这里的食物，这里的水，腐化男人的身体，却磨砺着女人的心。明慧望着阿沛，阿沛又望着明慧，他们好像预感到自己也命不久矣，噗嗤一下笑出声。恰好一声惊雷，他们赶紧溜进僧寮里。

五年来，明慧在僧寮里过了许多个夜，每回庄生都不会来找他。他知道身在山里很安全，盗贼早就不盯这里了。五年来，庄生一次都没来过古山寺。母亲有时放心不下,还上来看看。那么多个夜,明慧都没做过梦,唯独今夜,梦的门敞开了缝儿。前半夜,他看见僧寮外烛火通明——原来的和尚都回来了,脚步频密,撞钟,晚课念经,好似蟋蟀在叫。有些和尚进来僧寮就寝,睡在他和阿沛旁边,谈论不久后举行的佛事会,说方丈今日接见了远道而来的高僧。后半夜,身边的和尚都不见了,进来的是一对牛头马面,绑着他和阿沛要到地狱阎王那儿去。明慧叫醒阿沛,他一下子醒了,原来也没睡着。他们坐起来,点亮一根蜡烛,发现手臂上全是红点。是虱子咬的。外面的雨还在下,铜炉里的水珠嘈嘈切切,好似梦里的晚课还没停歇。

"你看这红点,像不像烧香疤?"明慧袒露手臂。

"烧香疤是什么?"阿沛抓挠着,痒极了。

"和尚头上的那些点点啊。"

"我们睡僧寮,不就成了半个和尚,不能娶亲吃肉啦?"

"明天下山,我们就等于还俗了。"

"好——!"

阿沛叫得起劲儿,双眼却是浮肿的,蜡黄的脸仿佛病了许多年。下山后,明慧叫庄生给阿沛把脉,调理他这病恹恹的身体。庄生说,这又不是病,是命。明慧叫阿沛别娶亲了,怕他死在媳妇前头,免得县城又多一对孤儿寡妇。阿沛不信庄生的医术,说他又不是县医院的医生，不过是早年跟江湖郎中学了点中医的皮毛，竟然敢出来接诊。

对。庄生是江湖郎中，是某些人口中的黄绿医生，因为他没有执业医师资格。阿沛不信他，但信他的人多得去。他的医术在私底下是得到承认的。

"他要是真行，晓梦和迷怎么会死？"阿沛讥讽道。

"是病，也是命。"明慧竭力为父亲挽尊，"要搞清楚，他们死的时候，我爸还没开始学医！"

"好吧。他就是因为害怕死，才开始学医的。"

"这是什么道理？学医就不用死了？我们的名字早写在阎王的生死簿上啦。只是时间问题。"

是时间问题——

一般在夤夜，或说通常在夤夜，庄生才会出诊。那个时分突发的疾病，与其他时分的不一样，跟白天的更不一样，它们虽然有同样显著而相似的躯体症状，但时间才是至关重要的因素。若有人白天来找庄生看病，庄生会建议他到县医院就诊。对于白天的疾病，他表示能力有限，束手无策。这时，母亲再好心劝言几句，顺便送走来人。母亲是庄生的助手。她本来在卫校学习当护士，但因为害怕给人扎针，中途辍学了。一个是江湖郎中，一个是辍学护士，真是绝配。

问诊通常持续一个多小时。其间，母亲坐在人家的客厅里静静等待。接诊完，她才按庄生给的药方为患者配药，从来不用打针。明慧向母亲打听庄生是怎么给人治病的。她叫他少打听。

明慧悄悄研究过庄生开的方子，无非是几味去肝火、护脾胃的中药，夏枯草、山栀、柴胡、吴茱萸之类，并无异处。他因此断定，一切的关键在于问诊过程。可是，母亲也不知道庄生在房间里跟患者谈了什么，妻子的身份没有赋予她权力窥视那个神秘的问诊过程。没人知道庄生施行了什么医术，而他接诊过的患者，也一律默契地保守秘密，仿佛视之为生死契约。

"别的医生是白衣天使；他呢，是夜晚的鬼。"母亲说。

明慧没有为庄生提供什么实质性的帮助，但他认为，那些夜晚来求医的患者得以痊愈安康的福分，是他和庄生共同修来的。庄生修里子，明慧修面子。我在古山寺像个扫地僧似的，勤勉劳作了五年，弥勒佛没看在眼里吗？多少会有。明慧想。一个再小的土地公，也会保佑一方水土。

恍然间，明慧对阿沛的话有几分认同：庄生要我去古山寺打扫，就是为了多修福分吧，以天地灵气，运转体内阴阳，弥补非科班出身、自学出道的不足。只是身为医生，亲自去拜佛会显得迷信，怕被人笑话，哪怕是叫我替他去，也不能被人看见。庄生脸上朴素老实，心里还是有几分狡猾的。

一九九九年，六月的第三个周末，明慧没有去打扫古山寺。因为就在周六傍晚，明慧出了趟远门。那天夤夜还没到，庄生就说要临时出诊。这是他第一次不在夤夜出诊，也是母亲第一次不在他身边。这回，他叫明慧一起出门。他们要去的地方很远很远，要离开县境。明慧不明白他这么做的原因，又喜出望外，觉得离他的奥秘更近一点。我是否有机会窥探他的问诊过程？明慧望向母亲。母亲一句话也没问，一切顺应庄生的意，一边帮明慧收拾行囊，往里面放了些干粮，也不叮嘱他当助手要做些什么。她目送庄生和明慧坐上夜班车，驶入暮色。无边的暮色把无限的神秘带入他的内心。

夜班车的车厢没灯，路线图会发光，一个站一个小灯，站与站的连接线也发光，像一幅星座图，夜行洪荒。路线在第三站开始分岔，再分成三个方向，其中一条线的终点站是临县。明慧立刻知道，他们要去的是临县，传闻夕照匾额重新挂牌的所在地。明慧望向庄生，想问问他是不是这样。他整个人变成一团黑影，额头抵着窗玻璃。车身摇晃，暮色荡开如大海的涟漪，仿佛航行海上，离陆地越来越远。远方阴郁的岛屿尚未成形，却已经提前照耀他们的航线。如同一个黑浪扑来，船身一个颠簸，颠开了药箱盖子。明慧看见里面——竟什么都没有……他轻轻阖上盖子。什么都没看见。那天的世界，好像有什么变化悄然出现了，同时被他在无意间窥见。

车在临县停靠时，明慧没有感到惊讶，也不必多此一举问庄生此行的目的。无非是去看看那座挂着夕照寺匾额的寺院。这个时间，临县还在沉睡，大街小巷空无一人。庄生叫他拿出干粮，两人在路边凑合着吃了。明慧环顾四周，对临县没有太多新奇的感受，那种清冷的印象是跟庄生联系在一起的。也许这个县本不存在于世，是从庄生的精神世界延伸出来的空间，而他这次随庄生一起出行，只是走进了庄生隐藏在他生活之外的那个更广阔的心灵分区。

吃完早餐，天还没亮。看见环卫工出来打扫，他们上去问路，问之前，先打了个招呼。环卫工说，这么早出现在大街上的肯定是坐夜班车来的外地人，还断定他们应该是打算去夕照寺的。庄生愕然，默默点点头，又看明慧一眼。而明慧回望他的眼神，肯定是告诉了他：我其实已经猜到。他轻轻吁了口气，请环卫工给他们指指路。为了旅游营收，夕照寺并不远，就建在县的主干道边上。那是一座巨大的木质结构建筑，木漆刷得均匀锃亮，寺门飞檐下的榫卯层层叠叠，即使在昏暗的黎明，看起来也是磊磊落落的。当夜晚的灯全亮起来时，这里该有多金碧辉煌啊，肯定比古山寺要热闹！明慧痴迷地欣赏了一会儿后，发现庄生还站在路边，有好一阵子，他只是远远地观察夕照寺。

早上五点，还没到开放时间，寺门紧闭。寺内传来诵经声，窗内有点点灯火。和尚在做早课。庄生终于走到寺门前。顺着他的目光，明慧看到了夕照匾额，木和漆都是新的样子，也可能是被翻新过吧。

"那会是古山寺的匾额吗？"明慧问。

"不知。"庄生从镂空的浮雕孔洞朝里看，"再等等吧。"有人从寺里走出来，庄生便走到一边，或侧过脸去，生怕被人发现似的。

寺院开放后，庄生仍没进去的意思。等到艳阳高照的上午，游客和香客逐渐多起来了，他才叫明慧动身，一起随人流进去。从外部看，夕照寺已经足够恢弘，当他一路穿过各殿堂时，更是讶异：原来一个寺院可以如此富丽堂皇，诸佛镀金，供品繁多。这让明慧不禁想起凋敝的古山寺，和那尊无人供奉的弥勒佛。如果神佛是互通的，那无论是在这里受供奉，还是在那里受供奉，应该是一样的——尽管这么想，他依然感到落寞，在他眼里，山中的弥勒佛早已不是什么佛，而是他的一个被遗落在山里的朋友。空山无人语，一炷香下来，那些年，十几岁的明慧仿佛有一个上千岁的友人作陪。

这座夕照寺的殿堂结构跟古山寺差不多，也许天下的寺院大同小异。一尊尊佛像看过去，明慧几乎可以依照这里的形式，想象这些佛像假如放在古山寺的话，应该摆什么位置，摆上去后又会是什么模样，仿佛看见了自己守护了五年的古山寺原本的样子，兴奋不已。这还是明慧第一次看见真正的和尚,他觉得出家人与他们也并无二致,只是穿着海青,有些还留着一头黑发呢,也许是俗家弟子吧?若换上便装,谁还能认出他们?当然,也就不能凭外貌来断定善恶雅俗了。

除了禁止游人进入的区域,他把其余地方参观了个遍,觉得乏味了,回去找庄生。庄生形迹可疑,在人群里躲躲闪闪,四处观望,最后来到大殿前,发现了什么似的盯着里面。大殿里,只有交谈的几个和尚。明慧没见过他这样,好似一个平常严肃端庄的人忽然现出一副贼状。等到几个和尚离殿,庄生吸了口气,走到他们面前,却拘谨得说不出话来。他们好像认出了庄生,又不太确定似的,不知说了几句什么,便一起往后殿走去。庄生不时回头,应该是在找明慧。明慧一闪,躲在树后。

日影西斜,几个和尚和庄生才一道走出来。明慧装作不经意地走到他面前。庄生目光黯敛,面露忧色,要明慧向几位师傅行礼。他便鞠了躬。和尚安排他们在某殿内等候。他们说了什么呢?明慧不敢打探。落日照进殿内,晚课开始。庄生要他站起来。听到指示后,他们走到指定位置,和其他一起参加晚课的信众唱诵。因为不熟悉经文,明慧咦咦哦哦地伴装。虽然听不清庄生念的是什么,明慧却浑身一抖,因为从他口中吐出的无疑是流畅的且与其他人发音一致的经文,节奏也很是得当。晚课结束后,他们在斋堂简单地吃过,其间不见那几个和尚。他们来到寺门外准备离开时,几个和尚才再次出现。

"这事还得再问师傅。"一个和尚说,"要不,你先回吧?"

"明白。有劳了……"庄生回答。

他们又坐上夜班车,连夜回家。今天在寺院发生的事,庄生没作一字解释。他与和尚貌似曾经认识,大概就是在那刻,明慧暗暗猜测了一些事。他不敢想象一个这样的父亲背后会有什么灰暗的历史,或隐而不露的悲戚,到了要求助和尚的地步。但也许像夜班车的路线图那样,由一生三,此事会有多种可能吧,不能就此断定……

回家后,明慧立马去找阿沛,告诉他在临县的所见所闻。如果他要祈福,应该到临县的夕照寺去,那儿更热闹,也会更灵验。但母亲却叫明慧别去,说阿沛家在办丧事。什么丧事?!难道蝴蝶……明慧还是去了。阿沛家门前,果然有些穿麻衣的人在办丧事。一群宾客在低声交谈。明慧在路口看着,不敢走过去。阿沛就在门口石墩上坐着,见了他,急匆匆跑过来,问他这两天到哪儿去了。

"蝴蝶、蝴蝶,我爸,死了——真的死了!"

"我知……是怎么回事?"

"庄生没告诉你吗?我爸那晚骑摩托撞到电线杆,就那么一下，人就死了——恰好死在他面前。"

一问才知道，蝴蝶死的时候正是他们去临县那晚。庄生是见到蝴蝶死了，才生出去夕照寺的念头的吧？难道是害怕下一个轮到自己所以去祈福吗？

"最后一个肯定是你爸。他们是不是干了坏事，招了天谴？"

"什么天谴，别咒他！"明慧气急了，"晓梦和迷是喝酒抽烟死的，你爸是意外撞死的，请问我爸有什么理由死？"阿沛哇一声哭了。门口的宾客纷纷打量明慧，仿佛盘算着不久后是不是要去参加庄生的丧礼。

晓梦的儿子阿风，迷的儿子阿雨，他们两人也在人群中。明慧刚说的那些有所冒犯的话，他们应该也听到了吧。他们齐齐向他走来。这时，阿沛还在一旁抹泪。明慧难堪极了，感觉即将被责难。阿风是他们四个孩子中年龄最大的，他爸晓梦是四个父亲中第一个死的。阿风不是来责难明慧的，他提议大家一起去散散步。阿雨是个沉默的人，极少听见他说话，烟是他父亲的死因，雨是他的名字——每当烟雨濛濛时，明慧就会想起这一家人。散步其实是借口，阿风带他们上山，不知不觉也就走到了古山寺外。

昨日没打扫，庭院不见几片落叶，弥勒佛也没有显眼的尘埃。明慧想，也许我的工作本来就没有什么意义，完成的只是庄生对古山寺的某种期待或寄望。

"这寺有些年头了啊。"阿风四处走动,"庄明惠,庄生没告诉你,叫你来打扫是为什么吗?"

"没有。"

"你真不知吗?"

"真不知。"

阿雨和阿沛似乎知道些什么,看着明慧又不说话,等阿风把话说下去。

"庄生晓梦迷蝴蝶,真是够诗意的。"阿风说,"这四人曾经是和尚,你知道吗?"

在夕照寺,明慧自认为离奇的猜测在这里得到了证实,只是没想到,其他三人也曾是和尚。无论前者还是后者,这样的事一旦被证实,他便为一种晦明不清的事物感到恶心,难以理清其中曲折的过去。

"你怎么知道,听谁说的啊……"

"我爸临死前告诉我,庄生晓梦迷蝴蝶是一起当的和尚,也是一起还的俗,就在这座寺院。他死就死吧,到头还要告诉我这种事。"

"还俗做白衣,有何不可?你们说是吧……"

明慧感觉自己的质疑缺乏底气,最后话都说得飘忽了。

如果这其中有一种关乎生死存亡的因果关系,阿风认为大家都有权知道这件事,于是在听闻蝴蝶死后,终于决定告诉阿雨和阿沛。只是现在,这两人再没机会去问自己父亲了。但他们还有母亲。难道她们不知情吗？不可能。是母亲的身心，最早接纳了父亲无法低伏的俗世之欲。他们自然有还俗的权利，这跟阿沛口中说的干坏事、遭天谴又是两码事。但他们没法下定论，看看彼此，感到无奈，仿佛因某种命运而结义了。他们三个人的目光齐齐落在明慧身上，因为最后一道命运目前尚未在庄生的身上应验。

"凭什么庄生要死？"明慧问。没人找得出理由。

他们在僧寮的床板上躺歇，四人一字排开，看着漏雨漏光的屋顶。当年父辈四人在僧寮夜寝，是不是这般光景呢？沉重的气氛被一种奇异的历史对照消解了。他们还谈起当和尚的生活，会有什么戒律清规吗？每日打坐念经会不会憋得慌呢？最后阿沛说，今晚要守灵，他先走了。大家想起山下的烦忧，心也被搅乱，不明白庄生晓梦迷蝴蝶为何要还俗，吃斋拜佛明明也乐得自在逍遥呀。

蝴蝶终于死了，只剩庄生一人。他因此感知到本体的存在，走出梦的树林。

明慧回家去，一边想，父亲和母亲会在小餐台上等我，一起落座吃饭，到晚上，睡在一张床，同床异梦。这是俗世之家的真谛。

渡人先自渡，救人先救己。庄生自渡了吗，救己了吗？若他有所动摇，为信众和疾者修福分，又好似只是进行了一场缺少主诉对象的虚妄祈祷。他已经好几天不出夜诊了。夤夜时分，母亲守在门口，或者守在电话旁，一旦有人求医，借口说庄生抱恙，请对方到县医院就诊。蝴蝶的丧礼，庄生也没到场参加。他亲眼看着三个朋友陆续离世。他在房间里抽烟、喝酒，把头往墙上撞。只是这样做，人就会死吗？不完全对，是时间问题——要抽十几年的烟？喝十几年的白酒？而撞死自己，一定要在人最脆弱的时分，在夤夜，亦即寅时，凌晨三点至五点。他要活着，要一人去承受三种死。

母亲在庄生的房门外踟蹰着，想劝言。但她劝不动。一种痛苦不会自动消失。

"妈，我都知道了。"明慧说。

"惠，"母亲仍看着房内的背影说，"你去睡吧。"

"妈，庄生以前是和尚吧。"

母亲愣一下。"都是我的错……"

"怎能是你的错？"

"怎能不是？一想起来，我的血管都冷得结冰。"

母亲有点神思不清，使劲儿揉捏自己的胳膊。

庄生从未向明慧提起过自己的故事，但今夜，母亲决定告诉他。母亲之所以说出来，并非认为明慧有权知道。明慧想，原因与晓梦临死前将自己曾是和尚的往事告诉阿风一样，只是为了结束无人倾诉的结局吧。另外三人的妻子，也早与她约定好了，不再提起自己丈夫曾是古山寺的僧人。她们接纳了丈夫的人生，自己反而成了情绪无法泄洪的堤坝。何止她们四个呢，这附近的人难道不知道吗？他们每逢节日去拜佛，后来却发现见过的四个和尚渐渐成了家，跟大家来往甚密，其中一个还处处行医。他们共同掩埋了一个秘密，不向年轻人提起。

那年清明，明慧的母亲随外祖母上古山寺上香，看见一个扫地僧在弥勒佛下打扫。那扫地僧是庄生。两人还很年轻。后来母亲多次找借口上山上香，上香后，把提篮里的祭品拿出来给庄生，又给功德箱里投些钱财。庄生不接受母亲的食物，只是感谢施主的香油钱。来的次数多了，母亲看见庄生身边常有三个僧人结伴。他们似乎是相熟的，每回见母亲来，另外三人便推推庄生。庄生总是不耐烦地打住他们，径自回到佛殿深处。

那三个僧人倒是热情随和，开始跟母亲聊佛偈，慢慢谈及出家的事。

他们原是同村人，有阵子村里缺粮，父母将他们送到寺院，求方丈收留。寺院不见得有饱饭吃，但如果过得不错，他们打算干脆当和尚，跟开面馆做生意一样，好歹有个身份。只有庄生是诚心出家的。庄生小时候不止一次梦见和尚，也许因此开了悟。他向父母描述那个梦。父母说，那是释迦牟尼在菩提树下顿悟，觉得他有慧根，又一直不舍得送走。眼看缺粮，他们只好以此为由送走他，学学佛法，还能混口佛饭。他们走了很远的山路来到这里，来了后就没下过山。寺院规定，只有指定的人才能下山办事，比如采购食材，接见来宾，参加佛事会等。这听起来实属严苛又古怪。每次想溜下山，他们总是被门头抓住。母亲说，可以帮他们支开门头，条件是要他们带上庄生。庄生百般不情愿，最后拗不过，也动了心思出去。母亲带他们在山下游览了一番。由于是寺里的和尚，大家见到他们都是恭恭敬敬地行礼。那是他们第一次以佛门子弟的身份到人群中去，不懂什么规矩，只好有样学样地回礼。他们回去后，因此受了罚，后来门头也不准母亲进寺了。

在这么偏僻的山里建寺，本来就少有香客光顾，终究是会荒废的。古山寺后来还发生了一桩丑闻。有个和尚盗取香油钱，变卖了法器。这原本是寺院内部的事。然而不久后，山下又有人举证，说那和尚还干了伤风败俗的事，因为这件事，古山寺干脆被解散了。除了犯事者，剩下的和尚暂时转移到临县的一个小破庙。那天母亲和很多人一起，在公路边送一群和尚提着包袱步行离开。她始终没看见庄生。直至夜深，忽然有人敲门。母亲开门，看见的竟是庄生和另外三个和尚。他们说寺院批准了他们还俗的申请。

"寺院真的批准了吗？"明慧问。

"没有。他们是半路溜出来的。"

母亲把庄生的房门掩上。她走到大门那儿，推开门，又关上，不断重复。月色一闭一合，眨眼似的，照亮了清寂的厅堂。她当初就是这样见到了那个决意跟她共度余生的男人。明慧站在父亲和母亲之间，一边是头颅磕墙的咚咚声，一边是大门闭合的咿呀声。明慧听到了，那是一种脆弱的事物从屋外狂奔进来，撞到墙上肝脑涂地的恐怖声响。

"惠。他不准你叫爸，是因为他不知自己的心到底在哪个位置。当年寺院没准许他做平民，但他的心已是平民。"

"惠。你每次想叫爸，他总要敲自己脑袋，抓自己眼睛，好像那里有一团雾笼着他……"

"惠。心无正法，不如舍戒还俗，佛祖始终会理解的呢。"

"惠。我心都悬起来了啊……"

明慧已明了庄生的过去，但母亲不允许他跟庄生谈及此事。蝴蝶死后那段时间，庄生闭门不出，花很多时间在阁楼上翻找旧物。庄生问母亲，他的念珠在哪里。小时候，明慧在阁楼发现一串木珠，挂到一只野猫脖子上，它就这样流落了荒野。庄生的额头磕出了一个黑印，路过的算命先生说他印堂发黑，要给他指点迷津。他一口回绝："歪门邪道，此非正法。"他把家里的烟和酒都扔了，也不再吃肉。明慧和母亲嘴馋，只能等他出门后再吃。最开始，他房间里的念诵声细如蚊鸣，过了几夜，竟渐渐大声起来，不再顾忌是否会被明慧听见。他还要母亲在门口挂个牌子，写他有事外出，近期不再接诊。他躲在家里，成了秘密活动的老鼠，"此地不宜久留啊，那么多年了我都没想明白……"这导致明慧和母亲出门也鬼鬼祟祟的，生怕被问及庄生的去向会露出马脚。

一个黉夜。不速之客来了。如果一群白蚁入侵家园，该怎么抵挡那些无处不在的小脚和牙齿呢?! 他们吵吵嚷嚷，齐齐堵在门外，疯了似的敲门。他们先是哀嚎自己浑身病痛，不得安生，要庄生出去给他们治病。母亲害怕极了，在房间里不敢出去，再也没力气劝他们去县医院。没得到回应，他们就要撬门。这扇冷漠的门啊，如此坚固，绝对不允许病弱的身躯通过。他们开始咒骂，骂庄生是假和尚，是真骗子，是庸医，治标不治本，因为今夜，他们的病全都复发啦!

明慧也吓得浑身僵直，却偏要走到窗边看。三团吹不净的黑雾，在人群中游动。那雾的形状，真像死去的晓梦、迷和蝴蝶呀。明慧去敲庄生的门："都来了，都来了……"但他砰地把门关上。人群久久不愿散去。

"都来了、都来了……"

"乌合之众! 愚蠢至极!"庄生冲出来，着了魔似的对着窗口大骂。他又盯着明慧说："这世间的苦厄，哪是一劳永逸、念两三次经就能渡的啊!"

"惠。一切疾病，都是心病，是心魔。"庄生又说。

他在黉夜出诊的秘密也解开了。在灵魂最脆弱的时刻，所谓夤夜之疾不同于白日，是由类似于心碎、绝望、哀恸等情绪带来的躯体障碍。躯体障碍，心魔所致。于是，夤夜的诊治，根本就没有真正的治疗可言。即使已舍戒为白衣，庄生还在做着出家时做的事：凌晨三点至五点，在烛下，与求医者做早课，念大悲咒，愿早日越苦海，早登涅槃山。早课结束后开的药方，不过是一味安慰剂罢了。

明慧想，他们悟的是大悲，非大智大慧。今夜汹涌而来的疾病复发，不过是由月亮盈亏引起的一次苦海回潮。

那天，明慧又到古山寺去打扫了。还能称这里为寺吗？一座空屋，一尊弥勒佛，一个年轻人，能有什么作为呢？他也终于得知，当年消失的佛像并非被盗贼运走。古山寺地处偏僻，为了旅游创收，市里决定修缮临县的破庙，将古山寺中的佛像运到那儿去，重立夕照寺。之所以留下一尊弥勒佛，也许是给这里的人留个念想吧。大人们不再提及此往事，从此视之为隐疾。

打扫疲了后，明慧在僧寮里午睡。醒来时，惊觉已是夜晚，夜虫戚戚，晚风徐徐。他穿过一重又一重佛殿，发现弥勒佛也不见了，空余一个莲台。这时，一个温厚的声音响起，问他下山的路怎么走。他回头，看见某处走出一个胖乎乎的老者，笑吟吟。明慧朝那黑暗的旷野给他指了一条路。他道谢后，翩翩而去。明慧随之下山，每经过一户人家便发现里面的男人都变了和尚：男人在灯下诵经，女人和孩子蹲在门外哭泣……

——母亲拍拍他的脸，叫醒他，轻声说：

"惠，起来。你爸要走了。"

"妈……你忍心吗？舍得吗？"

"惠啊，惠……没有事。"

庄生穿好了藏在箱底快二十年的海青，头发也剃了。明慧依稀看见，他的头上有几个排列整齐的灰印，那是他出家时的烧香疤。母亲敞开门，雾灌进来了。今夜的雾很浓，浓到看不见房舍，看不见月亮。有一年洪水来之前，雾也是这么浓的。洪水过后，他们就要重建破碎的家园。

明慧和母亲在门口送行。母亲满脸都是痕，是这雾的痕，还是泪的痕？多年前，母亲像鸟笼一样困住了庄生，现在又像放飞鸟儿一样让他走。临行前，庄生对明慧说："惠。一个新的千年就要来，以后古山寺是你一个人的了。"他把古山寺接纳过的所有生死苦厄，都一并交予了明慧。明慧的肩，猛地往下一垂，发出骨头被压裂的骇人闷声。

庄生要去临县，求方丈像当年接纳他一样，接纳现在的他。为什么要这么做呢？是因为害怕背叛佛门，大难临头？还是仍眷恋着年少时释迦牟尼顿悟的梦？庄生转身走进大雾。袍子在雾里看不清后，他从此没了身体，只有一个孤零零的青色头颅，在半空飘荡。明慧很想叫他一声爸，最终还是抵住了酸涩的舌尖——

去暹罗的船

濠仔在码头做杂工，他要存一笔钱，离开大雾不散的渔港。码头有很多零散工种：拉鱼，拖网，卖生蚝，卖螃蟹，帮游客提行李。每个工种都有它的营业时间。每一个点他都蹲得很准。每天凌晨四点，濠仔就在海边等渔船归来，帮忙拉鱼。他总是缺乏睡眠，眼眶有一圈黑晕，望着黑暗的海面，思维有点混乱。

灯塔在这里没有用，光根本穿不透大雾。声音是唯一的利器，但船员的嗓子差不多被雾腌坏了，一旦高声呼喊，会厌就要粉碎。特制的雾航汽笛替代了嗓子，在寂寞的海上呼喊。雾航汽笛声好似神秘的鲸音，仿佛有来自深海的鲸在海面麇集，曾有梦游者被这样的声音引至海边溺死，追诉无门。被雾蒙住，太阳紫外线弱，就算是经常出海的渔民和船员，他们的皮肤也都是白屡屡的。在这里生活下去，眼睛终有一日会退化吧，只得靠耳朵听音辨位。当沙哑的吆喝声和船机汽笛声从暗处传来时，渔船就要靠岸了，从雾中露出鲸身般的船躯。

"棚户仔又来啦！"最先看见濠仔的船员喊道，向后传话，笑声接连响起，一浪接一浪。他们见到濠仔比打到渔获还好笑。

多数时候，濠仔能等到渔船归来，有时遇上休渔期，若没人告知，他会白等一趟。也会遇到一些出了海但不返航的渔船，濠仔知道他们在海上遇难了。他们死后，会变成螃蟹，抵御重重风浪，爬到礁石上，鼓着两只柄眼望着渔港，等待亲人接引。死难者的家属提着篮子或者水罐，来到礁石滩上挑螃蟹拿回家去养。至于他们是怎么认得出，哪只螃蟹是哪家人的儿女、父母、夫妻或兄弟姐妹变的，这种事没法说清，大概只有相处了半辈子的亲人才能凭感觉一眼瞄准吧：有些螃蟹的面相相当滑稽，有些则模样严肃，有些的壳上还有胎记……

濠仔始终认不出哪两只螃蟹是自己父母。不排除有人睇漏眼，发近视，蒙查查，比他早一步挑走了父母所变的螃蟹。在礁石滩上挑错螃蟹，跟在产房里抱错婴儿是同等性质的坏事。但也有船员说，他们实则没有遇难，而是被途经此地去暹罗的船给救了，如今在那边做生意，谋生活。他们为什么不回来？至少可以打电话，或寄信给自己嘛。濠仔不解。还是别再追根究底了，无论哪种结局，于他而言都是悲剧：被死者遗留，被生者遗弃。他告诫自己，要把琐碎的悲剧当成生活常识来接受，那些经历过的悲剧就当做了场噩梦吧。

船靠岸了，载鱼的货车也来了。以前力气不够，濠仔只能打打下手，看到有鱼跳出来，就捡起来送回去，现在他可以帮忙拉网、卸鱼、读秤，在油腻腻的本子上计数。出海归来的渔船经常能带回一些新鲜的消息，他们的收音机在外海能收到平时在渔村收不到的频道。濠仔就是在某个这样的凌晨，听到了如今海平面正逐年上升，棚户区很快会被淹没的传闻。

"消息真吗？"他问船员。

"收音机说的还有假？快收拾包袱走人吧，棚户仔。"船员说，语气轻松，似是警告，其实多为哂笑。

整个渔港，濠仔是最后一个住在棚户区的人，其他人早已搬到陆地上住。棚户区是父母的海上婚房，也是他的浪中摇篮，舍不得搬走，一直住在那儿。当濠仔后知后觉地想要搬到陆地上去时，那里已没有闲置的土地。从那时起，他才铁了心要存钱，离开这个阴郁的渔港，去别的地方闯出一番天地来。

干完拉鱼的活儿，差不多是清晨六点，到了卖鱼虾蟹的点。码头两侧，一字排开一顶顶彩色的帐篷，摆出一个个鱼档。濠仔在水妹的鱼档位置上等她，通常由他帮水妹占位置，因为迟一步就会被其他鱼贩霸占。渔港脏兮兮的，礁石布满鱼内脏和墨绿的海藻，走进雾里好比走进腥臭的桑拿室。但这里的生意很好，很多小型海鲜餐馆来这里采购海鲜。

濠仔帮水妹卖螃蟹，卖出一只，他就能分到一块钱。等他卖完一千只，就有一千块。"一千块可以做什么呢？"他问附近的鱼贩。一千块可以做很多事呀，柴米油盐酱醋茶，满足吃喝拉撒。他们当然知道，濠仔是想有瓦遮头，又想离开这里，看似为他出谋划策，其实是在阴阳怪气地调侃："一千块啊，你连地皮上的一块石头都买不起。要是你想飞到一个我们永远也见不到你的国家去呢，一千块也买不了一张机票。但，要是你想去暹罗，也许能买张船票吧。"

暹罗离这里很近吗？坐船就能抵达？既然这么近，为什么父母没钱买船票回来？他们被救上岸后，是不是在暹罗开拓新人生了呢？抑或是流落异乡，生活拮据，靠洗盘子和当服务员赚钱，除去开销，却存不下一千块买船票？他听说，很多曾坐船下南洋的先辈，在那边经商、挖矿，赚得盆满钵满呢。"也许我的父母不在这些幸运儿的行列吧。"濠仔望着海面，思考种种问题。海面上的雾压得人喘不过气，仿佛一块低矮的天花板，这里的人死命想穿透它，又偏偏够不到。他离开此地的计划慢慢有了具体的航行目标。他要去暹罗。

濠仔粗略地数了数，这么多年来，他帮水妹卖出的螃蟹还不到三百只呢！因为水妹又不只是卖螃蟹，还卖海螺和海鱼。卖出螃蟹以外的海产，濠仔是没有钱的。水妹说，那是因为濠仔分了她的早餐吃，要抵扣一部分费用。濠仔说，他可以不吃，只想拿钱。水妹说不行，因为他要长身体，身体强壮了才能离开。"身体强壮了，没钱也是走不掉的。"不过濠仔没说出口。水妹比他大几岁，是那么多人中对他最好的。如果不是看在父母的分上，渔港的人才不会照顾濠仔，有杂工都优先分给他做，但事实上，他们都希望濠仔早日离开。在阴郁的渔港，人人都需要家庭温暖来度日，而一个孤儿的存在，只会引起大家不幸的想象。

渔港有很多人盼着棚户区早日拆掉，用那片海来种紫菜。"拆掉棚户区，我住哪里呢？"濠仔想，"他们又不肯让我住进他们家里去。"明明只要他们中任何一个家庭收留自己，腾出棚户区，未来收益一定能抵扣因收留他而产生的开支。问题是，谁该成为他的寄宿家庭？"你看，在雾气森森的陆地上，住在山洞里，跟住在有灯火的房子里实在没什么区别，对吧？"人们这样搪塞他。濠仔被迫成了棚户区钉子户，要是海水淹没那里，他将无处可去，不得不离开。

太阳已经从雾的背后升起了，投下一片金属质感的灰白色昏光，看起来咸津津的。其他鱼贩都摆好了档位，采购海鲜的厨师也在四处搜罗了。水妹还没来。有几个没抢到位置的鱼贩，对濠仔脚下的方寸之地虎视眈眈，联手把他挤走。之后，他们又因为争地盘吵了起来。

濠仔只好到水妹家找她。水妹的家当然也在陆地，而且还是在山坡上。海岸的房屋基本建在那座斜山上，潮湿的海风顺着坡度向上抬升，随着地势增高，强度和湿度便也随之逐渐减弱。水妹住在半山腰，从那儿可以俯瞰渔港的基本面貌。濠仔穿过一座座别人的房屋，有些还是他曾经的邻居呢。他羡慕不已，心想这里没有他的栖身之地。向下望，自己住的那片棚户区在海浪中摇摇欲坠。那些水上的吊脚楼，又潮又湿，木头都发霉了，结满藤壶。海平面没有反常的意图，只是风又大又急时，浪才变得高耸，狠狠地打到棚户的铁皮和屋脚。几十年来，海上棚户区都是这样的景象，要被淹没的那天估计遥遥无期吧……

水妹家传出婴儿的嘤嘤声。门留着缝，他推门进去，闻到淡淡的奶骚味。水妹躺在沙发上，怀抱一个刚出生的婴儿在喂奶。见濠仔来了，水妹才想起忘了告诉他，昨夜她临盆，生了孩子，今日去不了码头。生孩子时，她一个人在家，独自把孩子生了下来，剪了脐带。一个紫色的胎盘还在盆子里，爬满了冒泡泡的螃蟹。那些螃蟹是从池子里爬出来的，把胎盘当成了大海。

水妹家里黑灯瞎火，螃蟹爬得到处都是。她怀里的那个婴儿光溜溜的，好似一只鱿鱼，濠仔看不下去。每次到水妹家来吃饭，他都会表现得很客气，从不敢把这里当作是自己的家。但这次，濠仔觉得自己有义务照顾水妹，因为她丈夫前不久出了远海捕鱼，归期未定。于是他问，自己能做点什么。水妹抬抬下巴，叫他拿螃蟹和海螺到码头去卖。

"濠仔，这次卖得的钱都归你了。"水妹眼都没抬，在逗她的孩子。

"为什么呀?"

"这是你最后一次帮我卖鱼啦。"

"水妹,你是要赶我走吗?"

"我没这么说,但你可以这么认为。你应该听说了,棚户区很快会消失,到时候你到哪里去?总不能又来我家。看,水娃才刚出生,我老公又出了海,我真是孤苦无依啊。"

"所以让我来照顾你吧!"

"你还不清楚吗?你本身就是别人的一个负担。濠仔,我说这样的话很不好意思,但你不到那边去看看怎么知道真相呢?渔港终究不是你的归宿啊。"

水妹说的那边是指哪里?濠仔直觉,水妹是在说暹罗吧?她暗示他到暹罗去找父母。他一下子流出泪来,想象在异国大地上,艰难度日的父母正等他去解救。他被这种凄戚的想象所感动,又被其刺伤。

"那儿有一封信,你念给我听,好吗?"水妹说。

"好。"

桌上有一封皱巴巴的信。信上有一只螃蟹,正用钳子撕开它的封口,送进嘴里嚼碎。信显然已经开封,但痕迹不像是螃蟹的杰作,很可能水妹已经拆开来读过了。打开信后,濠仔便明白是水妹故意让他读的。这是水妹的丈夫的来信:

"……不知道这是我写的第几封信了,也不知道之前的信,你有没有收到。海上没有邮差,在海上寄信总是有诸多阻碍。只有遇到来往的船只,才能问问他们经不经过我们的故乡。有时,信还会在中途转交给别的船,才能抵达你手里。我前面说过的话,如果你没收到,这里就不再说了。出海半年,好像在海上度过了很多年,夜晚的远海一片漆黑,有时候还以为自己在陆地上。船长安排我去冷冻舱工作,用钩子扒拉那些冻成石头的鱼。我的血管都结冰了,连钩子钩到了小腿都没知觉,血一流出来,就马上凝固了。我现在在船舱里写信,等小腿伤口的感染退了,才能继续工作。也就是说,这几天没钱入袋。而且,昨天,船的油管破了,就像人的血管破了一样,如果不及时修补,油会漏光。船的油有限,一旦漏光,我们不得不在海上漂泊,除非遇到路过的船,否则只能靠风帆来前进,谁知道风什么时候才能带我回到你和孩子身边呢?有船来了。我去问问。"

水妹意欲利用这封来自远海的信告诉濠仔,他们一家的处境有多艰难,并打消他对她的非分之想,希望他有自知之明。但濠仔读到的,却是苦涩又温暖的思念,不禁又打开了他对爱的想象。信对于海上生活的描述,还让他想起了父母出海的日子。在陆地上,人尚不能走得安稳,在惊涛骇浪上航行又该多困苦啊!海是神圣、伟大的,是液体性的原野,人最初从那里来,又要回到那里去寻找果腹的食物，看一看黑暗的根源。如果他是这个家庭走向幸福的阻力，他便没有理由继续留在这里蹭吃蹭喝。他把信折好放回去，顺便拿走那只吃信的螃蟹，扔到水桶里去。

水娃厉声哭起来。濠仔误以为是一只粉色的鱿鱼在尖叫，只觉得哭声刺耳，似在催促自己离开。微弱的阳光照射进来，落在哺乳的水妹和水娃身上，四周还有一圈迷蒙蒙的雾气，两人像油画里的人似的坐在沙发上，一动不动。时间有了色彩和厚度：一种时间在海上摇晃的船舱里，另一种时间在漫长等候的昏暗的房子里，还有一种时间浸泡在逐渐上升的灰绿色海水里。濠仔凝视着时间的形状。他把螃蟹一只只捡起来，放到水桶里。水桶还有几只生蚝，他打算一起卖掉。至于胎盘上的几只螃蟹，它们的模样有着找到归宿后那般的幸福，慢慢钻了进去，像回到了大海深处。濠仔没有抓走它们。

"濠仔，最后拜托你帮个忙。"水妹说，眼里带着最后的柔情，"如果在码头看到有船，问问他们还有没有来信。"

"记得了。给你捎信，我有报酬吗？"

"没有。你拿走了我的生蚝。"

"好吧。我以为全部归我。"

"你从这里拿得足够多了。再见。"

濠仔提着水桶里的海鲜走出门去。他没回头，也不想因为刚才水妹说的话而伤心。伤心是忘恩负义的表现，因为谁也没有义务要对他好。码头已经没有好位置摆摊，他只好在离码头不远处的礁石滩上卖螃蟹。他算了一下，卖完这些海鲜，钱也不太多，离一千块还有距离。

礁石滩上，有很多石头似的螃蟹在晒太阳，它们都是那些没家属来认领的死难者螃蟹，俗称黑蟹。但不好说这事儿是不是真的，所谓死难者变成螃蟹归来，不过是失去至亲之人自我安慰的说辞。哪怕是真的，世上的生命都该有它们的价值，这些被遗留在礁石滩的黑蟹也一样，怎能像石头那样，白白等着海水侵蚀自己呢？濠仔把那些螃蟹都抓进自己的水桶里，螃蟹数目增加了几倍，多到水桶已经装不下了。

他提着沉甸甸的螃蟹，决定亲自上门，到街区的餐馆去低价兜售。餐馆老板怀疑他卖的是不吉利的黑蟹。他矢口否认，说因为急需钱，想快速清货才低价出售。螃蟹都是同一个品种，只要食客们心存正念，这些螃蟹吃起来都是同等鲜美的呀。海螺也一并卖了出去，只剩下数目泛滥的生蚝没人光顾，而且他的生蚝个头有点小。他又回到码头去。

时近中午，很多鱼贩已经收摊，码头地上全是鱼的内脏、死贝壳和脱落的蟹脚。濠仔拿回了熟悉的摊位。一艘远航船靠岸，游客下来歇脚住宿。濠仔扔下水桶，跑去替他们搬行李。渔港雾大，能见度低，弥漫着对外来人而言迷人的末日感。游客来这儿游玩，无非为了体验蒙眬如梦境的世界，适量的末日感还能增加风味。然而，帮忙提行李的活儿如今已经不多了。以前，有不少孩子趁游客不注意，利用浓雾来掩护，顺手牵羊，坏了名声。游客来之前，肯定打听过种种注意事项，其中一条无疑是：一定要自己提行李！濠仔一个苦力活儿也没捞到，悻悻地回到摊位上，继续卖生蚝。

"蚝仔卖吗？多少钱？"一个模糊的身影在雾里浮现。

"你知道我名字？唔……你要买下我？"濠仔听错了，犹豫一会儿继续说，"我当然不能把自己卖给你，但可以给你打工。两千块——我只要两千块。"

"我对你没兴趣。我是说这些生蚝。"那人说。

"啊……二十块一个！"濠仔立马更正，掩饰尴尬。

"个头这么小。"

"不算小了，肉很饱满。"

"我是说你呢，小小年纪就不老实做生意，净会骗人。"

"说实话，我需要钱。"濠仔解释说，"我住在海上的棚户区，这里人人都想赶我走，用那片海种紫菜。"他指着某一个方向说。但视线穿不透浓雾，那人朝他所指的方向看看，又回头继续听他说话："我需要钱，坐船去暹罗。我爸妈在那里。对了，你坐的这艘船去暹罗吗？"

"不去。"那人回答，"这艘船会在这里停留半个月，然后返航。返航途中，说不定会经过那里吧。如果在半个月时间里，你能拿出一笔钱，我可以帮你说服船长，带你到那里去。"

"要多少钱？"

"这种有风险的事，两千块肯定是不够的。"见濠仔一脸疑惑，那人补充说，"我来这里，是为了寻求旅游商机。我倒是有一个计划，希望能和你合作。前提是，你要让出你的棚户区。"

"你跟那些人是一伙的吧？骗我离开棚户区！"

"不识好歹，当然不是——我现在要去镇上做商业调查，回来之前，你还可以继续考虑。我随时会改变主意，船也随时会改期起航，这一切就看你了。"

这个脸始终隐匿在浓雾里的男人，走进了更浓的雾里。濠仔第一次看到浓雾里透出希望的光。他走向那艘巨大的远航船，沿着码头来回走了一趟，始终没看见人们是从哪里下船的。没有舷梯，没有绳子，船身是一堵白色的高墙，他永远也翻不过去。有些漂浮似的人头从甲板那儿探出来，应该是游客，他们是从哪个国家地区来的呢。濠仔仰着头，看不清那些脸，于是挥挥手。那些人也挥手回应。"你们好啊！"他因自己被看见而高兴，发誓一定要赚够钱上船去！

棚户区不是一日建成的，它是居民在数十年里东一间西一间搭起来的，底部的木头纵横交错，架满了横梁，没有规律可言。要拆掉其中一间棚户，可能会导致另一间棚户坍塌。这就是为什么只要濠仔一日不搬走，这片棚户区就只能维持现状，无法拆除。棚户区是一个有机整体，虽然看着乱七八糟的，其实自有一套结构系统，要么保持着整体稳固，要么一起坍塌入海。当年，棚户区的居民还没搬上岸时，个个深谙牵一发而动全身的道理，团结一致，只要棚户区的结构出现损毁，立刻进行修补。现在好了，他们分散到陆地上去，邻里之间除了因采光问题争吵外，也没什么可说的。濠仔怀念那些温暖的日子，那时候父母还在，在大雾的世界里牵引着彼此。

今夜或许是最后一次睡在棚户区。濠仔还没想好，如果离开这里，去哪里栖身。床褥枕头比昨天还湿，海的潮气穿过木地板渗进来，连钢铁都能拧出水珠来。濠仔钻进被窝，好像盖着一层冰，越睡越冷。床底下就是大海，他听到涨潮的声音。海水正一点点升高，离他的背脊只有几米距离。夜色和浓雾从各种缝隙钻进来，包围他。章鱼和螃蟹爬满了地板和铁皮屋顶，声音时而滑溜，时而尖锐。他仔细琢磨着商人的提案，迟迟拿不定主意。海岸线上，没有一种精确可感的事物，复杂、暗流涌动才是常态。

不知为何今夜的螃蟹越来越多，还爬到床上来。见螃蟹送上门来，濠仔一点也不想抓它们，东一脚，西一脚，把它们踢到海里去。随后，他听见有什么东西从海里上岸的声音。是一种步履缓慢、沉甸甸的、湿漉漉的东西。难道是海怪？濠仔打开门，看见一群身上挂满螃蟹、背着枪的士兵从海里走上来。有些士兵抓着栏杆，爬到棚户区，默默坐在走廊的凳子上。另一些士兵，在海滩上漫步。

有个士兵来到他家门前，问他讨一碗淡水喝。士兵说，海水太咸，他的眼睛和嗓子都浸坏了。濠仔舀了一碗水拿出来。士兵一口喝了下去，水又从他腹部的一个洞漏出来。士兵衣衫褴褛，眼睛蒙着一层白障。肩上的螃蟹在吃他的头发。濠仔问他们是从哪里来的。士兵叹了一口气，说每年今夜，他们都会从海里上来，看看安静的陆上生活。当年，他们在这里与敌人短兵相接，战死在海里。他指着自己的眉毛，那儿有一个由刺刀造成的伤口，深深陷入眉骨中去。

"我怎么从没见过你们？"濠仔有点害怕，但一想到他们是士兵，心里又觉得很安全。

"雾一直很大。在有些人看来，我们跟螃蟹没什么区别。"

"变螃蟹这件事是真的？不过明年的今日，你们就不能再到棚户区来了。因为我准备离开这里，要去暹罗。一旦我离开，这里就会被他们拆掉种紫菜，到时候，你们只能爬到紫菜棚子去啦。"

"远离故土真是令人感伤。"士兵惋叹。

"我要赚够钱才能离开。不过,要赚钱就必须离开我的居所。"

"不嫌弃的话,你到我们的地方去住吧?"

"海里?我可不会游泳。"

"你误会了,是防空洞。"士兵带濠仔来到棚户区后方,指着山坳说,"防空洞就在那边。敌人登陆那天,他们连一个村民也找不到。因为那里处处是雾障,山中一日,世上一年。几天后村民离开防空洞,发现战争已经结束。但军舰被击沉了,我们死在海里,多年过去,总觉在海上一日,世上仿佛已百年。大海看似变化多端,其实最顽固,别想从它身上捞什么好处,有时反而会白白送命。"

"我父母……你在海里见过他们吗?"

"没有吧。我不认识每个死者,你也不会认识所有活人。"

"因为他们其实在暹罗呢。"濠仔嘀咕。

濠仔决定去防空洞住,但山坳那边什么都看不到,他要士兵带路。士兵说,他们不能离海岸线太远,时至今日,他们仍须坚守这道防线。"但只要朝着那个方向去,心里想着防空洞,我想那些雾也不能阻挡你,不过是区区障眼法。"士兵最后说。他们今年上岸的时间到了,一个个地回到海里去,再次成为神圣伟大的大海的一部分。

濠仔几乎是摸索着走进山坳的大雾中。防空洞的入口很隐秘，外面长满高高的蕨草，有些入口修筑在离地面几米高的地方，要抓着树根才能爬上去。防空洞潮湿阴冷，有很多个洞厅，彼此连通，如同蚁巢。很多曾在这儿避难的人留下了诸多生活痕迹：渔网、刀子、柴薪、贝壳等等。濠仔从棚户区搬来衣服、被子、床垫和生活用品，在最靠近海的洞厅里给自己安了家，这样就能随时感知海水的变化。

睡到深夜，他在梦里和很多人一起躲避敌军的炮弹。头上的山体撼动，落石纷纷。人人吃树根和贝壳度日，紧张地望着洞口，等待战争结束。洞外的雾是一道天然的门扉。他无比缅怀那些艰难的守望相助的旧时代。那样的岁月已经被大海冲刷磨蚀，仅剩一种残留在洞壁上的阴湿记忆，如同先民留下的壁画，化作气味进入他的鼻腔。他打了个喷嚏。

濠仔怀着无限的痛苦，就这样住进防空洞，从此拒绝人们假惺惺的怜悯，等待海水淹没他的家园。第二天醒来，他走出洞外。外面的世界会如士兵所言的那样，已过去了一年吗？他以为在山中一夜，滞郁之物就能在眨眼间发生改变，但现实依然遵循着原有的时间逻辑，一天只是一天。滞重的时间带来了副作用，令他头疼。昨夜见到阵亡士兵的奇遇，不过是防空洞里的另一场梦境吧？死者又如何能复生？但如果父母仍在世，他们必定还在异国，等着他去相见。濠仔下山时，背着一支在洞里找到的船桨，像个海上的侠士，充满壮志与悲情。

峡角处有一块天然的巨石，宛如一个标尺。无论海水怎么涨，都不会高于它的三分之一。今天，他发现即使在退潮时，海水竟也淹没到了它的三分之一处。"巨石始终会回到海里去，不是海水在上涨，是巨石本身在下沉。"人们注意到这个现象时，这么说。他们随意更改自己的说法。他们明明一致认可海平面正在上升的事实，却把巨石被海水逐渐淹没的现象归根于是巨石本身在下沉。他们下巴轻轻，身处于陆，浪涛再高，也冲不进他们干燥的厅堂，因此语言再轻佻也无碍生活照常推进。

濠仔在昨天遇见商人的地方等。雾稍有退散，人们的轮廓更清晰了。他忽然有一种优越感，于是问旁边的鱼贩："你们怎么知道海水不会淹到山上去？看，我在找机会离开渔港。你们也应该好好想想这件事。"

几个鱼贩看着他，不想回答一个愣头青提出的傻问题。濠仔趁热打铁，讥讽他们回避现实。一个老鱼贩按捺不住，终于回应：

"你住的地方，最靠近风浪，而你，又这么年轻，当然得赶快另谋出路。我们嘛，到老死那天，海水都还没越过那片沙滩呢！当然是先解决生计问题。太遥远的计划，反而会损害当下的利益。所以说濠仔，你赶快走吧——让出棚户区，让我们种点紫菜，养家糊口。"

这番自私的话竟然有几分道理，濠仔觉得反而理亏了。论战之中，绝不能示弱，他反驳说："我这不是在找机会赚钱离开吗？告诉你们吧，我今天要跟一个做生意的合作，赚到的钱是你们卖一千只螃蟹也赚不来的。"

鱼贩们发出一阵笑声。濠仔拧过头去。日头渐渐过午了，还不见商人的身影。他等得越久，嘲笑就越猛烈，越不留情。"他们盼着我离开，又嫉妒我风光地离开。"濠仔想。他到镇上走了一趟，也不见商人，又回到码头附近活动，等到斜阳西下。

今天黄昏的天色，一改以往的苍白，出现了晚霞。可是，这怡人、温暖、不寻常的景象，这晚霞流动的天空，好像一个悬挂的血池，令人不安。码头的人陆续收摊归家。这时，商人来了。

"你终于想通了。"商人说。

濠仔看清了商人的脸。商人的眉骨上，有一道伤痕，确切来说那是一道断眉。他又费劲地回忆，似曾相识，是昨夜的士兵——

"你昨晚来找过我？"濠仔问他。

"我昨天一整天都在镇上做调查。告诉你一个好消息，计划非常有前景，一旦上了轨道，你赚到的钱远不止两千块。好了，去看看场地吧。"商人拉着濠仔朝棚户区走去，路上继续阐述他的商业计划："多年前，我靠卖农产品赚到了第一桶金，早早离开故乡。来到城市后，从农村学来的经验却不适用了，无法契合城市人的消费理念。我为此买了很多相关的书籍,日夜阅读生意经。但案头上的书,无助于解决我的实际问题。书中故事展现的人类情感,亦无助于我抓住城市消费者的心。哈——偏偏让我发现,在残酷的现实状况下,看似无效慰藉的幻想确实有其用武之地,能像布洛芬一样缓解心灵紊乱的疼痛。试问问,我们是否必须切身参与到社会事务中,才能创造一等一的价值呢?若幻想本身即是一种参与创造的方式,人类是否能从中获益呢?基于这样的推论,我冒险开创了这样一门生意,想要利用大脑的想象力赚钱。"

"好吧。这跟棚户区有什么关系?"

"关系可大了。"商人说得激动起来,"多亏你那天告诉我,棚户区即将被淹没,我才有了灵感。而且这门生意,能最大限度地维持到海水淹没它的前一刻。接着,我跑遍了镇上的旅店,逐个房间去敲门。我问他们,假如把即将被海水淹没的棚户区,改造成一处能安全地体验边缘危机的住所,类似过山车、跳楼机、悬崖帐篷,是否有兴趣入住。你猜结果怎样?这些原本就为体验雾港末日感而来的旅客,兴趣盎然,跃跃欲试!是啊,我们不妨从美妙又安全的危机感中赚钱,其原理呢,和过山车能帮助玩家宣泄解压是一样的。我们要明白它治标不治本的局限,但由于痛苦之不可消失,治标也不失为有效的缓兵之计。这就是为什么,我要你把棚户区让出来。"

濠仔似懂非懂，他没见过过山车、跳楼机和悬崖帐篷是什么玩意儿。而且，由于面对的是真实凶险的大海，其中的风险绝不是一星半点的，是否有必要为了短暂的快乐而冒性命之险？形势来到这个地步，倒不妨一试，把濒临消失的棚户区的剩余价值发挥到最大。

两人达成共识，决定执行计划。商人来到棚户区，走了一圈，被棚户区复杂的建筑情况伤了脑筋。改造棚户区不是一件三天两日能完成的工程，单是清理肮脏的地板这项工作，便不是凭他们四只手能搞定的。房子潮湿发霉，地板穿洞，浪稍大，海水便从洞口喷涌而出——"有办法！"商人将计就计，决定不修缮棚户区，"为什么不利用这天然环境，营造一种更具压迫感的入住体验呢？"

与狂野的海同眠！

这是商人在传单上写的口号。传单很快遍布镇子，勇于冒险的游客纷纷前来报名。原棚户区居民想要分一杯羹，又由于不想承担游客的人身安全责任，于是在私底下提出要求，却被狡猾的商人婉拒。他们只好放弃谈判，咬牙切齿，诅咒海水速速上涨，把整个晦气的棚户区冲到大海深处去！

除了让出棚户区给商人经营，其余的事，濠仔一窍不通，他继续住在防空洞。每天傍晚，他都能收到商人分给他的钱。收入实在可观。那些游客是一群亡命之徒，在海的咆哮中纵情狂欢。濠仔纳闷，自己住在那儿这么久，怎么从未体验过类似的狂喜呢？有的只是难以言喻的孤苦罢了。这群从大城市来的游客所遭受的痛苦，跟他的相比，是迥然不同的两种心灵紊乱。向游客拍过来的浪潮，是止痛药，向他拍来的却是破碎苍白的刀刃。在防空洞外，他时时刻刻都在观察着峡角巨石的变化。变化是显著的，海水已经淹没了半块巨石，棚户区眼见时日无多，入住的人数却没因此显著减少。

一个夜晚，商人急匆匆跑到洞口外，大声呼喊，催促他赶快上船。濠仔跟跄跑出来，看见巨石只剩一个尖角露出海面，大半棚户区淹没在海里，气数将尽。

"游客都被冲走了吗?!"濠仔生怕闯了祸。

"没有，他们还在跟海浪搏击呢。这种玩命的游戏，不到最后一刻，是不会停止的。"商人回答。

远航船的汽笛鸣起！濠仔数了数手里的钱，买一张船票已经绰绰有余。他准备奔向码头。商人却不走，说要留下来，陪着他的商业帝国走到最后一刻。

"责任都由我来承担。你走吧！"

"你的断眉是怎么来的？"临行前一刻，濠仔问他。

"这是天生的胎记，"商人说，"老天爷在我身上砍了一刀，才让我来到世上。我注定带着一只刀疤眼活下去，看到的世界都是破碎的。"

他真是富于幻想！濠仔不明白商人的想法，只能暗暗感激他做的一切。这次下山，交织在他心里的那份激情是前所未有的。

远航船放下一道长长的舷梯。码头上，杳无人声，今夜登船的只有他一人。一步步走上舷梯，离地面越远，他越感到一种升腾的快意。一个哈欠连连的船员走过来，向他收钱。他拿出一半的钱给船员，说要去暹罗。船员说，只要有钱，去哪里都不是问题，甚至能带他去南极洲看冰山。船很快起航。船身挪动，濠仔宛如骑在一头海洋巨兽的身上，颤抖起来。而棚户区似衰老垂死的长龙，在海中挣扎，逐寸裂解。濠仔不再眷恋，将这片海悉数归还给他们。

船驶出渔港，来到外海。一个被长久隐藏的事实，如雷电劈中他。他感到无比震撼，哪怕有那么一次机会出海，或者经由其他船员告知，他都不会到今日才知道——原来那团看似遮天蔽日的大雾，实则只笼罩在镇子和渔港四周，而在那之外的地方，是无比澄澈的海域。真不可思议啊！他第一次清晰地看到了月球的表面。眼睛长期屈于模糊的世界，当视野突然变得开阔，一阵头昏目眩袭击了他，他重重地摔倒在甲板上。

濠仔醒来时，人已在船舱里。他坐起来，靠在墙上，还沉浸在全新发现带来的震撼中，甚而觉得，之所以每个人都在催促他离开，是希望他亲眼看看渔港以外的真实世界。但又转念一想,这个既定的事实明明早该有人告诉他,例如他的父母,却偏偏没人提及过。在那浓雾里,仿佛弥漫着一种欺瞒的恶意,濠仔决心不再回去渔港。一旦在暹罗落地,他要像下南洋的先辈那样,在异国他乡奋斗。

他对船员的话存疑,去找船长,确保自己能抵达暹罗。他在驾驶舱见到的人竟是水妹的丈夫水哥。他不是在远海捕鱼吗?怎么会出现在一艘停靠在故乡半个月的船上?不仅没下船去看刚出生的儿子,还在这里当了船长。这时,水哥也认出了濠仔,高兴极了,请他到船舵前面,欣赏夜幕下一望无际的海洋。

"大海有种缺乏人性的美。"水哥说。

"你这是干什么?水妹等着你回家呢!"濠仔有点生气。

"说来话长啊……我在大海和爱情之间做了选择。"水哥感慨道,"我对她的爱,谁也不能否认,要不然,我也不会在受伤期间,耐不住想要离开捕鱼船,回到她和孩子身边。"

"半个月前你就该下船了。螃蟹侵占了你家。"

"听我说。当时我孤身一人,怎么回去呢?我把自己当成一封信,将自己寄回去。遇到来往的渔船,我就跳上去,途中遇到另一艘船,我便继续换乘,在海上曲折迂回,两个月后才终于回到了渔港。在这一轮又一轮的换乘中,我有时做锅炉工,有时给邮轮的旅客端盘子,有时又回归本业捕鱼。比如,在这艘船上,我当了一回代理船长。所以,在船靠岸那天,我走下舷梯走到一半,对她的思念突然让位给了在海上漂泊的激情。我转身回到了船上——"

"太不负责任了!"濠仔先是想到被父母遗留在渔港的遭遇,再想到水娃以后没有父亲,便对眼前这个男人感到厌恶。

"这就是为什么在起航前,我又写了一封信,叫人转交给她。我告诉她,大海没有伦理道德,它只能将我们的肉体分开,我依然是爱她的。只是我的身体仍渴望在海上漂泊的激情。我会持续给她写信,直到大海将我的激情浇灭那天,我便会回去。"水哥解释自己的种种心绪,却未能让濠仔信服。

"我不理解这种爱情。一旦你们缔结了关系,你就失去了自由的特权。"

"濠仔,你谈过恋爱吗?"

"没有。"濠仔想起来觉得丢脸,但还是如实道来了,"有个女孩说我住在棚户区,实在太危险了,这样的生活靠不住。她希望我搬到岸上去。可是,我没能做到。后来她再也没理我了,说我窝囊。"

"对,就是这样。她在你和大海之间做了选择。"

水哥在偷换概念,转移焦点。濠仔认为,自己跟那女孩之间毫无关系，甚至没有相处过几天，她却对他的生活妄加判断。水哥和水妹不同，他们是一对夫妻。这两件事不能放在一起比较。他不想继续讨论这种不对等的关系，于是问水哥："我要去暹罗。这艘船经过那儿吗？"

"我只是代理船长，对航线不清楚。我也不关心目的地，遇到下一艘船，我就要换乘了。"水哥说。他的眉头竟然也有一个疤痕。濠仔追问疤痕的来由。水哥不以为意，挠挠疤痕，说："我刚说，大海有种缺乏人性的美，其实并不准确。大海是有个性的，它的个性来自航海人的个性。有一次，我们的船遇到了海盗，这个疤痕就是海盗留下的。大海的神秘狂暴，或许正来自那些神出鬼没的海盗吧。若你一心要去暹罗，大海自然会读懂你的意志，送你去那里。"

日出前，来了另一艘船。水哥跟濠仔告别，独自登上了船。濠仔目送那不知驶向何方的船，直至它消失在黑暗广袤的海洋。在那艘船上，有一个自私、残忍与野性交织的灵魂，只有未知的岛屿才能引领他的航向，只有大海的无序才能与他的无序抗衡。他归家之日，大海为渔港送回来的要么是一颗不再年轻的心（出于疲倦的意志），要么是一具横陈在礁石滩上的残躯（出于死亡的意志）。如果不是要去暹罗，或许濠仔会跟着水哥一起走，他为自己做了一个典范，一个抵抗冰冷、凝固的渔港生活的典范。但同样，他不希望如今已无退路的水妹和水娃有朝一日不得不提着水罐到礁石滩去捡黑蟹。

濠仔走遍了船的前前后后、上上下下，始终没找到船长。对于船长的去向，每个船员都有一套说辞。驾驶舱里，总有不同的人在当代理船长，但很多时候，船是在自动驾驶。他想起水哥的话，大海的个性，就是航海人的个性。他决定住在驾驶舱，除了吃饭，一睡醒，便来到船舵前，不转动它，只是紧紧地握着，目视前方，沉迷于单调的景色。他心中想着暹罗，越强烈越好，尽管他根本不知道暹罗到底是一个什么样的国家，那里又有什么陌生新奇的异国风情。

遥远的航行，仍在召唤他。然而，才过去几天，他已经厌倦了海洋的种种风物。过度的激情消耗了他的心灵能量，所招致的这份厌倦比他屈身在渔港二十年产生的阴郁还要折磨身心。他只能看着漫天的晚霞，抵抗船舶的颠簸。收费的船员再次找到他，要求补票，说他的航程已经大大超出预期。濠仔掏出口袋里的储蓄，任由船员拿走。船员只抽出一张钱，把剩下的塞回他口袋。

"你在做什么？无精打采的样子。"船员问他。

"我在呼吸。"

濠仔只想到这样的回答。呼吸和等待，是他现在为数不多能感知的行为，连种类丰富的自助餐，也食之无味。这段时间，船经过了很多座城市，也停靠过荒芜的岛屿，乘客上上下下。他有几次想下船，只是直觉告诉他，那些地方仍未是他的终点站，这才遏制了他中途下船的念头。

"船票有钱就能买。船，你想上就上。"船员说，一边翻了翻手中的船票本子，"但最杀身的，还是漫长的航行过程。不知有多少乘客半夜惊恐地醒来，趁着迷糊劲儿，纵身投海了。"

"你可不必担心我会干这种傻事儿。"濠仔站起来，舒展筋骨，"一日不到暹罗，我是不会下船的！但你这么说，我倒是想起水哥——就是那天换乘另一艘船的男人，你还有印象吗？"

"当然。他是这艘船的第一千零八十位乘客。"

"嗯。如果要消除航行带来的困苦，像他那样不断更换船只，也许是个不断获取新鲜感的办法吧。可是，这无疑也损害了他的家庭。"

"没错。我不会合理化他的做法。但人到中年，没几个能像他这样确切地找到自我了，不管是日积月累，还是突然而至的结果。当然，要付出相应的代价，只是代价恰好是他的家庭。像你这样无牵无挂的年轻人，尽管随风漂泊吧。"

"我会顺利抵达暹罗的对吧？"濠仔还不放心。

"当然，你给钱，我办事。时候到了，我会通知你的。"船员要走，走几步又补充："准确来说呢，我只是个传话的小职员。大海有它自己的航程表。"

赶在船员走出驾驶舱前，濠仔截住了他，盯着他的脸好一阵打量。但船员的眉头既没有疤痕，也没有胎记，脸上只有海风损害造成的粗糙的裂痕。他开始留心每个眉头有异样的人，认为那些人身上藏着解开人生秘密的线索，特别是蕴含着开拓前路的契机。遥远的想象，在他脑海里闪光，对于那些他没见过的下南洋的先辈，他有种不切实际的思念之情。他们白手起家，做到风生水起，要克服一路上的艰难，除了自身的努力，想必少不了贵人相助吧。而断眉则是他命中贵人的标记。濠仔这么认定。

"先生，准备下船了。"

日历已经翻到春日的三月，船员再次现身，前来通知濠仔。

濠仔从地板跳起来，急不可待地来到舷窗前俯瞰。眼前的港口，比家乡的大得多，这儿没有一丝雾，肤色相近或更深一点的人的脸上，都是明明朗朗的。人们的房子不建在山上，而是在一望无际的平地。黑压压的小房子后面，是广阔的城市图景。除此之外，这里的生活景致没有预期所料的奇异陌生。也许从家乡渔港朝内陆走一段路，看到的风景也是大同小异的。濠仔怀疑，他虽然航行了数月之久，其实离家乡并不太远，心里也没有特别强烈想要下船的冲动。

"这里就是暹罗？"

"大海的航程表是铁律，不会出错。"船员请他下船，"对了，和你一同下船的还有一位老先生。我看他腿脚不便，假如不嫌麻烦，请你扶他下船。或者，帮人帮到底，送他到酒店去？"

在异国他乡，有人同行最好不过了，还能从那人口中确认这里是不是暹罗。濠仔答应了。他在舷梯出口处，见到了一个秃头的老先生，满脸黑色的疙瘩，双腿在风中颤抖，眼睛眯成一条缝。扶老先生下船时，濠仔问他这里是不是暹罗，他却始终一言不发。踏上码头那刻，一种陌生的语言聚拢在他耳边，他意识到，他跟这里的人没有共同的语言。自由地走在异国土地上，濠仔觉得不可思议，甚至没有人员查他的身份，不由得怀疑，自己只是到了另一个城市。老先生挣脱他的手，踽踽而行，在路边招了一辆计程车离开。濠仔心一慌，害怕被抛下，跟着跳进车的后座。

"我跟船员做了保证，要把你送到酒店为止。"

老先生依然不说话，给司机递了一张纸条，上面写的也许是酒店地址。街上商店的招牌，写的全是他看不懂的文字。计程车在一家酒店的大门前停住。老先生从口袋里摸索要付钱。濠仔为表一点心意，主动掏出自己的钱给司机。

"不行。你要先兑换。"司机说。

司机会说中文，只是略带口音。于是，他问：

"这里是中国，还是暹罗呢？"

"难道你不知道自己身在何处？"司机读懂了他的疑惑，又说，"这里的人会说多门语言。在这里啊，你会找到理想的一切。"

"太好了。我在找我父母。"

"这个可不好说……父母通常不属于一种理想。"

"怎能不算呢？"

"谁来这里是为了找父母的？这里有世上最好的服务。"

司机始终没有回答他这里是不是暹罗。老先生终于把钱掏出来，付给司机。濠仔只好跟着他一道下车。老先生发出低沉的喃喃声，不耐烦濠仔跟着他。濠仔死皮赖脸地跟着，他太害怕了，人生地不熟。来到酒店房门前，老先生却打开门让他先进去。进房间后，濠仔四处打量。房间的天花板、墙上、卫生间，都挂满了镜子，连外面的走廊也是。这是一家以镜子为主题的酒店吗？装潢古旧，墙纸上的图案密密麻麻，印着一种人面鸟身的生物。老先生呆坐在床边，一动不动，呼吸平缓，石化了似的。

"老爷，告诉我吧，这里是暹罗吗？"

"你真烦人……"老先生嘴皮都没动一下，声音似乎是从他的皮肤跑出来的，"我……没有目的地，只想去一个没人认识我的地方，死去。船在哪里停，哪里就是……我的归宿。"

一股难闻的异味在房间里聚集。濠仔熟悉这种味道，所以并不抗拒，因为它闻起来跟礁石滩上的鱼的内脏一个样儿。他注意到了气味的源头。

"闻到了吗？"老先生问。

"嗯。"

"这是人将死的味道。"老先生掀开被子，把自己埋在被褥里，要把床作为自己的棺木，"这里太暗了，我什么都看不见。能帮我把灯打开吗？"

"你不是要死吗？开灯做什么？"

濠仔把灯都打开了。无处不在的镜子一反射，房间一下子亮堂起来，还把墙纸上人面鸟身生物的羽翅也照得纤毫毕现，威严肃穆，令人惊惧，不忍多看。濠仔蹲下，检查老先生的状况——呀，他完全瞎了，眼睛一片浑浊的白色。"他没骗我，他真的要死了……"濠仔为他感到悲伤。

濠仔下楼，去给他找点吃的。酒店侍者告诉他，附近有一个叫帕蓬的夜市，尽可消遣一夜。这里的夜色真迷人，街道流光溢彩。帕蓬夜市的入口前，聚集了很多招揽生意的男女，他们热情地向游人展示手中的牌子，邀请他们进去喝酒狂欢。濠仔鼓足勇气，走进夜市内部，穿梭在曲折狭窄的巷道。奇异的服装，五颜六色的假发，真假难辨的古董，街头杂技……处处可见。濠仔大开眼界，原来人类的活法可以如此多样。街头小吃的食材和制作方法都是他没见过的，他买了一碗用海鲜做的酸辣汤喝，意外地感到通体舒畅。这里也有很多小工艺品出售，他看到了人面鸟身的木雕。这里很崇敬这种图腾，但它只会令他心生恐怖。

夜市里最多的是酒馆，透过晦暗的帘子，濠仔看见里面的男男女女在跳舞。他在帘子外瞄了一眼，被一只伸出来的手拽了进去。一些穿着暴露的女人在台上跳舞，在灯光下，她们摆动的姿势像一只粉红的章鱼。他听不懂拽他进来那个酒保的语言，便打手势说要走。那人却把他往深处推，同样打着手势，似乎在问他要钱。他迷迷糊糊地旋转。当他从后门被人扔出去时，身上的钱早没了。他呸了一声。但这样的花花世界，实在比苍白的渔港要艳丽得多。

那么多人来这里寻欢作乐，他怎么也想不通，竟然会有一个人来这里等死。他一下子感受到这个城市的复杂和迷人，是啊，人们在这里会找到理想的一切——哪怕是无人打扰的死亡？

"我的怜悯是多余的，"濠仔想，"不必把老先生的选择看得过分悲哀，他只是在这个人们都知道自己想要什么的地方，恭候自己的最后一刻。"

接下来的几天，濠仔四处打听，找到当地的侨民团体机构。如果父母流落此地，一定会向他们求助吧。在那个机构里,他遇到很多说着熟悉又亲切的语言的同胞。那儿的墙上,还挂满了先辈在这里打拼奋斗的历史图景。濠仔向负责人打听父母的踪迹,描述了他们的名字和模样。负责人在名册上翻查了一会儿,告诉他,他的父母并不在列。

"或许他们根本就没来这里?"负责人坦言。

"啊……都查过了吗?"

"是的。"

"或许我还没到暹罗吧。"

濠仔失落不已,只能离开。他始终未能相信,暹罗——这个别人口中随意说出的地方,会有他的理想。反而有很大可能,这里是渔港的人为了忽悠他离开而随意捏造的——他宁愿视其为梦幻,可是,梦幻的本质并非完全背离了现实,其构成的素材一定来自现实的时间。濠仔试图说服自己这里就是暹罗,他随时会在夜晚的街头,在喧嚣的食肆,或在鱼龙混杂的酒馆,遇到他的父母。那时他会对他们说:"只要我愿意,这里也可以是我们的故乡,世界是一体的。"

濠仔回到酒店,在大堂里看见老先生。老先生说,想去大皇宫看看,要濠仔陪他去。老先生已完全失明,他去大皇宫看什么呢?濠仔以为老先生会在房间里一直睡到死为止。

抵达目的地,濠仔看见大皇宫的外面,建起了一道白色的墙垣。他问老先生要了钱买票,进去一看,才发现大皇宫并非中国式的宫殿,而是一个金碧辉煌的庙宇群。穹顶铺着玻璃瓦,金光灿烂,一个个奇异的锥形塔尖耸立其上。庙宇檐下,他又看见排成一列的人面鸟身图腾,似在凝视自己,吓得他转移目光。这个明澈柔和的午后,老先生朝向图腾静默站立,即使看不见,却似乎知道具体的方位。濠仔猜测,他以前曾来过此地,否则无法解释他的种种行为。眼不见,而心见?一次次搬出梦幻的解释,也无助于他理解自己的处境。

游人如织,寸步难行,濠仔好不容易才扶着老先生在庙宇内外走了一圈。当他准备从出口离开时,发现自己搀扶的人并非老先生,不由大惊。他几番寻找,才在一个殿堂里,看见了与众人一起打坐听经的老先生。跟其他人一样,进来这里前,他把鞋子脱了,看起来不那么像是失明需要搀扶的样子呢。

"你来了。"老先生说。

"我以为你看不见。"濠仔有点埋怨的意思。

"我是看不见。我有眼无珠。我背叛妻子。因为虚荣,因为金钱,我背叛朋友。他们等着我回家,我却坐上船离开。"有个游客起身离开,老先生向前挪了挪,坐到空位置上,继续回忆着,"时间没有给我逃跑的机会,也没有给我赎罪的机会。时间在心灵里没有对应的尺度,心灵自然也不能模拟时间的流逝。上船那年,我年轻气盛，又苟且如败类。下船的今天，我垂垂老矣。"

濠仔点点头——并非表示理解，不过是愕然、不知所措。他情不自禁地回忆起他们：商人、水哥和战死的士兵。老先生身上，浓缩了某种结局，或者前兆的图景。因患有眼疾而失明的老先生，自然也是那断眉之人，只是那个伤口已经深陷到了眼睛深处，造成不可挽回亦不可见的损伤。

一个僧人走来，示意他们安静。老先生起身离开。

他们离开大皇宫。出口外，是在湄南河的渡口，人们惬意地在河畔喂鸽子。下午还没结束，濠仔心想无事，建议坐一次轮渡。两个人一共付了三百块，上了船。河流，这是他第一次看见宽大的河流。在他的过去，水，是属于海洋的。他曾看见海纳百川的终点，直至今天，他才徜徉在飘满浮萍的上游河流，仿佛回到更早的某个时间段落里。不同于海洋近乎是圆形的潮汐涨落，河流的水流是平稳的，有着永恒的流动。一对同船的情侣在悄声诉说着过去，不时争吵起来。

"看见那些迦楼罗了吗？"老先生靠在船栏杆，指着大皇宫某处说，"美丽的金翅鸟。"

从河上远眺，濠仔的目光在大皇宫繁复的建筑群里仔细搜索。他的目光总是回避那些古怪的图腾，后来却被吸住似的，再也移不开了。他终于意识到，这几大所见到的人面鸟身图腾，正是老先生口中的迦楼罗。

"迦楼罗象征着自由与忠诚,"老先生把那张苍白的脸转向他,说道,"但在人身上,这两种希冀常常是矛盾的。"

回到酒店时,天色已晚。濠仔扶老先生上床休息。老先生睁着两颗白色的眼球,盯着天花板。天花板上的那面镜子,映出了他腐朽的骨头。老先生叫濠仔拿走他的钱,离开这里,动身回故乡去。

"你呢?"濠仔问,"你是不是……快死了?"

"在迦楼罗的注视下,我人生两种相互矛盾的希冀,会达成和解。"

"祝福你。"

濠仔实在想不出别的话。老先生还没死,不能愿他安息。这里是不是暹罗已经不重要,理想的一切,应该同时具备梦幻和现实的矛盾。当他忍痛关上房门时,街道的灿烂霓虹照进来,他仿佛看见房内的迦楼罗,纷纷从墙纸跃出,散发金光,包围老先生。他蹲在走廊,低声哭泣了一会儿。

濠仔又回到了港口。那艘远航船竟还停泊在那儿,一道舷梯伸下,早已在迎接他似的。整个港口,只有他一个人登上去。前来收费的船员,还是同一个人,他微笑着说:"你回来了。"

"船还在。"

"对。船什么时候起航,没人能控制。一切都是大海的意志。"

濠仔坐下来时，船便鸣笛起航了。大海的意志，就是他的意志，他注定要回到故乡去。归途比来时更加单调，更折磨。浪的重复，风的重复，人生航程如铁律般不可更改的重复。所有革命性的变动，只在心灵与时间不同步的分岔处悄然发生。濠仔做梦都在回忆梦幻般的暹罗往事，切割漫长重复的未来。

日历又轻易地翻到了秋日的九月。

船驶进一片大雾中。濠仔透过舷窗，看见了熟悉的渔港。他走下船，腿都是酸痛麻木的，每下一级舷梯，时间仿佛倏忽逝去一年。码头上的面孔全然陌生，鱼贩们的地盘之争或许已导致新一轮的改朝易主了。

他非常牵挂棚户区的家，便跑回去。然而，那里空无一物，海水高涨，长满水草，没有棚户区的残骸，也没有种紫菜的棚架。他叫住一个过路人，问对方为什么这里没有种紫菜。那人回答："这里没有阳光，紫菜根本种不活。"他只好走进山坳，防空洞是他最后的庇护所，但还没走到那儿，便被海水拦住了去路——防空洞也被海水灌满了。海平面上升的速度比预期的要快得多。

濠仔再次回到码头。如今，码头位置退到了更高处，一个男人在水妹的摊位上叫卖螃蟹，说今秋的螃蟹很肥美，问他买不买。濠仔从没见过这个人，问他认不认识水妹。

"我妈?很久没人这么叫她了。她去世了。"

"……你是水娃?"

"没错。"

"今年几岁?"

"三十。"

自他上船以后,三十年过去了——

"还记得你爸吗?"

"啊,你问题真多。"水娃说,"我没见过他,但我知道他的故事。你买螃蟹吧,你买,我就告诉你。"濠仔把最后的钱给了他,把水桶里的螃蟹都买下。水娃这才继续说:"我妈告诉我,他本来想当兵,但因条件不符合被拒绝了。他又打算做游客的生意,改造棚户区,谁知害死了人,逃出海后,再没回来过。希望他迷途知返吧,我还在妈妈的鱼档等他呢……"

"始终会回来的。他知道,自由和忠诚不能两全。"

"别说了,"水娃把螃蟹桶往前一推,"不如帮我卖螃蟹吧?卖出一只,分你一块钱。"

"净会骗人。这可是三十年前的工资。"

"除了海水上涨,即使通货膨胀,这里都不会有影响。"

"你看,我刚买下了这桶螃蟹,算不算帮你卖出了?"

"行吧,你真会做生意。"

水娃算了算螃蟹的数目,抽出十几块钱给他。这么一来一回，钱回到他手里时，已被狠狠地打了折。他低头望着水桶。螃蟹在爬行，巨大的钳子拨动水面。破碎的水面倒影上，他看见自己的脸正在衰老下去，皱纹如蛛网蔓延——时间是引起衰老的辐射，是一盘有汇率的生意。三十年被压缩在须臾，心灵的痛苦已从身体里萃取成结晶，一干二净。他的思维又混乱起来，凑近水面看——

一只螃蟹突然举起钳子，死死钳住他的眉头。一阵撕裂的疼痛袭来，他痛得把螃蟹猛地扯下来，眉头受伤了。

"小心。螃蟹凶猛。"水娃说，"但这伤口，看着还挺配你们这种经历风浪后回归故里的老男人。"

"你爸有写信回来，信里说……"

"可不是嘛。他在最后一封信里说，他坐船下了南洋。"水娃发出轻蔑的笑声，"我知道，他在说谎。因为三十年来，这里从来就没有下南洋的船。"

"我没说谎！看，那艘船不就是吗？"

他捂着流血不止的眉头，回头一指——那艘停泊在大雾中的远航船，爬满了苍白的螃蟹，每只螃蟹的蟹壳都刻满了深深浅浅的划痕。就在那些苍白如骨的螃蟹里，他一眼就认出了死去的父母。在抵达与未抵达之间，他已经不知道自己在人生的何时何地。

群星，娇娥，植物学

毫无防备，一只飞来的足球直接命中我的脑门。我倒在跑道上，无法动弹，脑袋嗡嗡作响。眼睛也合不上。我凝视天空，第一次在白昼看到月亮。一轮清澈透明的月亮，在云中隐约浮现，荡出一圈圈涟漪，宛如离岸的岛屿，与行星般的内陆遥遥相望。妈妈吓坏了，却不忘调侃一番："痛不痛？你要变傻瓜啦！"她一边检查我脑袋，一边指责那个学生，说他球技拙劣，将一个孩子当成龙门来瞄准飞射："你这只香港脚！"学生丝毫没有歉意，拿着足球回到绿草如茵的球场，继续一场身体对垒的竞技游戏。他们总说生命在于运动，但我看不到任何乐趣，要是能不动，我希望做一株植物。妈妈一遍又一遍地问我痛不痛。我始终没开口。或许她真的以为我被踢傻了，抱起我就冲出校门。

第一次带我来内陆城市，就让我遭此横祸，要是脑袋真的被足球踢傻了，她会为此内疚一辈子吧？但，痛是其次的，脸也很麻木，我只感到很害怕，恐慌，一个字都不想说，也说不出。她继续跑着，想找一家诊所给我检查脑袋。我的头晃来晃去，眼睛依然凝视天空。看着白昼的月亮，我短暂地镇静下来。只是短暂地——

我出生在泗月岛，在有能力决定自己的去向前，十岁时第一次跟妈妈来到内陆城市，来到她的故乡。在这里，我顿时不知所措，俨然成了一个不会移动的靶子，被枪口瞄准了。瞄准我的枪口，无处不在：陌生的目光，疾驰的汽车，坠落的石料，脱离控制的足球，还有种种我没见过的事物。在过去，在岛上，我没有什么要闪躲的，不时有鸟落在我的肩膀，鸟不动，我不动。人来鸟不惊；鸟来，人也不惊。

足球飞来那瞬间，我以为，我也可以不动。那时，我还没见过真实的足球，因为岛上没有这种体育活动。足球的形状被速度模糊了，扭曲了，像一颗巨大柔软的子弹，射不穿我的脑门，却撕裂了我的心灵。那种被当成靶子瞄准的不安感，我永远也忘不了。

太阳晒得马路升起一种难闻的酸味，大厦窗户炫目的反光令人作呕，人们吐痰像喷水鱼捕猎那样，射到墙上去……肯定还有更多这样的事物，更多这样无形的威胁，埋伏在城市里，随时从空旷处扑向我，袭击我，想到这儿，我大哭起来。妈妈一颤，停下脚步。

"啊，你还会哭，看来没事了。"

"我要回爸那儿去。"

"好不容易出来一次，就那么想回那个地方去？不和你外公你舅多聊几句么？净给我失礼呢。我的面子都丢尽了。"她在街边把我放下来，失神地站着，任由我在人流里被推搡着，像一条浮在海面半死的鱼，被浪花一点点荡开。

"岛上才是我家！"

"可这里，是我家呀……"

那个时候，妈妈就已经后悔嫁给爸爸，后悔嫁到人烟稀少的泗月岛。海水上涨，岛屿首先会消失，跟高海拔、远离海岸的内陆相比，泗月岛永远成不了妈妈的第二故乡。但岛屿即使消失了，沉入深海了，它依然是我的故乡。考古的人还在追寻被洪水淹没的亚特兰蒂斯，苦苦追寻文明的先祖。

"那你自己留下吧！"我大喊。

那个时候，我就已经说得出这种残忍的话。但对妈妈说出带有恶意的话绝不是我的本能。你知道，我的本能是回岛上去，像一株植物那样活着而已。不要试图把我拔起来，你也知道，传说中曼德拉草被拔起来，会发出致命的尖叫。

人流熙攘，我夹在其中，寒毛直竖，浑身僵直，耳边却是静悄悄的。不，是被耳鸣声灌满了。嗡嗡嗡。我好像想起了什么——是熊蜂。我努力回忆熊蜂在屋檐的横梁上打洞的声音。熊蜂在木头里钻出一条曲折幽深的通道，把巢穴筑在最深处。用一只眼睛对准洞口看，怎么也看不到尽头。熊蜂浑身长满黑绒毛，却是一种温柔的昆虫。它趴在掌心，花粉从它的每一根绒毛上滑落。

爸爸教会我关于岛屿动植物的知识。他书架上的科普书和专业书，早已被我翻遍。在我懂得知识前，那些动植物千万年前就出现在岛上，它们中的一部分，在我来得及见到它们之前又悄然灭绝。

那些于我而言绝对古老的事物，如消亡的河川，如哀伤的恐龙，在时间和宇宙群星看来，只是作了短暂停留的某种物质形式。我在岛上见过的动物比人还多，但人会比其他动物存在得更久吗？或许我不必花费时间喟叹他们的堕落与变迁。我只是喜欢待在安静的岛上，遥望内陆，宛如站在月球环形山上的宇航员，遥望那颗蓝色的母星，平静，没有怀念。

妈妈向她的父母以及哥哥姐姐道别。对于她执意远嫁泗月岛的决定，他们当初本不同意。这次回娘家，只短暂停留两三天，虽然她没说提前回去是因为我，但他们都知道是因为我。我的脸晒得黑黝黝，眼睛睁得圆鼓鼓，畏缩怯懦，跟生活在内陆城市的他们相比，这种不寻常的风貌仿佛只会来自热带异域，水土不服。他们打量我时的神情刺痛了我。人们若像我凝视白昼的月亮那样，用温柔的目光抚摸事物表面，事物轮廓会在他们的眼睛里浮现。他们要是也这样看我，我因城市持续而生的恐惧也会在他们眼里浮现，他们会因此理解我，而不是鄙弃我、审视我吗？

外祖父家的大饭厅，设在一面方正的巨幅天窗底下，抬头能望见天空和飘过的云朵。一张长长的餐桌，可以坐满这个家族所有人。天窗透下明媚的光线，餐桌上每个人的头顶都泛起了一圈如雾的光晕，脸陷在阴影里。每个人都是外祖父的门徒，围绕着他谈话。外祖父是个不苟言笑的人，总是点头，不爱说话。在这个家族里，他努力维持一种严肃清苦的气氛，希望儿女能延续他的志向，成为人民公仆。所以舅舅和几个阿姨大学毕业后，不是当教师，便是进了政府机关。外祖父是他们共同的心灵底片。只有妈妈落榜了。高中毕业后，她跑得远远的，跑到海边城市去，在旅游酒店做前台，最后和她接待过的一个住客结了婚。

等待上菜时，我和妈妈坐在中间，坐在光线最亮处，每个动作被展示得一清二楚，像在刑讯室等待审问的嫌疑人。我们拘谨又不安，挺直身板。妈妈是出卖和背叛这个家族的罪人。我是罪人的子嗣。

"阿娥，"舅舅说，"你那个地方叫什么来着？"

"泗——月——岛——"妈妈一板一眼地回答，像回答课堂提问。

舅舅是附近一所学校里的教师。

"泗月怎么写？"舅舅又问。

"这我知道，"大姨抢过话，"三点水，再加一二三四的四。"

这是道别前的最后一顿晚饭。他们明知故问，挑起事端。外祖父蓦地起身，走进书房，出来时拿着一本厚厚的《辞海》。他仔细地翻查，手指顺着发黄的纸页滑下来，定定一指："看——涕泗滂沱。泗，是鼻涕的意思。"

"鼻涕岛！"舅妈立马从中意会出一个玩笑来，尖酸刻薄地笑着。

大家先是一愣，接着哄堂大笑。我又被刺痛了。妈妈舔了一下干燥的嘴唇。泗月岛的诗意，在变成鼻涕岛后荡然无存。外祖父原本只是为了向众人解释生僻字，只是在忠实地呈现一种字义，绝非要取笑自己的小女儿，没料想制造了一个笑柄。他并非不知趣，但就算生活命运的意味映射其中，也不点破，不打算说些什么打圆场的话为妈妈挽回面子。二次释义得交由儿女们自己去进行。这种看似残酷的冷漠，构成外祖父作为家族知识分子的一道精神长城，既保卫我们，又将我们隔离。

他们继续在笑。我也有点想跟着一起笑，想跟他们混熟一点，这样他们就会放过我和妈妈。但我们还没发展出这种自嘲精神。妈妈瞥向一个空的座位。那是她母亲的座位。此刻，她想向母亲求助，尽管母亲才是她婚姻最大的反对者。但那个座位会一直空着。在她嫁去泗月岛三年后，母亲就病死了。路途遥远，她没来得及回家奔丧。我对外祖母仅有的印象，来自妈妈的一个回忆："她第一次到岛上就哭了，说那根本不是人住的地方。"

"自作孽。"我好像听到舅妈这么说。

"什么?"妈妈回过神来。

"哦,我是想问你,"舅妈说,"你那个男人是做什么的?"

"我老公?……他研究植物。"

"怎么不叫他一起来?"

"还不是因为忙育种工作。"

妈妈每次都拿这个理由搪塞他们。

"看样子……"舅妈故作迟疑道,"他的育种工作做得不是很好。"

"你知道?"妈妈一惊。泗月岛上的育种工作,实际上早已停滞不前。瘟病侵蚀所有作物,瘟病面积年年扩大,爸爸在岛上的科研站对此无能为力。

"不是有样板看吗?"舅妈竖起筷子,指着我,"来了几天,招呼都不会打一个,还以为是哑巴仔呢。"

我几乎把脸埋在饭碗里。如果爸爸在,他绝不会允许别人对我们做出这样的侮辱。然而,迄今为止,爸爸一次也没来过这里。妈妈的家族里同辈的人,也没见过他。爸爸不顾礼节,哪怕在电话问候几句也不肯。外婆怨他没让我们母子过上好生活,在闭塞的岛上经受高温潮湿,蚊虫叮咬。他无从解释,生怕越描越黑,干脆沉默。他关心实验室里的植物多过维护额外的家庭关系,惹得所有人不愉快。每次回娘家,妈妈总是负荆请罪似的带着歉意。

其他人肯定听到了舅妈说的话，但她是大哥的妻子，这个家几乎是她在做主。他们在笑，也许只是跟着自己的嫂子在笑？就像我刚才想跟着他们一起笑那样。大家装作和和气气，扮演一群坐在同一条船上的人。

熊蜂的嗡嗡声，又在我耳边响起。天窗透下的光线，晒得餐桌散发出森林木头的气味。在另一个地方，哪怕是在想象和回忆里，我也会比在这里活得更好。人们的对话声令人作呕。我希望妈妈此刻也听到了熊蜂的嗡嗡声，闻到了森林木头的气味。我希望她有朝一日，能将泗月岛当成自己的第二故乡。当年她坦白承认未婚先孕，忤逆众人的意愿，坚持嫁到一个不受待见的海岛去时，便注定永远也翻不过那道长城，回不到这个家里来。

"妈，你快看。"我悄声说。

"看什么？"妈妈悄声问。

我指着天窗。妈妈抬起头。天窗的玻璃好似一块电子屏幕，白昼的月亮悬浮在明亮的电子云层里，月球表面群山闪烁。

离开前的晚上，妈妈在她青春少女时期住过的房间里垂泪。我伸手要替她擦掉。她倔强地甩开我的手，说只是肚子痛。我知道她为什么流泪。

妈妈在故乡受尽委屈，可是只要回到岛屿，呼吸绵密的热带空气，在层层交织的林间穿行，她就如同重获自由。尽管如此，她也不会承认泗月岛于她而言有何重大意义。

"当初要是没嫁来这地方，我会在哪里？"她老爱这么喃喃自语。

"这里不好吗？一块风水宝地。"爸爸总是用轻佻的话，回避妈妈的问题中最关键的信息。她嫌这里闭塞，嫌这里贫穷，嫌丈夫无所作为，嫌生活好似死水一潭。

"除了花言巧语，你还会什么别的？"妈妈反问他。

如果不是花言巧语，妈妈也不会跟爸爸回来。爸爸年轻时，在对岸的酒店住了两天。那次妈妈负责接待他。第二天晚上，他给妈妈的夜班座机打电话。妈妈问他是谁。他毫无廉耻，大剌剌地回答：

"我是你的男朋友！"

她被吓坏了，又感到惊讶。她从未体验过爱情。这份莫名其妙的轻佻告白，却有着近似爱情的模样。高中时代，她连跟男生说话都不敢，以为与他人保持边界，克制情欲，是自证个体纯洁最好的方式。可是毕业才几年，她不仅自以为爱上了一个陌生的住客，还意外怀孕。心中的道德冲突，只能通过变本加厉的顺应来取得内心的和解。她选择私奔，独自远赴泗月岛成婚。

泗月岛由四块彼此分离、靠跨海公路连接的离岛构成，近似月形。命名者用"四月"为其命名，出于象形需要，后来增一个偏旁，才有了"泗月"。这里与内陆隔着一道海峡，闷热多雨，物种丰富，是研究植物的宝地。

但出于某些尚未明确的原因，泗月岛似乎不适合人工种植农作物，一直以来的低产，减产，瘟病，像要把进入现代文明的人类从这儿赶出去。父亲是原住民，从农学院毕业后，立志要改善岛屿的土壤结构，消除瘟病，提高作物产量。

"我保证，成功改良作物后，我们就有钱搬到外面去。"他在酒店房间里跟她这么说。

"是不是真的？"妈妈偎依在她的爱情之中。

"你相信我吗？"

"要是不信，我早就从这房门走出去了。"

妈妈跨进那道门后，至今没有走出去，因为没有出去的路。她以为植物学家是一份优渥的职业，以为能借此挽回她在故乡丢掉的面子，到头来发现，植物学家正做着最普通的育种工作。海峡是一道宽阔的大宅门，身后门高宅深。泗月岛是我的月之王国，却是妈妈的广寒宫。嫦娥应悔偷灵药，青灯古佛前，寂寞深闺。在婚后，爸爸研究手中植物的热情，胜过研究如何爱她。

最初她还保留着青春期的美丽幻想，视爱情如明灯，相信能在艰险中走出柳暗花明来。她的笔记本里，写满"踏破铁鞋无觅处，得来全不费功夫"和"山重水复疑无路，柳暗花明又一村"。这本满是怅惘愁绪的私人笔记本，后来被当作草稿纸随意处置。我拿来涂涂画画，在上面读到最早出现在人生中的诗句。

现在她想起下船抵达的那天,如果能重来一次,她会义无反顾地转身回到船上去。她不断地回忆岛屿生活为她带来的不适与绝望,告诫我长大后要带她离开泗月岛。她不希望我未来的妻子跟她一样,某日迷迷糊糊走入丛林,鬼打墙似的在原地转圈,午后又遭遇滂沱大雨,几经艰难寻得洞穴藏身,裸露的皮肤却爬满吸血的山蚂蟥,浑身发烫。她在洞外看见长着獠牙的黄麂,以为见到黑山老妖。丛林生存噩梦困扰着她。过去的二十年,她从不曾事农耕,缺乏经验见识,学习像个呆瓜,进了科研站帮忙,对丈夫提出的问题一问三不知,笨手笨脚。多年后,当岛民看见她在试验田里干起农活来驾轻就熟时,以为她原本就是农民出身。

支撑她在这里生活下去的,是一个可笑的念头:哥哥姐姐的工作都在为人民服务,自己虽然办不到,但她和一个为人民服务的男人成家,她为这个家,为这个男人付出的努力,等于间接服务于人民。

春夏炎热,瘟病横行,带着霉菌的热风横扫农田,农田一片枯黄。热带岛屿即使到了冬季,气温也不会太低,瘟病不见得消减,却是作物难得能收获的时期。但改良作物仍是一项徒劳的工作。那些作物,土豆,水稻,山药,菠萝,本来不存在于岛上,是从内陆引进的物种。而霉菌和这里的原生植物一样古老,从地底深处长出来,四处为家。滋养森然雨林的土壤和雨水,滋养不了外来物种，它们在这里只会枯萎。妈妈嫁来这里，同样只会一年年地枯萎下去。爸爸始终成不了滋养她的那片沃土。

科研站效益越来越小，经费拨款大幅削减。爸爸拿着勉强维持生活的工资。妈妈希望他及早放弃研究植物。但爸爸还想坚持，认为目前处境还不算艰难。他像某些卑微的菌类，依附在树根，只需一点雨水和木头就能发芽。在人们一点点地放弃岛屿故乡的时候，他还妄想凭一己之力，恳求古老的大地接纳他们的作物，养活除了原生动植物以外的一种高级生命。

"种不活作物，我们的祖先以前吃什么果腹？"我问爸爸。

"野果，野菜，打猎。"他说，"那个时代没有瘟病一说。"

"我们也可以这样。"

"嗯，文明本不必要。"

爸爸怀念一种他未曾体验过的原始生活，并非像他当初向妈妈承诺的那般，有那么想要搬到外面去住。但他绝不会打猎，用枪瞄准枝头上美丽的长羽鸟，埋伏一只在河岸边喝水的红狐，追逐觅食哺乳的母野猪……这些事，他想都不敢想。打猎活动早已消失，他只是怀念一种远古的生活方式。他努力改良作物，希望恢复这里繁盛的农耕时代，而不是到超市货架去选购。他害怕看见其他生灵受伤，但对于同类的伤痛，却习以为常，甚至本身就是个施害者——如果不是，他怎么舍得伤害妈妈？用一个无法兑现的承诺，将她困在岛上永无天日，又任由她独自回去故乡，在全家人面前受辱。从故乡回来后，妈妈告诉他，我在球场被足球踢中了脑袋，吓得不能动弹，担心我的脑袋会不正常。

"在岛上生活太久，他以后会害怕进入城市。"妈妈说。

"瞎担心什么？"他不以为然，"他只是跟你一样缺乏见识，缺乏锻炼。"

爸爸擅长把问题归咎于客观条件和心灵问题的共同作用，并根据需要，在两者之间进行比例调整。这种调整通常用在他自己身上。一旦妈妈埋怨他裹足不前，不愿到岛外谋生，他便减弱心灵问题所占的比重，将这种困顿的生活看成是职业经济和气候环境带来的必然结果。

"我有时更喜欢灭绝的东西。"妈妈不在身边时，他便对我谈起化石，谈起消失的动植物。

"妈妈消失了，你才会更喜欢她？"我问。

"我们会永远在一起。"他大笑起来。

与我相熟的岛民差不多都搬走了。一起在岛上念小学的伙伴，每个离开前都来问我："你们什么时候走……你爸今年研究出来了吗……嗯，我们常联系……"但我想，我会被遗忘的。我怨恨父母彼此的过错。妈妈愚蠢鲁莽。爸爸花言巧语。一通深夜的电话，拉扯出一个永远也走不出热带雨林的家庭。

爸爸不会知道，内陆之行给我留下一道疤痕。有没有一个多疑的人会时常来检查它是否彻底愈合了？月球变成巨大的足球坠下，一次次地击碎我的梦境之墙。我惊醒。月夜的窗户上，有独角仙、天牛和飞蛾，它们好像在发出嗡嗡声。我想，我的耳朵出了问题。鸟的啁啾，狐狸的叽叽，野犬的呜嚎……融合成一股嗡嗡声。熊蜂好像一下多得哪儿哪儿都是。在我脑袋里，有一个蜂巢。我的耳道是熊蜂打洞时挖出来的，曲折幽深，进入听觉系统的声音被过滤成一种持续的耳鸣。即使身处岛屿，隔着一道海峡，我照旧被在内陆城市见过的陌生事物一一瞄准。他们的讥笑，他们的玩笑，他们审视我的目光……

父母争吵时，我坐在客厅，望着外面枯黄的田野，热风吹过时，听到的也是熊蜂的嗡嗡声。在爸爸的朋友里，也许会有动物学家，要是请他来分析一下熊蜂振翅的声音，说不定会发现那种声音频率暗含了世间一切事物的代码？听见嗡嗡声，我好像缺氧，像在海里溺水，在高原上窒息，或在宇宙真空中亦是如此。它带来折磨，带来陌生的场景。内陆城市的街道完美地融合了所有场景。为什么有些人要生活在那种地方？我希望他们见识一下海洋。不过，要是生在内陆，我也一样会热爱内陆吧？

我经常走到岛外围活动，眺望雾中的城市轮廓，遥远得像是海市蜃楼。附近海域开通了游船服务。那些游客乘船一路深入，以为岛的远端荒无人烟，每次见到我从树林里冒出来，都不可思议地指着我，一脸惊讶，以为我是岛上的鲁滨逊或者星期五。我现在不再这么做，不再去海边捡贝壳，不想再看到城市轮廓。我开始漫步至岛屿的内部。

西北角有一座半环形的小山丘，像一弯月牙。它和月球的环形山一样美丽，背面倾斜的日光以及带状的丛林，构成它的辐射纹。或者，它是环形山在地球上的倒影？我以自己的名字为这座独属我一人的环形山命名。太阳从它背后落下，前方还是一片金光时，丘谷里就已全黑了。在月球的环形山之下看日落，是不是这般光景呢？丘谷早上的雾，白如烟，在林间弥漫流动。中午时，雾迅速换了一个颜色，微微黄，还带着粉状质感。但中午的雾不是雾，是太阳和高温把土壤里的霉菌唤醒了。它们在上升，在欢腾。我想，熊蜂绒毛上的粉末不一定是花粉，也许是霉菌。霉菌被带回巢穴后，入侵幼虫身体，生出一根死亡的尖芽。黄色的雾障会使人迷路。这也许是妈妈迷路的原因。

动物不会迷路，它们只会死亡，腐烂后露出的头骨形状各异，与沽着时一样美丽异常。头骨是第二张脸。我见过的最小的头骨，是斑鸠头，最大的是一颗野猪头，从口腔突出的一截獠牙，不再洁白，长满了绿苔。不再收集贝壳后，我沿路寻找动物的白色骸骨。哪次死亡会是它们的族群最终灭绝那次？

在我捡起一颗早夭的狐狸幼崽的头骨那天，肯定还有别的幼崽在洞穴出生。爸爸期待的灭绝世界，还远远没到来。若他明白这一点，会不会把更多的喜欢放在妈妈身上？

动物的头骨不能带回家，我可以将其掩埋，或者，带给替人占卜的老姑母。她需要这些物品，以前要我帮她收集，我不愿意。现在我主动带给她，她会很高兴。老姑母是我祖父的妹妹，至今未嫁，孑然一身。没有男人愿意娶一个与怪力乱神沾边的女人。

她的木房子在丘谷中央，太阳落山时，你就看不到那幢房子了，但一缕煮饭的青烟会在黑暗的上空漂浮。那道烟柱是一个坐标，指引我，也指引那些傍晚时分才迟迟抵达的客人。客人一般从岛外来，他们迷信热带岛屿蕴含的力量。爸爸身为植物学家，告诫我不要跟老姑母走得太近。要是他不主动提起，有时候我也会忘记在丘谷丛林之中，还有这么一个几乎闭门不出的亲人。爸爸不信她的法力："既然她无法无边，为什么不求求岛神开恩，保佑我们丰收？"我也不信她的法力。可我喜欢和她待在一起。

火在烧。满屋植物的清香。我双手捧着狐狸的头骨，站在门里。四面墙挂着一些其他动物的头骨,第一次来的客人会以为这是一个猎人小屋。我坐在椅子上,听见老姑母在阁楼走动。她下来时拿着一只鸡,像是偷鸡的贼。她只是太老了,弓着背,眼睛无神,看起来有点鬼祟。她见了我,不觉得意外,说知道我来了,杀一只鸡给我吃。她怎么知道我来的呢。也许是透过阁楼的窗户,远远地看见了我。

太阳彻底落山了,环形山的夜晚那么岑寂,我好似在宇宙飞船里漂浮。我拉开抽屉,拿出一根蜡烛点亮。老姑母不喜欢电灯。要说她和爸爸有什么共同之处,足以修补他们之间的不和,大概是——他们都是那种追求朴素自然的人。只是,老姑母不会同意我的看法。她不认可爸爸的工作,认为改良作物就是在忤逆自然的意志,这就是为什么岛神不会保佑他的丰收。

老姑母抓在手里的鸡,朝我瞪着两颗橘黄色的小眼珠。

"我不想吃鸡肉。"我说。

"随便你。"她把鸡放在地上,温柔地抚摸它的翅羽。

"看,"我把狐狸头骨递给她,"给你。"

"可怜的孩子。"

老姑母像是在哀怜早夭的狐狸,又像在哀怜我。她借助死去的动物,从另一个世界窥探天机。她从来不准我看她工作。如果恰好撞上,我要在阁楼里和那些鸡一起待着。仅凭客人离开后留下的现场痕迹，我便可以想象整个过程。

客人战战兢兢地坐在她对面。她把动物头骨摆在桌上，嘴里的声音先是含糊不清，好似收音机在调试，慢慢再变得清晰。不同质感的声音从她嘴里发出来：男女老少，喜怒哀乐皆有。我竭力消解她扶乩的神秘性，始终觉得那是一种表演，她拥有精妙的模仿表现能力，足以安慰悲伤的问卜者。

我们吃野菜汤做晚餐。

"你为什么一个人生活？"我问老姑母。

"男人是坏种。"

"我不是坏种。"

"你当然不是。"

"当年要是妈妈来请教你，就不会嫁给爸爸。"

"我只管天上的事，"老姑母说，"地上的事……说不准。你要跟我一起念经吗？"

"不。我头痛，痛得嗡嗡响。"

老姑母从瓦缸里拿出一本古旧的典籍。

"念了就不痛了，"她轻声说，"念了，人就能飞天。"

"能飞到月亮去吗？"

"嗯，嫦娥奔月那样。"

晚餐后，我躺在老姑母怀里，听她念诵典籍里的文字。她身上的气味令人沉静，混合檀香、纸屑和风油精。

她念的是自然规律，是自我认识，而后又接入世界神通。她每念一句话，我的脑海就有一个原本含糊又恼人的"嗡"，随之化为一个可被理解的方正沉着的汉字，落到心灵谷底。我感到困倦又舒坦。

月落乌啼，夜虫戚戚。妈妈来老姑母的小屋找我。她知道我在这儿。我也知道她不会告诉爸爸。她是一个人来的，打着手电筒穿过夜晚的树林。她以前可不敢在这种时候出行，是她接受了树林，还是树林接受了她？总之，她不会再迷路了。妈妈进来时，身上有木头的气味，一只大螽斯在她裤脚那儿叫个不停。她给老姑母带了一些农产品，说是新研发的品种，然后一手交货一手交人似的，把睡眼惺忪的我从老姑母的怀里拽起来。

老姑母说这些农产品是垃圾，但还是把东西收下，问妈妈最近怎么样。妈妈说日子照旧要过下去，但不久后会怎么样，还说不准。她最后叮嘱老姑母，别给孩子念那书里的东西，说我的脑袋已经快傻了。临走时，老姑母吩咐我多给她带点头骨来，作为奖励，她会送我一样礼物。

妈妈带我走的是一条我从未走过的林间小道，空荡荡，没有藤蔓，没有荆棘。这是她自己走出来的道路。她忘了开电筒，却走得坚定踏实。黑暗中，我紧紧捏住她的手。环形山下，老姑母的木房子烛光黯淡，青烟不见了。既然老姑母可以终其一生孤独一人，我想妈妈也可以做到。

泗月岛只有一座小学。小学毕业后，我必须转移到内陆上初中。越临近那个时期，爸爸和妈妈就争吵得越厉害。妈妈希望和我一起离开泗月岛，在这儿除了当一个妻子，她没有出路。爱情和欲望这两种情感，在她的婚姻中已无处可寻。欲望最初用来繁育，爱情最终碎成家庭日常，除此外别无他用。除了离开，她也别无选择。爸爸要她留下，言辞严厉，似乎不容反驳，但他只是在害怕好不容易娶回来的女人有朝一日带孩子离开，留他一人在瘟病横行的热带岛屿，收拾一败涂地的事业。他们一吵架，我就头痛，熊蜂就要在我的脑袋里打洞。没有人问过我想不想离开。踏上内陆，我可能会疯掉。

最后一个暑假，我还在帮老姑母收集动物头骨。那段日子，我怎么也找不到那天晚上和妈妈一起走过的林间小道。唯有去老姑母家的路，我一直记得很清楚。我期待得到老姑母口中承诺的礼物，但又觉得无所谓。那顶多是平安符之类没用的东西。

但收集头骨这件事，让我越来越难过了。树林里的死亡从未停止。假如我死在沼泽里，谁会在多年后打捞起我的头骨，并且说这东西可以探问天机？我怎么也不信。他们在我的头骨里，只会找到一只苍老干瘪的熊蜂尸身。

于是，我两手空空，到老姑母家，告诉她我不再收集头骨了，因为我要去内陆上学，妈妈也会一起离开。老姑母打开一个麻袋，里面竟是我这几年辛苦收集到的全部动物头骨，仿佛一个集体墓葬。我心里顿时惶然。她叫我到小屋后的松林去。

"把它们埋起来。"老姑母指着铲子说。

"你不要吗？"

"它们都是你的。你走后，它们没有主人。"

我在松林里挖了一个地洞，由于使不上力气，洞挖得很浅，但足够把那些头骨埋进去。老姑母在一旁收集红蕨勾食用。我没有叫她帮忙。这是我一个人的事，是我把它们收集起来的。松林里的声音渐渐密集，发出这些声音的动物正躲在松枝背后，看着我干活儿。它们是麻袋里死去的动物的亲人。想到以后我可能会替死去的父母修坟，如今落下的每一铲，都仿佛指向未来。

我出尽力气，把洞挖得更深，不希望这些头骨在我走后被挖出来。直到它们变为化石，再去决断历史吧。令人难过的东西埋起来就好了。爱，痛苦，错误，都可以埋进去。大地会让那一切变得遥远，深不可测。

我们做了简单的祭祀。老姑母说，大地只是暂时帮我保管那些头骨，因为是我亲手收集的，它们永远不会离开我。我从来没有觉得她是在吓唬我。她只是要让我对泗月岛有所牵挂，哪怕是一颗头骨，一个死去的灵魂。

回到小屋，老姑母遵守承诺送我一样礼物。每次客人临走时，都会收到她送赠的平安符。但她送给我的，是一个白色小号的摩托艇头盔。在她赠送给他人的东西里，那是唯一具有现实感的东西，仿佛一个玩笑。人生宛如激流中行船，这只是一次涂满祝福色彩的送别仪式吧？

老姑母要我戴上头盔。头盔尺寸太小，卡在额头处。她一个巴掌拍下来。头盔猛然套紧，一道向内挤压的力，让我的头骨如深埋在窄洞里——大地在举头三尺之上——有几秒感到窒息，幽闭恐惧，四处摸索……我慢慢调整呼吸。恍然间，世界的声音全被过滤掉了，缠绕脑海的嗡嗡声如浪涛一样，退至海之深处。我听到了什么？没有声音。熊蜂消失了。我在宇宙真空中。

我戴着头盔走出树林，在地球的环形山上，隔着玻璃罩，仰望白昼的月亮。哪天，我将飞到宁静的月球去？

霉菌提前吐出黄雾，码头黄澄澄的，明明是清晨，却像在黄昏。船准备起航，妈妈还站在岸边，她在等通宵工作的爸爸出来给我们送行。对自己的男人，她或许并非表面看起来那么冷漠。

爸爸在起航最后一刻赶来。"要出发了？"他没对妈妈再说挽留的话。在第一次轻佻的告白后不久，他差不多用光了所有爱情伎俩，黔驴技穷。但他仍试图说些什么，于是不合时宜地谈起他和同事在忙一个全新的种植项目。为了隔绝泗月岛土壤里的霉菌瘟病，他们计划搭建温室大棚，从岛外运来干净的土壤，进行种植，等技术成熟，以后可能会进行无土栽培。他只是想告诉妈妈，他还没放弃，希望她留下来。

"把土运进来，还不如把自己运出去。"妈妈说。

爸爸耸耸肩。"我有错吗？这里始终是我们的家。"

"你没得救了。"

妈妈拉着我，头也没回地上船去。隔着玻璃罩，我看着爸爸朝我们挥手。他像在告别一艘出发到外太空寻找新家园的飞船，船上的人在另一个星球也许再也不回来了。而他还苦苦守着破败的母星。

"你一定要戴这东西吗？"妈妈叩叩我头上的头盔。

"嗯。不能脱。"

"为什么？老姑母给你的吧？"

有一只落单的寄居蟹，不知怎么到甲板上来，四处爬行，寻找遮蔽。我将它抓了起来，把柔软苍白的蟹体从螺壳里拽出。

"它会死。"妈妈想要将蟹体塞回螺壳去，但失了手。蟹体滚落甲板。一道灰色影子迅速飞落，是一只黑尾鸥，叼走了它，很快消失在黄雾之中。

"你现在知道为什么了。"我叩叩头盔。咯咯咯——它比螺壳还硬。

我是寄居在头盔里的寄居蟹。内陆无疑是另一个星球，在适应全新重力和大气之前，我恪守自然的准则，穿戴好能保命的宇航服和头盔，才能探索那里陌生的一切。埋伏暗处的黑尾鸥无处不在。

得知妈妈带着我到内陆生活，外祖父一家大发慈悲似的，曾建议我们去他们家暂住，直到我高中毕业。妈妈拒绝了，既然当初出嫁没有一个人为她送行，今天的她已不需要故乡的怜悯，甚至怀疑接受那份怜悯需要更多屈辱作代价。

她安排我在学校寄宿。但她似乎忘记了，那所学校正是当年发生绿茵场悲剧的所在地。她以为多年过去，那一记飞射留下的疤痕早已如岛屿云烟消散。她希望我的脑子能正常一点，别整天戴着头盔，但在她眼里，我这么做不过是出于对老姑母的眷恋。只有戴着头盔，世界才是安静的，被伏击的恐惧才会减轻。也只有这样，我才能专心学习。我的成绩每年名列前茅。我决心考到首都去念航天航空大学，那是我飞向太空、飞向月球的唯一途径。我将有足够的底气告诉负责选拔的面试官，我是不二之选，因为我从初一开始戴着头盔生活求学，为穿上那套厚重的宇航服，我已经提前了整整十年做准备。

在我安顿好后，据我所知，妈妈再也没有回过泗月岛。她回到了当年的旅游酒店做前台。离开爸爸后，妈妈从这段婚姻中学会了变通，发展了自己的悟性。几年后，她搭上了旅游团的负责人，开始学习做导游。她经常从我完全没有听过的遥远之地打电话来，滔滔不绝地描述那些风土人情。我为她目前的生活感到高兴。她已经找到了一条明朗的出路，建立全新的关系，与他人的，与世界的。我们极少谈起爸爸。她一年回来三两次看我，我们也只是简单吃顿饭。爸爸仿佛已不存在于我们的关系中。

她每个月准时给我寄生活费，但一半的生活费都被我拿去买头盔。我的头盔总是消失，或被砸烂。消失的，通通去向不明。被砸烂的，大多没法再佩戴。暗中下黑手的，是那些嫉妒我成绩的无耻混蛋，是那些搞恶作剧的不良少年。我想，我会原谅他们。当我从浩瀚无垠的宇宙俯瞰宁静的星球时，千百万年来的恐惧、嫉妒、痛苦、欺骗，跟一粒小小的星环碎片又有何差别？但在这之前，没有头盔，在空旷的操场和街道上，我只会感到窒息，寸步难行，也无法在人声鼎沸的课室里呼吸。在头盔里，熊蜂的嗡嗡声被过滤成流经岛屿中央的涓涓细流声，我将这种声音看做是人在宇宙中漂浮时大脑神经发出的纯净杂音。时间从我的大脑皮层穿流而过。

每年寒暑假回到泗月岛，是我唯一愿意脱掉头盔的时刻。爸爸若无其事地问起妈妈的近况。但我和妈妈有约在先，不能跟爸爸提起她的情况。爸爸的温室大棚种植计划，在一次海洋风暴来袭中宣告失败，但他现在又有了新计划。他看似热情地向我介绍他每一个时期的工作成果，其实是希望借我的口告诉妈妈，他至今仍在努力，哪怕这种努力大多数时候是无望的。他不知道，我和妈妈还有另一重约定。她绝不听任何关于爸爸的消息。她似乎要把这段婚姻变成名存实亡的关系，以此来惩罚爸爸的过去和未来。

但我不能不听。我在爸爸沉重的字眼里，看到了痛苦。这种陌生的痛苦，在我们离开泗月岛之前从来没有真正在他身上降临过，如今却那么具体地变成他说的每一字，侵蚀他孤独的生活。

他的新计划跟他在岛上发现的一个新物种有关。我来到科研站，看到十个钟形玻璃罩，在实验台上排开。里头培育着一种藤蔓植物，叶子过分碧绿，像仿真花。爸爸轻轻弹几下玻璃罩，植物叶子立刻蜷缩起来，像一个握紧的拳头。当他把玻璃罩敲得更响，植物叶子便蜷缩得更厉害。

"含羞草？"我不以为意。

"当然不是。"

接着，他搬来一个能发出不同频率声波的装置。大多声波只能使叶子蜷缩，但在试验了数千次后，他发现有几个特定频率的声波，能使藤蔓呈现出特定的形状。他分别调出三种声波。在我听来，那些声波跟熊蜂的嗡嗡声一样令人作呕。我几乎在实验室里呕吐。几种声波分别发出后，藤蔓在自我编织似的，扭成几种特定形状：三角形，圆形，以及方形。

"看到了吧？它们会根据环境调整姿态。"爸爸甚为得意，"如果岛上的作物也能根据土壤的变化来调整自身生长，是否可能与霉菌共存呢？我正申请转基因研究项目。你理解我的意思吗？"

"爸，我理解。"我怎么不理解呢？就像嗡嗡声一响起，我就会立马戴上头盔一样。"可是，敌我双方真的能共存吗？"

"没有不结束的战争。"

炎热的盛夏，爸爸和我去沙滩游泳。沙滩寥寥无人，我们干脆脱光衣服冲进海里。游船经过时，我们像灵活的鹈鹕，一头扎进水里藏起来，又咸又冷的海水裹着身体，耳边全是浪的声音。

"你要念植物学专业吗？"爸爸问。

我们仰躺在海面上。我又看到了白昼云中的月亮。

"不，我要飞到月亮上去。"

"月亮有什么好的？"爸爸像喷水鱼那样，喷了一口海水。

"泗月岛又有什么好的？你让妈走，你不管她。"

"树枯萎了，来年春还会发芽。"

他翻了个身，轻轻一蹬，游出很远很远，远到我无法企及。

每次回来,我都要去环形山下的木房子看老姑母。她越来越老,哪怕她真的有法力,法力也都快消失了。但那时候,我相信她确实有某种奇妙的法力。她死的前一天,太阳高照,她却说那个是月亮,通天石阶已垂下,她将登天而去。那天,我看见了海市蜃楼:一座座宫殿,一条条游廊,众星巡游。不知天上宫阙,今夕是何年。她死后,我亲自把她的骨灰埋在松林里,埋在那个藏满动物头骨的洞旁。它们就此成了我永生不忘的牵挂。

大学录取考试,是我唯一的通天石阶。根据考试规则,我必须脱掉头盔才能进入考场。作为头盔的替代,我只能在耳朵里塞满湿纸巾,但依然感觉身处巨大的噪音工厂。直到完成最后一门考试,一走出考场,我就戴上头盔,发誓永远也不会摘下来。拿通知书那天,我先给爸爸打了个电话。

"我考去首都了。"

"恭喜。"爸爸整理一下情绪后说。他有点闷闷不乐,但不是因为我。

"项目有进展吗?"

"没有。我调错频率,实验植株都枯死了。"

"你想重新来过?"

"其实,我想过了,"他顿了一下,"我要去找你妈。"

"好——"

我第一次违背约定,把妈妈所在城市告诉了爸爸。

我们没有再聊太多,因为有一群从未跟我说过话的同学,听说我被录取,主动提出为我庆祝。我挂上电话,走在傍晚的马路上,像行走在夏日树林中,步履轻松。既然是为自己庆祝,最后一次见面若不领情,似乎无情无义。虽然我跟他们从未有过情与义。

我来到约定地点。他们在学校后方的空地举办了一个露营活动。他们招手叫我过去。隔着玻璃罩,我看不清他们的面容。但那里没有火光,没有食物,也没有音乐。他们一个个拿着棍状物,身后还堆放着某些东西。我走得很近才看清,是我的那些消失了的头盔。我熟悉它们每一个的颜色和形状。他们带着某种原因不明的恨意,下马威似的,先是在我面前把那些头盔敲碎。不知什么时候,一根棍子,像当年飞射而来的足球一样,击中我头上的头盔玻璃罩。玻璃扎进我的耳朵,划破脸颊,鲜血灌入脖子下。

挨打时,我想抬头凝视月亮。但今夜乌云密布。如果像植物一样躺着不动,我只能像老姑母那样,等到死的那天才能踏上通天的石阶。于是,我挣扎几下,用肿胀撕裂的关节撑起身体,跑了起来……

街道外面,车水马龙。有一场大堵车。车尾灯连成一片茫茫暗红,犹如布满红矮星的宇宙。血流进了我的眼睛。我不得不摘下头盔,清理掉脸上的碎片。摘掉头盔那刻,耳边没有一丝声音。没有声音,也便没有了恐惧。我想,我的耳朵被踢坏了。

我扔掉头盔。它像一个被砍掉的脑袋,骨碌碌地滚向暗处。我上了一辆堵在路上的公交车。见了我,乘客张大了嘴,他们的嘴犹如一个个黑洞。我听不见他们的尖叫。这时,妈妈来了电话。太好了,我要把喜讯告诉她,但我听不见她说什么,只能把电话紧贴耳边,说:"妈,回来好吗?你想回来吗?我们三个一起活下去。"我缓缓闭上眼睛,静待这艘宇宙飞船启动引擎,点火加速,一举跃入那浩瀚如群星的人世。

乞力马扎罗的阴影

大雪过后，有个扫雪工来到游乐园铲雪，用残雪堆了一座小山。小雪山白皑皑，他在里面发现了一只冻死的豹纹猫。他挖出猫尸，拎着它的尾巴，绕小雪山走了一圈，再爬上去，把它放在半山腰，展开四肢，摆出它仿佛是在爬雪山的途中因体力不支最终被冻死的模样。这个大地艺术装置引起了一些玩耍孩童的注意，他们来到空地上，对着雪山上的惨剧指手划脚，有所遐想。

摄影师阿彻的家在三十六楼，西边窗户正好对着游乐园。每天晚餐后，阿彻便多了一份消遣：观察空地上的小雪山。路灯下，雪山斜下来的阴影拖得很长很长，真有种在高处俯视雪山的错觉啊！阿彻想起了扫雪工。那人为什么有这样的举动呢？是否读过海明威《乞力马扎罗的雪》呢？因为小说开头有这样一句话："在西高峰的近旁，有一具已经风干冻僵的豹子尸体。豹子到这样高的地方来寻找什么，没有人做过解释。"这跟扫雪工用豹纹猫尸体制造的雪景非常相似。

扫雪工也许是海明威的书迷吧？但阿彻不是，他还很讨厌海明威的短篇作品，讨厌他朴素简练的词句，讨厌他实践的冰山理论。在阿彻看来，那不过是藏着掖着、装模作样的表现，海明威的人生色彩比他的作品要丰富得多！但海明威为什么要自杀呢？虽然文学世界对此已有过很多解释了。

半夜被冻醒后，阿彻想要去看看那座人造的小雪山。他爬到窗口，望下去，发现豹纹猫尸体冻成一种犹如美丽的晶体，或是琥珀那样的东西，在路灯下闪闪发亮。他突然对海明威的自杀有了新想法："是啊！浓墨重彩的一生需要浓墨重彩的死亡作为结尾。"尽管如此，阿彻还是没法喜欢海明威的作品。豹子尸体倒是引起了阿彻的兴趣：到乞力马扎罗雪山上拍一张照片如何？说不定，还真有头豹子冻死在那儿呢！阿彻做梦时曾看见斑斓的幻景，虽然意识到是在梦中，但还是企图拿出照相机拍下眼前一切，把它们带到现实中来，醒来后迫不及待地去欣赏在梦中拍的照片，才发现两手空空，没有照相机，没有照片。人无法为梦幻的事物留下影像。

如果能爬上那座人造的小雪山，为冻死的豹纹猫拍一张照片满足内心的渴望，那他后来就不会舍命跑到乞力马扎罗雪山去。他决定结束几个月闭门不出的日子，凌晨时带着照相机到游乐园空地，发现那里空空如也，仿佛一夜之间有某种神秘力量抹掉了一整座屹立千年的雪山。它本来就不该存在，碍眼，又挡道。没有人会在意路边消失的东西，游乐园才是他们的目的地。而阿彻的乐园，早在他把自己多年的摄影作品付之一炬时就永远崩塌了。

悻悻而归时,阿彻在下水道旁看见那具被弃置一旁的猫尸,它已经解冻了,变成一团软烂的杂毛腐肉。这个画面引起他一整天的恶心,可同时,他意识到有些东西必须在特定环境中生存和展示,一旦离开那个环境,它便什么都不是,甚至会恶心人。进一步可知,海明威为什么没有向读者证明豹子尸体的存在,也没有阐述自杀动机,因为这两者本身是一种行为,是一种不可捕捉、不可实体化的视觉,一旦变成可被纵横排列、随意篡改的语言,便会分崩离析,最后什么也抓不住。

阿彻更喜欢的,是海明威这个人本身,羡慕他有勇气与世界诀别(虽然海明威本人认为自杀与勇气无关)。死似乎是结束无法挽回、浑浑噩噩、创造力衰竭的生活的最佳办法,是富有强烈色彩的最后一击。海明威那些在阿彻眼中无比苍白的作品,叠加在一起,在他身后组成了一道沉重的阴影,从他后脑勺迸射出来的鲜血,是唯一能为这道阴影涂抹色彩的颜料。阿彻镜头下的人物追求无尽的生命感,衣饰色彩浓重,面部表情夸张,充满狂喜,赤裸肢体和器官永远溢出画幅,似乎在按下快门的那一刻,他们就因为心力衰竭在亢奋情绪中飞升极乐。业界批评阿彻镜头下的人没有生死痛苦,没有含蓄节制,只有不顾道德的情色纵欲。阿彻如此回应:生与死之间的间隙,本来就被失去自我的性与色所填满,这些稍纵即逝的瞬间除了他以外,是其他摄影师难以捕捉到的。也难怪阿彻对森山大道的黑白摄影也嗤之以鼻,说他跟海明威是一路货色。森山曾说:"我眼睛里看到的任何东西,其实都是情色的。摄影作为一种工具,用来反映我眼前看到的东西。摄影本身就是一种色情。"阿彻对此很有共鸣,不过,分歧出在画面色彩的选择上:"丰富、浓烈、饱满、繁复才是生命本色,才是我的作品基调。"

这个基调最终被瓦解了。瓦解它的不是来自业界的持续批评,而是发生在摄影模特身上的事故。阿彻的妻子是他的模特,狂热追随他,无论他提出什么古怪危险的摄影要求,她都百分百配合。阿彻所爱的正是她失去自我的形象。艺术是上帝,阿彻是上帝的仆人,妻子甘愿做上帝仆人的仆人。某日,阿彻突发奇想,想创作一幅名为《披火》的作品。性与死这两个字久久萦绕在阿彻的日常想法中。终于在一个夜晚,当阿彻和妻子赤裸相对时,他要求妻子披上一条薄薄的红色纱巾。事前,阿彻在纱巾上喷洒了一层酒精,照相机早在床头以仰拍角度设置好了。当妻子坐在他身上时,阿彻用打火机点燃纱巾,按下快门,准备捕捉蓝色的幽火在胴体上蔓延的极美瞬间,那是性与死结合的实体化,绚烂之极。但到底是什么蒙蔽了理智,让鲁莽占了上风?阿彻预想酒精会在瞬间燃烧殆尽,拍摄的时机将非常短暂。然而出乎意料，蓝色的幽火四处跳跃，引燃了妻子的头发："那被浓烟熏呛得向后仰起的白皙脸庞，那在火焰中翻卷的凌乱长发，那转瞬变成火团的美丽的樱色唐衣……"——当阿彻后来读到芥川龙之介描写画师良秀为了创作《地狱变》而残忍地任由自己女儿被烧死的小说时，失落地发现他自以为是艺术的一切，都早已在大师的笔下得到了淋漓尽致的呈现，自己不过是一个拙劣的模仿者，是躲在大师背后阴影中的小人，是把妻子推向地狱的凶手。妻子被严重烧伤后，在病房中接受治疗，皮肤焦黑，开始感染、剥落，露出苍白的血肉。绚烂彩色的背后是无尽的苍白，或说所有彩色都是建立在苍白底色之上的。

火是将物质还原为基本元素的第一推动力；其次，是衰败和腐烂。

阿彻痛苦地意识到，上帝给了他一个古老的信仰测试，像亚伯拉罕听从上帝诏告那样，去杀死儿子以撒。但上帝没有在危险之际派天使来阻止他，也没有让他成为迦南地之主，反而让所有人知道了他的疯狂举动。画廊老板因此取消了他的摄影展，贬斥他的作品统统是刻意矫作的笑话！

阿彻对如此乏力人生的唯一抵抗，只是把多年来的摄影作品全部销毁，包括拍下妻子被焚烧的胶卷。他看都没看一眼。这么做是基于无限的忏悔、怀疑和痛苦。在非常时期，创造艺术需要脱离生活，阿彻试图重新开始，在隐居的土壤上再次培育自己的艺术触觉。进行写作训练怎么样？或许会有一番新作为吧？阿彻开始提笔，把脑中场景描述出来。有一个熟悉的场景在他脑海中如幻觉般循环往复，模模糊糊，似曾发生。写完后，他发现自己写出来的也不过是对《地狱变》文风的拙劣模仿。一旦减少使用修饰性的词语，注重白描、留白和人物对话，落到纸上的成品又成了他所厌恶的"海明威式的小说"。人无法摆脱自己所厌恶之物的影响，因为只要厌恶它们，自己就成了它们的对立面——成为对立面，归根结底，也是一种互动关系。

尽管有千百个理由，阿彻可以为自己的模仿行为进行辩解，问题在于，在连夜写作结束后的清晨，当他重读自己的作品时，一种无以复加的恶心和嫌弃涌上来。他坐在马桶边上哭泣。在艺术史上有那么一棵树，投下了巨大的阴影，而阿彻是一种避光的寄生菌类，必须在背光一侧的阴影下生存，汲取营养，但自己从未见过太阳本身。

这个冬天他在家里待得够久了，白天窗帘总是拉上，他只透过布料的缝隙观察外部世界，太阳从未光临他的居所。"我有什么脸批评海明威的词句苍白？"阿彻质问自己。很明显，在销毁作品后，他的生活没有按预期发展，没有重新抽芽开花，反而有种自暴自弃的念头。苍白在溢出：种的花由于缺乏阳光，以悲观的形体枯萎；

煮肉片时忘记关火,煮得发白无味;洗衣机每次都把衣服洗得褪色断线……渐渐地,原本充满激情的事物,在他看来都缺乏以艺术视角去理解的价值。日升日落只是星辰的重复运行,生与死只是化学物质的变化,嗜睡的床褥比山川湖海更广阔……种种苍白的事物永远清理不掉,看似是虚构出来的,又那么可触可观地在卧室里堆积如山。

直至春天,一个叫阿潘的朋友邀请阿彻去参加他的摄影展。两人曾闹过不愉快,很久没联系。摄影展的策展人正是此前取消了阿彻的摄影展的画廊老板,不是冤家不聚头。

"他们是想羞辱我吗?"阿彻坐在椅子上久久不能平静。

他的作品早就化为灰烬了,没有作品的人连一颗尘埃都不如。文字作品也许还能靠记忆还原出来,但独特的画面只有瞬间的捕捉机会。摄影师的悲哀正在于此,时间留给他的机会太短暂、太珍贵了。阿彻决定参加朋友的摄影展,想看看他耍什么花招。

出门时,下大雪,世界变白了,街道覆盖在白色中,只要扫开一层雪,就能看到物体本来的颜色。阿彻的脚印在街上没维持多久便被新雪覆盖了。留下那些斑驳脚印的人到底是怎么样的人呢?能不能通过脚印的分布方式判断一个人的性格?就像通过作品判断一个作者的个性？雪掩盖了一切痕迹，无人知晓。阿彻感到放松，在白茫茫中，有种身处黑暗一样的安全感。纯黑。纯白。没有修饰。今天是他第一次没有带摄影器材出门。

画廊没有暖气，挤满画廊的参观者穿着厚皮袄，像一群毛茸茸的小动物挤在冰洞里。他们的衣服是纯色系的，几乎是白色或淡蓝色。阿彻穿着黑毛衣，要是在以前，他绝不会穿这么朴素单调的衣服。画廊保安在入口处将他拦了下来："先生，不好意思。按规定必须穿浅色衣服才能入内。"原来参观者的衣着是有规定的，但阿潘事先并没有跟他讲。阿彻觉得被刁难，借口要走人。这时，阿潘赶来叫住了他，示意保安放他进来。他浑身不自在，也只好应邀进去。

这里的冰冷感跟纯白色的装潢非常相配。墙上的摄影作品被其他参观者挡住，阿彻一时看不清是何物。他以为阿潘会趁自己落魄先揶揄一番，毕竟两人早就看对方的作品不顺眼。但阿潘只是拉着他，穿过人群。他更加不自在了。好戏在后头呢，对一个人最高明的打击是不动声色、若无其事的。阿彻像一只小小的黑色蝌蚪，在一片奶白色的水里游过，还隐约看到头上悬吊着一些巨型字体。参观者很快注意到，这里闯入了一个黑色影子，低声议论起来。大家熟知他的丑闻。

阿潘低声提醒阿彻，不必理会别人的议论，艺术家不需要对生活进行解释。阿彻知道阿潘的个性，他对于所有关于作品意图的问题一概不予回答。阿潘遵循的正是海明威式的简约含蓄美学风格,曾当面指责阿彻的作品意图过于明显、过于饱满,是幼稚和不成熟的。这是他们最后交恶的真正导火索。阿潘也曾后悔自己如此指责阿彻的作品,但他之所以后悔,不是因为"指责",而是因为"当面指责"——这个行为显得太不含蓄了。

阿潘的衣服比其他人的都要白,不过仔细看,还是能发现上面有些中国山水画风的黑色纹路,像是一道道弯曲起伏的山脊。阿潘带阿彻走上画廊二楼的观看台,在这里可以俯瞰整个摄影展。

阿彻终于看清刚才悬吊在头上的巨型字体是什么,那也是这次摄影展的名称:乞力马扎罗的阴影。几排吊灯从上方把"乞力马扎罗的阴影"八个大字的影子,投落在参观者身上和地板上,以及墙上那些乍看之下毫无内容的照片上。展览墙上有几十幅摄影作品,但实际上只有一幅,因为它们是由一幅完整的照片经过切割而成的,再将顺序打乱,最后随机挂在墙上。阿潘说,那是乞力马扎罗雪山。阿彻隐约看到山脊、雪、云层,以及某些突兀的黑黄色条纹,也许是雪崩后露出的泥土吧。每一块碎片都乏善可陈、琐碎、苍白、缺乏欣赏价值。把留白的空间单独拿出来,简直是空洞无物的存在。阿潘笑了,解释说,展览的目的不在此,而是要求参观者根据每幅照片提供的信息,像玩拼图那样,将序号正确地排列在舞台前的拼图版上，拼出原图。由于每幅照片能够提供的信息极少，拼图人需要具备宏观的想象力，几乎要全知全能地把握背后的信息逻辑才能还原拼图。阿潘又在暗示他在摄影中运用的冰山理论，或称之为中国山水画的留白技巧。但这次，他需要参观者参与其中，将隐藏的冰山轮廓完整描绘出来。这是一个逆向的过程。

然而照片越看越不对劲，画面似曾相识，阿彻也许在梦里，或在某个蒙眬的时刻见过，特别是那些突兀的黑黄色的条纹——是了！冻僵的豹纹猫尸体——扫雪的男人——游乐园后空地——人造的乞力马扎罗雪山！阿彻一点点地推理出了真相。

"这根本不是真正的乞力马扎罗雪山。"阿彻说。

"你看出来了。嗯，我称之为虚构摄影，"阿潘说，"无限接近现实的虚构。"

"你这是在蒙骗观众，是在造假。"

"借助假象是艺术技巧之一。"阿潘悄声说，"如果说我在造假，那你呢？为了创作《披火》去放火，两者有区别吗？"

"我放火……？"

"这就是为什么摄影展叫做乞力马扎罗的阴影——它只是由实体投下的一道阴影。我从未说过它是真的。"阿潘又压低声音说，"其实，我从未见过乞力马扎罗雪山。"

展览结束后，只有阿彻完成了正确的拼图，当然也只有他能够完成。部分参观者终于发现，拼出来的原图竟然只是一座摆拍的雪山，觉得被欺骗了，愤然离场。而另一部分人则乐于揣摩其中的深意。这是阿潘的计划之一，只要在展览结束时揭示"造假"，那么"造假"便顺理成章地成了摄影展公开的一个艺术环节，嘲弄一般的参观者。只有那些真正有欣赏力的人，才能体会内里反常的艺术趣味。

阿彻获得了这次展览的奖品：一次真正的乞力马扎罗雪山之旅。

"这是你复出的好机会。"阿潘说，"画廊老板答应了，只要你拍一系列乞力马扎罗雪山的作品回来，他将为你举办一次个人作品展。"

阿彻不知道阿潘在搞什么。是陷阱还是善意的帮助？事情不会这么简单。

画廊老板走过来补充道："有一个前提条件，在乞力马扎罗系列的作品中，必须含有那只被冻僵的豹子。"也就是说，阿彻必须拍到那只很可能是虚构出来的，或是来自传闻中的豹子，否则无论他的作品有多美，他都不会得到资助。换言之，若要得到资助，哪怕要亲自杀死一头豹子放在雪山上，他也必须下手。这就是所谓的虚构摄影。

乞力马扎罗雪山是阿彻最讨厌的山，一个令他厌恶的象征，一座海明威的丰碑。画廊老板只是出资者，这个条件肯定是阿潘提出来的，特意刁难阿彻，要阿彻从他原本厌恶的事物中寻找让他得以继续生存的养分。但走出摄影展的大门前，阿彻就意识到，他在这里的生活，那种他视之为生命基础的创作生活，其实已经彻底结束了，他将走到事物的对立面去。阳光无法毁灭影子，于是影子心安理得地与其共存。

七月份。肯尼亚首都内罗毕的某家旅馆。

旅馆没有冷气，烈日快把窗帘烧着了。这是阿彻来到非洲的第一天，一个人来，拿着阿潘给他的那笔旅行资金。他躺在床上，浑身是汗。但他感到轻松，他听不懂那些人叽叽喳喳地在讲什么，异域旅馆中的那份安全的陌生感让他仿佛身处天堂。他好歹远离了原来荒废倦怠的生活，去看看广袤的风景。这是另一个完全不同的世界，气候炎热，到处都是动物。人们的肤色很黑，相较之下，他觉得自己太白了，不适宜在这里生存，太容易作为目标被认出来，比如天上狩猎的金鹰，肯定在第一时间就认出他来，俯冲而下啄瞎他的眼珠。

旅游公司安排前往雪山的车迟迟不来。阿彻等了几天，车仍不见踪影，电话也不通。炎热的气候败坏了他的胃口，旅馆没有餐厅，他每天只能到外面吃点不合胃口的晚餐。外面会有什么热带水果？他只看到一些人卖从荒原上采回来的仙人掌。他好奇买了一块，咬了一口，又苦又涩。他突然不知道为什么自己要来这里，为了逗强,还是为了重振事业?总是有点悲伤的。

在回旅馆的路上,他遇到一辆计划前往安博塞利国家公园游猎的吉普车。开车的是几个年轻男女,他们打算跟踪莽原上的象群。其中一个男人问阿彻要去哪里。阿彻指着黑夜里的天空,回答说,乞力马扎罗雪山。男人说,他们不是登山者,不去那里,但安博塞利国家公园是观赏乞力马扎罗雪山的最佳地点,如果阿彻愿意的话,他们可以捎上他。至于那里能不能登山,他们表示不清楚。

"我看你啊,是登不上那座雪山的。"一个女人说。

"为什么?"阿彻问。

他们只是莫名其妙地笑了。也许那座雪山不是我这样的人能上去的吧,阿彻想。

第二天,阿彻上了那辆游猎的吉普车,朝两百多公里外的国家公园前进。改变行程很可能会使得计划泡汤,但阿彻不想再等下去,生命正随着非洲大地的水分一同被迅速蒸发掉,能做的事情已经不多了。

毒蛇在草丛爬行,羚羊抬起机警的脑袋,狮子在远处凝视他,猴子在树上怪叫……阿彻坐在后座,远离人类聚居地,开始漫长颠簸的旅途。莽原上散落着巨大的象群,宛如在地面上缓慢移动的灰色巨石,它们被今天异常猛烈的太阳烤得无精打采。那群男女兴奋地追随象群。阿彻一路上都在担心树荫下的狮子会不会冲过来跳上敞篷吉普车，把他们吃掉。

乞力马扎罗雪山的轮廓，清晰可见，近在眼前，但其实遥不可及。山巅笼罩着飘渺的云雾，这座火山已经死了，再也没有活动的岩浆。但大地绝不会停止它的运动。他久久凝视山巅，竟然没有出现预期的厌恶感，不知为何，反而有种朝圣的强烈感触在心中涌起。他曾唾弃的丰碑正吸引着他去朝拜。看吧！那只是一座雪山，不会承载任何人类灵魂里的喜恶。

"听说有飞机可以直接抵达山麓。"途中有个人告诉阿彻。

"是啊，为什么不坐飞机呢？"阿彻问自己。

他放眼望去。它的西高峰是马赛人口中的"上帝的殿堂"，没人能、也没人敢飞跃上帝的殿堂。"你们知道西高峰上有一头冻僵的豹子吗？"阿彻问。"怎么会有豹子跑到那么高那么冷的地方？那不是自寻死路吗？豹子应该待在草原上。"他们中的一个回答。阿彻觉得他们在嘲笑自己，于是不再说话。他尝试沉浸在狂野的风景中。他以往的镜头拍摄的人太多了，如今觉得动物更可爱。可惜，一直没见到豹子。它们在树上吗，还是在草丛里呢？他越来越觉得杀死一头野生的豹子，把它放在西高峰上，是一件不可能完成的事，除非豹子自愿跑到那儿去，还恰好死在那儿。

他们遇到一个即将干涸的湖，一群数量不多的大象围在湖边，饮用不多的浊水。它们中有一头小象，孱弱地靠在母象脚边，趔趔趄趄。那群男女决定在湖边停车，观察大象的活动。喧闹声和数码相机的咔嚓声惊扰了小象，它走到湖另一边的草丛里。母象不得不离群跟上去。其他大象没有把他们当做威胁，继续享用珍贵的水。阿彻跟他们不太合群，只好沿着湖边跟着大象母子，看看它们做什么。那些男女和其他大象好像都没有注意到阿彻和两头象的离群，也许是烈日导致的眩晕在作怪。

阿彻绕过几丛灌木后，看到了小象。它倒在地上，艰难地再次站起来，鼻子软塌塌地晃荡着，没走几步，又重重地倒在地上，费力喘气。母象用脚推了推小象身体，小象仍无法靠自己站起来。阿彻打开背包，拿出水瓶。也许它想喝水吧，但这小小的一瓶水怎么能帮一头体型比他还大的象解渴呢？不一会儿，传来缓慢沉重的步行声。象群走过来了。它们围着小象，用鼻子触碰小象的身体，几经确认它无法继续存活后，不得不选择离开。只有母象在原地用鼻子拍打小象头部。那群男女驱车过来，叫阿彻上车，他们还要继续跟踪象群。阿彻看着大象母子，感到绝望。"这是大自然，物竞天择。你看，象群都走了，你能做什么呢？"他们劝阿彻离开。阿彻不知道是什么引起了他的悲悯，那毫无用处的悲悯。

最终，古普车放弃了阿彻，尾随着象群，朝乞力马扎罗山的方向一路开去。或许在那边会有水源，还有可以食用的新鲜植物。在母象的努力下，小象得以再次站起来。阿彻万分惊喜，想要告诉旅伴和象群，要他们回来。但热浪滚滚，阿彻逐渐看不清那些人了。他们纷纷走远。

天空劈下一道闪电。热浪变成了白色，是烟。接着，橘红色的野火烧了起来。那道野火恰好横亘在远去的旅伴和阿彻之间，也横亘在远去的象群和大象母子之间的茫茫草原上，把草原拦腰折断。很快，吉普车回头找他。火越烧越旺，开始蔓延，谁也无法穿越火带。吉普车停留了一会儿后，再次离开了。也许我就是那头小象吧？奄奄一息，有机会活下去的人必须做出艰难的决定。阿彻不怪任何人。地狱不会比这里更可怕。

吉普车上的人看着他身处火海时，会像画师良秀看着女儿在烈火中燃烧那样，心中充满残忍、壮烈和震撼吗？如果他们全速从两侧绕过火带，或许能来到阿彻身边接走他。回想起来，阿彻本来也是可以救妻子的，但良秀的幽灵却不合时宜地侵占了他。妻子被火舌舔舐的模样，就是地狱受苦之人的模样吧。艺术这把地狱之火也同样不间断地在他内心里灼烧，好比现在，火舌舔舐每一根可以燃烧的野草和灌木，势不可挡。阿彻想到了涨潮，人要是站着不动，最终会慢慢被淹没。他似乎看见妻子浑身是火，从火里走出来。直至闻到鸟类和啮齿动物被火烧焦的味道时，阿彻才回过神。火即将烧到眼前来了。

母象赶着垂死的小象，朝相反方向逃亡。为了逃亡，阿彻不得不远离乞力马扎罗雪山。他频频回望火海。他迷恋大火燃烧大地的壮丽景色，而山巅上的积雪，那么冰冷，却无法扑灭高耸的火焰。茫茫原野是自愿袒露胸膛让天火燃烧的吗？无论多么绚烂的事物，都会烧成白色的灰烬。别担心，大火过后，原野会得到新生。但人为什么不能浴火重生呢？妻子因为忍受不了被毁容的余生，从医院楼顶纵身一跃的那个下午，阿彻不记得自己是怎么度过的。这里好多火鸟，但那不是凤凰，不过是一些为了捕食在火中跳跃的昆虫，不小心引燃羽翼的美丽鸟类。它们在翻飞，在旋转，又坠落……他觉得，从楼顶纵身一跃的应该是他，不是妻子。艺术家自己才是艺术的牺牲品。

夜晚，火星未熄的原野眨着千万只猩红的眼睛，与穹顶之上的万千星辉遥遥相望。逃亡结束后，幸存的动物努力喘息，但小象仍难逃一死，死在一棵树下。母象连连悲鸣，守着小象尸体进行动物独有的葬礼仪式。阿彻鬼使神差地把剩下的水倒在小象身上。如果小象没有去往天堂，而是去了炎热的地狱，那它会需要这杯象征性的水。母象用鼻子扫了一下阿彻的腿，把他绊倒了。阿彻没起来，等着母象再给他 脚，把他踩死。母象只是退后几步，继续它的葬礼仪式。

阿彻爬起来，在树下歇息。如果今晚死不了，那就期盼明日能走出这片噩梦的地狱吧。在非洲大地上，生命的狂野跟死亡的炽烈是如此紧密地共存。也许把脚踩进草丛里，就有眼镜蛇咬你一口；也许走着走着，就有一群迁徙的角马将你撞飞；又或者，这么热，下一刻人就中暑晕倒了，变成鬣狗的食物。阿彻难以描述这种全新感受，心中带着危险的愉悦。那是他以前无法通过衣着、人物姿势和色彩隐喻等等技巧能够呈现出来的自然之力。

这时，阿彻听到一种奇怪低沉的呼吸声……不是自己的，也不是母象的，它来自头顶上的树叶之间……他颤巍巍地掏出电筒，缓缓朝上方照射。光柱先是划过寂静的原野，再射入天空，最后才回返至树冠——两颗青绿色的眼珠，像两个月亮挂在树丫之间，醒目的黑黄色斑纹，熠熠生光。

是一头野兽。是猎豹还是豹子呢？那是豹子，因为猎豹是不会爬树的。

豹子的黑影迅速覆盖了他，就像乞力马扎罗雪山的阴影覆盖了这片莽原。那头野兽扑来的瞬间，阿彻想到了《白鲸》《老人与海》《热爱生命》……主人公跟野兽顽强对峙的种种光辉，却无法安慰他因为渺小无力产生的恐惧。如果他能从这张血盆大口中幸存，他就是艺术的化身，但现在他跟一头受惊的羚羊（豹子梦中的盛宴）

没有区别。他的灵魂不值一提，他的血肉才能给予自然生灵以滋养。豹子像死神一样压在他胸膛上，口中的腥臭让阿彻反胃。绝不能死在这张肮脏恶心的大嘴中！阿彻迅速翻了个身。豹子差一点就咬中他的脖子，但锋利的牙齿依然穿透了他的肩胛骨。高亢尖锐的象鸣刺破莽原的黑夜，母象从暗处奔来，驱赶豹子。那是另一个更庞大的黑影。豹迅速没入黑暗中。阿彻知道，他身上有豹子的气味，还流着血，豹子肯定还在草丛中埋伏他。母象走到阿彻身旁，用象鼻推搡他。他仿佛看到了自己的母亲，那是上帝派来的天使。

阿彻打开背包，发现没有带医疗用品。肩胛骨的疼痛蔓延全身，肌腱断裂，病菌很快会蚕食他。他是一个裸露的巨大血池，正等着附近的野兽来啜饮。他爬到不远处一棵被烧焦的树下，折下一根燃烧的树枝，烤热刀子，压在伤口上止血，伤口发出轻微的吱吱声，他想到了在城市餐馆里吃烤牛排的幸福时光。这就是高温带来的疼痛啊。妻子的身体曾承受比这剧烈几百倍的疼痛。他再次烤热冷掉的刀刃，在大腿、胸膛、手臂上烫下去，自戕的快感给予他一丝赎罪的宽慰。

没有什么事比苍蝇舔舐伤口更恶心。苍蝇越来越多，赶也赶不走，阿彻担心苍蝇在自己身上产卵。但它们更多附着在小象的嘴巴上。阿彻用电筒晃晃母象的眼睛。这头庞然大物一动不动，看着死去的孩子。阿彻伸出手，轻轻拍了下象腿。母象终于转过身，向前移动，还回过头来望了阿彻一眼。阿彻用衣服包住伤口，艰难地站起来。伤口止血了，但情况不乐观，只要短短一宿，伤口就会严重感染。跟着母象或许就能走出这片草原，抵达另一个出口。他想爬到母象的背上躺一下，他那么疲倦，浑身疼痛，而母象的背那么高。他永远无法翻过这堵墙。那头豹子还在跟着他呢，他听得见那种小心轻盈的脚步声……

高烧在凌晨时开始。阿彻看到一群身披红色披肩的人围着他。肯定是在天堂吧？这下逃不掉了，他认为自己看到了妻子的鬼魂重影：她披着火红色的披肩，皮肤被烧成焦黑，在黑暗的天堂等他。他摸摸自己的肩膀，疼痛不减，肿了起来。不对，那是一块湿漉漉的草药。他努力睁开眼睛，看到自己半躺在床上，四周是用灌木和泥巴围成的圆房子。他看到的也不是妻子的披肩，而是游牧民族马赛人独特的衣饰，束卡。那些马赛人在讲什么呢？他尝试去理解，但高烧阻断了所有沟通的神经。

一个马赛人喂他喝牛血和奶混合而成的饮料。他的胃一抽搐，全部吐了出来。马赛人吓得全部跑到房子外去。终于安静了。他听见牛群在外面行走。母象找到了象群，他也回到了人类的聚居地，只是要如何告诉他们自己高烧时身体的恶寒、心灵的痛苦，以及对祖国的思念？他每天都喝这种古怪的饮料疗伤，但事实上，健康正逐渐离他而去。

几天后，某个黎明，一个马赛人进来，为他打开了一扇窗。在阿彻正前方的，是一个方形的窗口，透入一片纯白色的明亮。就在这个相框似的窗户外，阿彻看见了乞力马扎罗雪山的山巅，它不偏不倚地嵌在窗户中间，像一幅画，一幅极美的动态画：山巅的云雾在流动，太阳光线时刻在变化，风一吹过，天空就改变形状——原来，苍白的事物叠加一起，也能创造丰饶的景象！这个取景角度是独一无二的，阿彻想拍下来，但他无法这么做，因为在出发的第一天，他就没有打算带摄影器材出来。摄影师真正的镜头是他的瞳孔，真正的胶卷是他的记忆。他早就知道，自己是无法拍到一头冻僵的豹子的，但一只野生的豹子咬伤了他也算如愿吧。病中的他开始厌倦过度修饰的事物，因为那使得他的呼吸不畅、大脑闭塞。

阿彻眼前的雪山画面将维持下一个千年。但他知道自己要死了，感染不会消退。他一生都在阴影下活着，如果不能登上乞力马扎罗的山巅，那么沿着它投落在平原上的阴影走到山巅的阴影上，也是某种形式的抵达吗？或称之为虚构的抵达？现在他明白，自己终于成了海明威笔下的哈里，同样要死在一次意外的感染中，就死在乞力马扎罗山脚下。所有人都在仰望雪山之巅，没有人知道乞力马扎罗雪山下的平原燃起大火，那里哀鸿遍野。

　　山巅上的层层积雪，看起来像美味的冰淇淋，他真想吃一口。现在，在西高峰上，没有冻僵的豹子，只有一只盘旋的秃鹰，像长满羽翼的死神，由远及近，滑翔而来。就在此时，一连串形容词和比喻从阿彻的伤口处飞逝而出，纷纷化作缭绕的云雾。

吉普赛郊游

一

　　那个秋天，我们一家过得提心吊胆。起初，有批从东边来的游民在经过我们渔村时说，渔场的鱼离奇地跳上岸死光了，他们迫不得已要外出谋生；后来，我发现，礁石滩上那群鸥鹭的数量每天都在减少；又过了几天，不知从哪儿来了一辆宣传车，用高音喇叭提醒我们留意最近极端气候的出现；更离奇的发生在一个清晨，人们醒来时看见四处落满宣传单，宣传单上印着一行手写字体："西边有一个避难所，可助你们渡过一劫。灾变即将到来，请立刻启程！"翻到宣传单背面，还有一句不明其意的话："但是很可惜，摩西已经死了。"种种迹象，种种揣测，最终指向一个骇人的未来——海啸。但天气预报说，未来几天的天气依然是一片晴好。

　　直至那个午夜，一个男人从梦中惊醒，一声吼叫惊起礁石滩上最后一批留守的鸥鹭。父亲先敲响我的门，要我起床，叫醒妹妹，看到我睡眼惺忪后，只好自己跑去叫醒女儿。看来，父亲终于忍受不了了，他要我们赶紧收拾财产细软，连夜离开。作为一家之主，父亲有责任保护我们全家人的性命。他的担忧不无道理，在这个海滨渔村，我们家的房子是离大海最近的，若海啸传闻属实，那么海啸来袭之时，这栋房子将会第一个被卷入大海！但大多数村民认为，此事完全是子虚乌有，而且人生基业在此，还能去哪儿呢？大海就是他们活着的全部，它孕育生命，也最终牵引死亡，安于天命的想法牢固不破。

我和妹妹穿着睡衣走到楼下时，听见母亲问父亲："真的吗？天气这么好，怎么可能啊？要不再看看吧。"但父亲满脸忧戚地说："可我……再也承受不了任何惊吓和猜疑了啊……你不是不知道，这些年——"前段时间，在宣传单出现的第一天，父亲的神色就不对劲了。他整日琢磨那几行文字的含义，变得神经质，畏惧海平面的涨落，畏惧空气湿度的变化，畏惧从东边来的消息……我们因父亲的担惊受怕而苦恼，日常生活受到极大影响。他一旦紧张起来，就会满屋子踱步，说些可怕的言语，手指痉挛似的比划着说："摩西死了，是什么意思啊？"我便跟他讲了摩西的故事。父亲一拍脑袋，得出推论："摩西死了，不就意味着，没人会带领我们去西边避难所？对啊！我们要靠自己！"从得出这个推论那天起，父亲就要我们进行逃难演习，哪些东西值得带走，该穿什么衣服，在什么时分启程……他把事情安排得事无巨细。

海啸传闻引起的恐惧和猜疑日积月累，堆积成一座大山，横亘在我们微不足道的生活里。但我知道，这并不是导致父亲在午夜突然惊醒，搞得如此狼狈可笑，还鲁莽做出逃难决定的根本原因。那个更为深重的悲剧性的原因，跟父亲的职业——他是渔民组织的领头人——有着直接关系，我们一家的命运从此被改变，即将走上一条形同逃避战乱的道路。

母亲将要带走的东西分门别类，全部罗列在地板上。行李袋不够用，母亲只能忍痛扯下家里的窗帘，剪成大小不一的几块，用来包裹剩下的物品，比如她钟爱的陶瓷碗碟、流苏刺绣、祖传的烧锅、各式各样的植物种子。那些窗帘，是母亲把家里的旧衣服裁剪后再拼接而成的，杂乱斑驳，但色彩繁复，别有风格，有些妇女还特意向母亲订做。虽然母亲也怀疑海啸来袭的可能性，但她那副认真清点物品的模样，让我觉得她实际上很期待这趟旅程。但凡发生什么事，母亲的第一个念头总是趋利避害，比如有一次，家里出现鼠患，她根本没有想过要去处理，就吓得说要搬家。其实啊，她心里的那股焦虑比父亲还强烈，只不过她做事有点瞻前顾后，畏畏缩缩的，不敢下决定。当父亲终于决心要逃难，她嘴上虽说不信，但还是马上起床行动，连夜收拾行李。

我们学校的马老师也来过我家订做窗帘，他母亲行动不便，只能叫他过来。马老师说，这种窗帘的风格叫做波西米亚风，是欧洲吉普赛人的衣着风格，称赞母亲很有艺术家的天赋，甚至说她有吉普赛人的血统。母亲不太懂这些，只把这当做是称赞，不好意思地点头笑着。

但据我所知，吉普赛可不是什么赞美人的称呼，吉普赛人也不愿意被称为吉普赛人，更愿意被正式地称为罗姆人，希望国际社会承认他们是一个单独的民族。马老师这是故意嘲讽，还是不明白呢？但马老师没错，因为母亲早就埋怨过，如果当年没有嫁给父亲，她早就环游世界几周了，她更愿意浪迹天涯，而不是定居在这个偏僻的渔村，还这么说："这小小渔村以后就是我的棺材啦。"

"快去换衣服吧。"母亲看我俩还穿着睡衣，催促道。"马上就走？"我问。"不，看样子还得收拾好一阵。"母亲说。"我们去郊游吗？"妹妹问，她当然知道我们是要逃难，"秋天最适合上路。""是呀，是呀。"母亲摆摆手，"记住，没用的东西不能带。""你自己大包小包的，为啥不让我多带一点？"妹妹不高兴。母亲说的"没用的东西"，是指妹妹养的那窝老鼠。不久前，母亲发现牲畜棚里的奶牛每夜都站着睡觉，精神异常紧张，一个乳头还被什么东西啃烂了，挤出的奶也少了。我们喝一口鲜牛奶，内心也马上变得有点慌张，似乎那些奶水凝聚了奶牛的恐惧。经过日夜蹲守，她终于发现罪魁祸首是一只母鼠，吓得她咿咿呀呀的。她抄起铁棒挥向母鼠，但打偏了，只打断了它的后腿。

妹妹闻声赶来，非要将母鼠救下。奇迹发生了，养了几周后，母鼠竟产下了几只粉红的幼鼠。妹妹为自己救下几条新生命感到欣慰，反过来责问母亲："你都生了两个孩子啦，为啥不准母鼠生自己的小鼠？红粉粉的小鼠，多可爱。人不能太残忍。"看见幼鼠那副无毛的恐怖模样，母亲比奶牛更加神经紧张，老鼠似乎引起了她不愉快的记忆。"这些小恶魔，我就看你能养它们多久！"

妹妹向来喜欢养各种奇怪的东西，以前还养过一只海马。但海马并没活多久，妹妹就用它煮了汤。"它本来就是被海水冲上来的，都快死了，养不活的。"妹妹说，"海马跟马的肉完全不一样啊，像根咸咸的树枝。"爱心和食欲，两者并行不悖，只要想想那匹被我们吃掉的马，就能明白这种矛盾的心理似乎是我们家成员共有的。那匹美丽的马，原本是远在英格兰的姑妈送给我们的，可是在一次意外中，马坠崖死了。尽管可惜，但我们终于得到一个尝尝马肉的机会，时至今日，我还记得在餐桌上食用马肉的那些日子，齿颊间马肉味道非常鲜美，也饱含我们痛失所爱的苦涩。

妹妹铁了心要把母鼠一家带上，还有她心爱的花裙子，一件不落全塞进行李箱。我们这是要去逃难，又不是真的去郊游，花裙子并不适合长途跋涉。妹妹自然有她的道理："穿花裙子，心情好，就算以后进入荒野，也不至于精神抑郁，增加活下来的可能。""带上母鼠又有什么意义？"我问，"还不如放了，老鼠到哪儿都能活，赖死赖活也比跟我们逃难强。""没有老鼠，母亲会失忆的！而且，我们也不能饿死啊。鼠肉好吃。"妹妹笑了一下，那种诡异阴森的模样，跟几秒钟前还天真烂漫的少女姿态迥异。我不敢再问下去。但妹妹还在说个不停："我这是从妈妈那儿学来的。有件事你还不知道，"妹妹凑过来，神秘兮兮的，"很久以前，妈妈有过一段吃老鼠度日的往事。""不可能！要是她吃过老鼠，就不会那么害怕老鼠。"我说。"哎，妈妈不跟你说，是因为怕丢脸嘛。"妹妹把饲养母鼠的笼子从书桌底下抽出来。三只幼鼠的毛长全了，它们靠在母鼠旁，惴惴不安。"况且，你又是怎么知道的？"我半信半疑。"是乡下的姨妈打电话告诉我的。"妹妹回答。"姨妈？她早就死了啊。""对啊，她在死之前打电话告诉我的，因为吃老鼠的正是她姐妹俩。哈哈哈。她还说，母亲有段时间还想过自杀呢，就是因为想忘掉那件事。记忆太可怕了！""既然这样，姨妈为什么还要旧事重提？真恶毒……""事出必有因，姨妈不想把这件事带到棺材里，她觉得有些事发生了，不能说忘就忘。""她都没有打电话告诉我这些事。""那是因为你还不到听这个故事的时候。"妹妹比我小了几岁，但她说话的神态有时会突然变得不是她这个年纪该有的样子，不是人小鬼大，也不是少年老成，更准确地说，像个经历了世事，知晓天命的老妖精，甚至连母亲也认不出她来了。

这时，母亲刚好到二楼来，再次催促我们。我走出妹妹房间，在楼梯角碰到她。母亲神情忧郁，说道:"圣西,你看看你妹妹,她又在说胡话了……那语气,很像你死去的姨妈……""她刚才还说姨妈给她打过电话。""胡说!姨妈死的时候,她还没出生呢。""是吗?姨妈还在电话里告诉她,你在乡下吃过老鼠……""吃老鼠?!"母亲蓦地抖了一下,脚踩空了,差点滚下楼梯,"肯定是姨妈的鬼,肯定是……她死了还要来骚扰我……不给我安生日子过……我下去了,你快点收拾吧……"母亲恍惚走下楼梯,嘴里还在念叨,"每次我快忘掉那件事,她就给我托梦……那些梦里面,她有两颗很大的老鼠门牙,使劲咬我的虎口,一点没把我当妹妹看。一醒来,我的手就肿了……"这么看,吃老鼠似乎确有其事啊,姨妈的灵魂也许在妹妹身体里复活了,还故意借妹妹的嘴来折磨母亲。

我既疑惑又好奇。我的求知欲是那么旺盛,我是学校知识问答比赛的冠军,但跟母亲身上的未知往事相比,比赛中那些有既定答案的问题是多么无趣,挂在墙上的冠军奖章也突然黯然失色,变成一个羞耻的铁块。我确信有一段不为人知的往事,尚未被我的记忆之光照亮,有一个隐秘庞大的世界还在等我去探索其中矛盾的、肉食性的、疯狂的结构……

与妹妹饲养的老鼠和花裙子相比,我的书太多又太重,在母亲看来,兴许更加没有资格带进这趟逃难之旅。

我在书柜前徘徊，为带走哪本书犯难，考虑到茫茫的未来，最后挑了一本《奥德赛》和《可食用野菜参考》，还有那支在问答比赛中赢得的金质钢笔，一并塞进行李中。可我仍相信，海啸传闻最终会被证伪，这趟逃难之旅最终也会变成一次有惊无险的家庭郊游。"你会后悔的，"妹妹探进头来说，"你太乐观了，这不是一问一答那么简单的事。"她还在揶揄我，在我得奖那天她就表示，她也完全有能力得奖，只是不屑于参赛，因为书本里的知识在她看来远远不足以解释生活无穷的奥秘。说完，没等我辩解，她就提着母鼠一家和行李，穿着母亲为她缝制的波西米亚风裙子，下楼去了。童年时，我以为妹妹是一块波西米亚风花布，因为妈妈从妇产医院带她回来时，就是用花布裹着刚出生的她回来的。那时我更是以为一点火星就会让她烧起来，于是老提醒她别接近火炉。这个习惯一直延续到我们长大。对于我没有由来的担忧，妹妹经常一边玩火一边说："哥，还是管好你自己吧。"是啊，我们如此不同，我整日在房间念书，只领略过遥远心灵中的风浪，而在小小年纪时，她就提出要跟随父亲出海，去见识真正的风浪。

　　我走出大门时，母女俩已经在门外等候了。母亲牵着家里唯一的奶牛，妹妹提着母鼠一家，彼此离得远远的。特别是奶牛，闻不得老鼠的气味。母亲也反复瞥着老鼠笼，生怕它们钻出来。真巧，母亲和妹妹都穿着花裙子,提着鼓鼓囊囊的行李,十足两个吉普赛人。但父亲不见了人。母亲说,他要去渔民组织那里交代情况。虽然领头人因为害怕海啸,选择带家人离开逃跑,这说起来很丢人,但他必须在离开前做个交代,做事周全负责原本就是他这份工作的必备素质。

我们三人移步到海滩上,即使担心远处的巨大黑暗里会涌来巨浪,但仍仔细听着海浪翻涌,好像这是我们此生最后一次感受海浪的抚慰,以及这个世界的安宁。看,秋夜的海滨天空那么高远,有一种非人间的透明,还能看到宇宙中的繁星,我们凝视夜空,几乎忘了接下来的旅程。这么宁静的世界,真的会发生什么变数吗?但是,一种莫名的激情和亢奋,慢慢填充我那颗被这个海滨乡村围困许久的空虚心灵,我也跟母亲一样,非常期待能发生什么事,并以此为契机,开始一趟远行——吉普赛人的自由意志,到底是天性,还是受压迫的结果?灿烂的流亡诗歌,若没有流亡又如何得以诞生?这是一个道德悖论的问题。

二

附近的鸥鹭重新聚集起来,等待全新的黎明。但我们等了足足有一个钟头,仍不见父亲归来的身影。父亲在渔民组织当领头人的工作，常常为我们一家带来这种心被悬置的不安。说是领头人，事实上，那不是一份什么好差事，父亲更像个干跑腿的苦力。村里那帮渔民，虽不是好吃懒做的人，但至少是缺乏远见担当的，胆小如鼠，他们几乎把所有决定性的事务都交给父亲来定夺。渔村从不祭拜海神，用村长的话说，与其拜海神求庇佑，还不如靠我父亲主持局面。

他的工作包括确定每年开休渔期的时间，每天收听天气预报，抬头察看天色，判断是否适合出海，经常徒步到山顶，远眺大海变化，或者在公路入口整日等待前来交易渔获的卡车。总之，他一直被那些尚未发生、但行将出现、迫在眉睫的事物折磨着，永不安宁。这种焦虑原本可以被工作完成时的喜悦消解，奇怪的是，从来不会有渔民主动夸赞父亲，比如他选了一个出海的好日子，某次交易为村庄带来了可观的收益，又或者，在他选定的海域里抓到了今年的鱼王……而是继续将他空置在对未来保持观望的浮动状态中。

这最终扭曲了父亲的日常思维，他关心的都是宏大无形的事情，未能证实的海啸传闻比捕不到鱼更让他忧心，更能在他的心里引起漫无边际的骚乱。就说开渔节吧，在节前，父亲全身心投入到庆典布置，食物采购，人员安排等繁重的前期准备工作上。可是当一切安排妥当后，华丽的舞台，丰盛的食物，或者热闹的表演，在他眼里都不存在似的。已完成的事情在他心里不留痕迹，他的目光永远在未来。在盛宴餐桌上，他干嚼白米饭，神色严肃，凝视天空，自言自语："明天不会又下雨吧？"

"爸真是辛苦，这么多年来他都是领头人，也该换届了。"我心想。在我记忆中，渔民组织从来没有换过领头人。我的父亲，是天生注定承担罪责的圣人，可是在今夜，这位圣人竟要抛下原本背负的责任，抛弃他的子民，坚决离开这里，要是传出去肯定会被人耻笑。但父亲显然预见到了一种比被人耻笑更严重的未来，不仅仅关乎海啸，更是在担心他心灵会在这种无尽的承担中，彻底灰飞烟灭。

"不是的……"母亲摇摇头，皱着眉，极力回忆似的说，"你爸只是个继任者，在他之前，好像还有一个叫卡普的领头人……卡普——嗯，好像是叫这个名字吧……只是，他无端端失踪许多年了……我都快忘他长什么样啦，有时甚至觉得，他这个人并不是真实存在的……我想想，想想，他失踪那年的天气跟现在一样，是那么晴朗，是那么……"母亲对着翻涌的细浪叙述那些残存的记忆，越说就越缥缈，最后完全回忆不起来了。

当我继续追问卡普的往事，母亲却只是叹口气，打了个比方说："这就好比问我，宇宙形成之前的世界，到底是什么样子的呢？没人知道，也没人见过，对不对，别问了。"见我垂头丧气的模样，母亲才补充："我曾经听阿兰说,卡普是她老公,只是后来,她又否认了。哎,翻篇吧!记住,有些事不能问得太细!"

阿兰,那个神憎鬼厌的女邻居,我知道她。她儿子卡戎还是我同学呢,烂泥扶不上墙,每次考试都要我帮他作弊才勉强及格。这么说起来,我还真没见过卡戎的父亲,每次开家长会,出席的都是他母亲阿兰。"都这么晚了,你们出来夜游吗?"有人来了。白天不说人,晚上不说鬼,来的正是阿兰。"阿兰,你怎么出来了?没什么,我们去郊游呢。"母亲说。"哈哈,去郊游?天都还没亮。我儿子刚到村长那儿去了,不知道什么事。"阿兰在沙滩上做起了健身操,故意找茬,"哎,你们不会觉得海啸真的要来吧?""海啸的事,还真说不准。"我说,"要是海啸没发生就最好了,就当去了趟郊游。""圣西,"阿兰走过来,对我说,"你要是走了,我儿子以后就没朋友玩了。""怎么会呢?他不是还有条狗吗?"妹妹说的是阿兰家养的那条瘸腿的猎犬,有次偷吃别家的鱼,被打断了后腿,"狼狈为奸。""丫头,闭嘴吧。"阿兰说着就要走,"不过我好心提醒一下,现在这个形势啊,离开渔村的后果恐怕比你们想的要复杂。""卡戎找村长干什么?"我追问,"该不会犯了什么错,被叫去谈话了吧?""你还不知道吗?他现在有出息了,在村委谋了份工作,要为大家服务。"她骄傲死了,前阵子还在骂他儿子没出息,"卡戎该回来了,我得走了。拜拜。不知村长安排了些什么要务给他,期待,期待。"

我们演习逃难的那些天,这个女邻居就在窥视我们的一举一动,恐怕早就知道了我们的计划,悄悄跟村委或者渔民组织的人报告我们即将会离开。以往,只要我们家干些什么事,这个女人总能在鸡蛋里挑骨头:比如母亲给奶牛洗澡,她就说母亲不把这个村庄的人当人看;父亲成了渔民里第一个养马的人,她说父亲搞特殊;妹妹只不过是在门口晒晒太阳,她就说妹妹这个古怪的孩子应该放到火上面烧一烧,祛祛邪;只有对我,她才稍有忌惮,怕我不帮她儿子作弊,但也时不时挑事,说与其读那么多书,还不如当个官呢。显然,她今晚找到了更有攻击性的说辞,全因她儿子卡戎谋了一份也许连跑腿都算不上的杂活。卡戎这个不学无术的烂仔,村长竟然会给他安排工作,这当中肯定是有什么肮脏的交易,不会只是因为同情他父亲失踪吧?或者说,他父亲的失踪另有隐情,村长想借此封口?我不怀好意地进行各种猜测,打发这漫长的等待时间……海浪的细碎声,真是催眠……

但我们还在等,滞留的悲苦伴随整整一夜,最后困得在礁石上睡着了。几只鸥鹭老在觊觎行李中的烤鱼干,不断试探,在我们头顶飞来飞去,飞累了就落在奶牛的背上,在那儿拉屎。我们不断醒来,赶苍蝇似的驱赶扰人的恶鸟,它们恼怒之下甚至要啄我们的眼珠。我用衣服盖着脸,用厚厚的《奥德赛》枕着头,整夜梦见塞壬用歌声引诱奥德修斯,不让他的航船通过险恶的海域。

被昏暝的晨光叫醒时,我瞥见被风吹开的书页,正好是《奥德赛》第五卷开篇:此时,黎明起身离床,从高贵的提索诺斯身边,洒出晨光,给神祇,也给凡胎。除了晨光,向我们移动而来的,还有一个长长的灰色影子,好似降世的天神,要来拯救在滞留的悲苦中等待的三个肉体凡胎。"起来吧,爸爸回来了。"我提醒她们。"再看清点。"妹妹说。"我看不像是人……"母亲说。"是鬼吧。"妹妹说得煞有介事。

那不是父亲。来的人是卡戎,我几乎认不出他来:看他的衣着,多么整洁;看他的头发,上了油;再看他的脸,紧闭嘴唇,眯缝着眼睛,好像在审视我们。他现在一脸严肃阴沉,俨然是个城府颇深的官员的模样,仍掩藏不了他原本坏学生的样子,流氓气从每一个微小的表情中露出马脚。从前在学校,大家都对卡戎避而远之,在考场上,他用一种阴暗烦躁的眼神,如针般扎着我的太阳穴,要我递给他答案,我不胜其烦,每次都只能帮他。但他今天的变化是明显的,谁能想到经过一夜,他就几乎脱胎换骨了,令人难以置信。他养的那条瘸腿的猎狗,从石头后面走出来,看起来只有三条腿,其实有四条,其中一条后腿因为受伤,一直支棱着,走起路来一弹一跳的,活像个恐怖的爬行小人。猎狗突然竖耳朵,嗅着鼻子,注意到了妹妹手中的母鼠。狗仗人势,龇牙咧嘴,发出怒音。母鼠知道自己的腿也瘸了,要跑也跑不了,但外面还有个笼子,狗可没法咬它,于是继续睡觉。只有三只幼鼠吓得往母鼠怀里钻,又四处乱窜,想从笼子的缝隙钻出去。

这时,猎狗主人扑哧一下笑了,掸掸身上那套新衣服,扯扯领子。"怎么样?好看吧?工作的感觉真是不错。""不错,不错,人模狗样。"妹妹说。"丫头!好吧,随你怎么说。"卡戎意气风发,大人不记小人过,"听我妈说,你们三个在这儿,我过来看看。顺便说一声,你爸还在村长那儿,他们聊了一宿还没有结果。我想一时半会儿还不会结束。对了,是他托我来的,他叫你们先回家。"

按我对父亲的了解,他才不会没个交代就冒险把家人整夜留在可能有海啸来袭的海边,到早上才叫人来通知我们回家。也正是出于对他必然会回来的信任,我们才等下去。更明显的证据是,卡戎的话自相矛盾,前一句说是他妈妈告诉他我们在这儿的,后一句又说是我父亲托他来找我们的。父亲肯定被人以什么理由留住了,要不然,不会去这么久还不回来。"奇怪,他们聊什么聊那么久?"母亲问。"哦,这个我也不是很清楚。"卡戎说,"但我听到了一点风声……关于你们能不能离开的问题,要经过大家投票表决。""投票?从没听说过这儿有什么是需要经过投票的,"我说,"去哪里都是我们的自由。""有。你爸爸当上渔民组织领头人,不就是大家投票选出来的?"卡戎说。他站得有点累了,想在礁石上坐下,或者蹲下来休息,显然怕弄脏新衣服,只好继续站着。"没错,那是你们的自由,可是最近传闻闹得凶,你爸怎么可以在传闻未经证实的境况下,就带你们走?这有点儿不负责任,会煽动大家的情绪。你看,学校老师都快跑光了,这就是后果。昨天校长也说了,秋季之后,学校就不再开办,要继续上学的话,只能到城里的学校。要是你们还坚持离开,这个村庄就没什么人了,没人的村庄还能叫做村庄吗?想想,你爸是我们渔民的定心针,你妈会织布,你是我们村最有前途的学生,你妹妹以后啊,我看也大有作为,你们却因为传闻就搞得以后要颠沛流离,多不值得。衣食住行不都是我们生活的重点吗?所以,我决定不去上学,留在村里帮忙。""你高估我们了。既然这样,你们可以重新投票,选出新一届领头人。"我说。"不必,你爸是最适合的人选,他的实干能力有目共睹。"卡戎坚持道,"我倒认为,既然你爸认为海啸会来,为什么他不留下来亲自求证呢?这是对自己的言行最负责的做法,况且,现在风和日丽,还没什么变数不是吗?以后的日子还长着。""我们有猜疑很正常,所以,不该由村长出面帮我们答疑吗?这段时间,绝对不止我们一家在担惊受怕。这是个公共问题。""村长可忙啦，他每天都要处理政府要务，昨晚还要抽时间跟你爸详聊。再说，村长处理外政，你爸处理内务，互相配合，分工很明确。在他们面前，我也只能打打下手了。"卡戎吹了声口哨，把猎狗唤回来。"你们还是先回家吧。过几天，村长答应会跟你们谈谈。"他最后撂下话，带猎狗离开。

其实哪有什么外政，我们这个偏僻的渔村从来没有政府要员来过，所谓政府工作，不过是村长在看了新闻后，要求我们自觉遵守新颁布的某些法律条例罢了。但山高皇帝远，许多条例在这里形同虚设，仿佛是深空上的雷暴，地面的人只听到一声闷响，但雷从来不会劈到地面来。走很远后，卡戎还回头补充一句："等等吧，再等等！村长会跟你们谈谈的！"

不知道有什么好谈的，谈话的作用往往被高估了。我们不清楚眼下的情况，只是一艘海面上的孤舟，被潮汐日夜不停地荡来荡去。更令我感到奇怪的是，村委到底安排了什么职务给卡戎？在这个除了交易渔获之外，差不多就跟外界隔绝的渔村，即使有再大的职权，也不能产生什么客观影响，卡戎显然是拿着干杂活的鸡毛当令箭，报复性地享受那种幻觉般的职权喜悦。我好歹对卡戎有恩——如果替他作弊也算的话——他要是看在这份上，也许就不会再来给我们添麻烦了……诸如此类的想法，使我头脑膨胀。我站起来四处活动手脚，远眺平静蔚蓝的大海，试图减轻内心蔓生的愁悒。无奈之下，我们只好先回家去，等父亲回来再做下一步决定。

三

行李原封不动搁在地板上，奶牛拴在门口，母鼠笼子摆在桌底，只要父亲一回来，我们就随时可以出发。母亲冒着冷汗，说个不停："你们爸爸会不会希望我们先行一步？无论怎么样，生活还得继续下去对吧？我一直觉得，失忆的人的身体会变得很轻，一旦想起某些事，脑袋就沉得要死，要掉到地上。"可是，若没有父亲，我们的逃难将毫无意义，正是他的恐惧让"海啸传闻"和"西边避难所"这两者存在与否的问题，从一个原本虚幻的猜想成为一个有待被证实的迫切的现实问题。如果父亲要回来，早就应该回来了，如果他不回来，像我刚说的，在没有他的情况下离开村庄，行动将失去意义，失去核心纲领。

只要父亲不走，我们就必须留下来。若不是他，我们会跟其他村民一样，一边担惊受怕，一边表现得若无其事，照旧生活劳作。趋利避害是我们的本能，海啸要来了,迁移到内陆避难不仅是个人本能,更应该是一个集体行动,但我们唯一做的就是耗干心血地等。滞留的悲苦从礁石滩的夜晚延续至家中,房子成了随时会沉没的浮岛。一天,两天,三天……父亲没有回来,村长也没上来家里说明情况,更别提集体投票的事。

母亲把窗帘重新挂起来,挡住外面恼人的阳光,挡住村民经过门口时投来的困惑不满的目光。妹妹惊喜地发现,母鼠后腿的骨折伤口愈合了。"看吧,我本来就没下狠手。"母亲想在女儿心中挽回一些颜面。但妹妹坚信,有某种超自然的因素正在这个家里发生:我们那匹心爱的马坠崖死后,它的肉变得苦涩;奶牛被母鼠惊吓后产下的奶水,令饮下的人备觉不安;母鼠之所以能从重伤中痊愈,是因为以我们的不安情绪为食,特别是母亲的恐惧。这种想法要是出自别人口中,我肯定一笑置之,可是从妹妹之口说出来,这其中或许存在一些真实成分。哪怕是超越思维的自然神秘,最终也会在我们身上表现出来,得以一窥其奥秘,因为我们是命运的最大宿主。妹妹一边照顾母鼠,一边看似无意地提起母亲食鼠的往事,而且暗示我也牵涉其中。"哥,姨妈在电话里还提到了你……"当然,我对此毫无印象,也从未见过姨妈本人。我懒得跟她辩驳,把几本原本毫无兴趣的外国历史读物翻来覆去地读。世界上那些我没能亲眼目睹和经历的事件,突然勾起了我的兴趣。

要体验书中描述的心灵之苦，并非一件易事。由于生活变化的不足，难以锻炼出心灵的韧性。直到海啸传闻在我们微不足道的生活里切开了一个鲜红的刀口，那些从未在现实世界出现过的东西，开始纷纷编织进我的梦幻世界，纷纷涌到这个村庄的平静表象之上，为沉闷的世界博得一丝光彩。这时，即使是死水一片的生活，也并不缺少可以与宏大历史事件相媲美的痛苦奥秘。越是这么想，我越是怀疑，并进一步确信，正如母亲所言，是姨妈阴魂不散的记忆，或者说，是那些曾鲜活地存在、现在变成记忆流入世代血液里的往事，在暗中捣乱，在妹妹身上（以后也将在更多人身上）闪现其黑暗迷人的一面……

在阅读时光中熬了几天后，我扔下书本，要到外面去找父亲。这件事本来在回家的第二天就应该做，我们白白浪费了几天时间，很可能错过找到父亲的良机。母亲害怕我也一去不回，说："圣西，听妈话，待在家里吧，外面太危险……一家人齐齐整整当然好，可我也不希望你经受什么生死考验……"我本来充满愤慨，母亲的担忧反而让我感到害怕，她似乎知道什么残酷的内情。过去的十几年，我未曾经历母亲所说的"生死考验"，而我缺乏的正是这么一种考验。"妈，哥要去的话，就让他去吧，"妹妹说，"要是爸真的不回来，哥以后就是一家之主了。"妹妹对于父亲的死活可谓毫不在意，她更关心母鼠一家，似乎那些老鼠身上有什么值得挖掘的奥秘。"你真是乌鸦嘴！"母亲呵斥她，又对我说："你出门可以，但要在白天出去，万一晚上来了海啸，连回家的路都找不到。"可是日光之下，万物无所遁形，我在意的不是海啸，黑夜反而有利于隐藏自己。太阳完全落下后，我才悄悄出门去，这件事只有妹妹知道。妹妹看都没看我一眼，只是点点头，说："早去早回。"

我家最靠近海滨，在村庄最东边，村委和渔民组织在最西边，一东一西串联起整个村庄。到那儿去，需要穿过曲折的巷道，途中会经过灯塔，灯塔是这段路的中点，将村庄格局一分为二。前阵子，马老师因为学校被解散，被暂时安排到灯塔去干活，如果开学前不考虑到城里的学校报到，以后将继续当一个灯塔管理员。马老师是教地理的，很适合当灯塔管理员，熟悉航道、坐标、方位等专业知识，如今不过是把书本上的知识投入实际中运用。上学期间，他就经常以"要到灯塔去看风景"为由，问我父亲拿钥匙，到灯塔去摆弄透镜系统。有一次，马老师还模仿了日本的神奈川江之岛灯塔，为透镜系统装上可以在夜晚变换颜色的五彩灯。那个夜晚的大海，就像极光下的瑰丽世界，他向我展示了前所未有的迷人风景。

经过灯塔时，明显察觉到空气湿度增加，海面涛声滚滚，云层后的雷电割裂天空，一场雷雨在所难免。海啸不会在今夜来袭吧。又一个雷暴过后，村庄突然停了电，一片漆黑，枝状闪电不时照亮黑暗的海面。灯塔配有发电系统，这时早就应该亮起了，然而顶部一片漆黑，底部的铁门也上了锁。

"马老师！马老师！你在吗——"我抵着铁闸门喊道，试图让声音传到塔顶。

回应我的只有雷鸣和回音。马老师或许不在。硕大的雨点顺着风从海面吹来，要在雨势变大之前找到马老师，请他尽快把灯塔亮起来。我记得不久前，父亲把灯塔钥匙交给马老师保管了。马老师住在学校宿舍。现在宿舍大门紧闭，把门拍遍也无人应答，渔民组织和村委办公室同样大门紧闭，所有住户家里黑灯瞎火。眼下，整个村庄的人似乎都消失了。破旧的瓦房，新式的洋房，低矮的棚户，失修的祠堂，陷入世纪末的沉寂中。我再也承受不了空无一人的死寂，决定先回家去。在浪潮飞溅的海边，我看见母亲在找我。她在雨中四处张望，脸上有两道发光的泪痕，碎花裙鼓满了风，好像随时会被吹到海上去。她的这个形象给了我一生中最无法承受的温情，也最无法排遣的苦涩。但我也相信，她其实并没有哭，她不是这样的人。"海啸来啦！"她拉着我，顶着狂风跑回家里，把所有门窗都关上。那只是一场普通的海上风暴，所有人担心的海啸最终没有到来。妹妹还在把玩她的鼠笼，见我回来，说："有惊无险的一晚。"

第二天，可怕的事情还是发生了，命运罗盘继续转动它神秘而残酷的刻度。在它面前，我虽不像厄舍那样已经充分认识到——但至少开始意识到，崇高的理性正摇摇欲坠，思维的厄舍古厦即将倒塌。清晨，我察觉到某种不祥的预感，在风暴止歇后第一时间，就跑到灯塔那儿去。我看见一群人围在塔底，另一群人在海滩上搜寻一艘搁浅的破船。人群中有个人走出来，是卡戎，他揪着我的衣领，说我们一家应该陪葬。但很快，他试图平息自己的怒气，摆出一副得饶人处且饶人的君子气度，说事后自然会对我们做出应有的裁决。我听得一头雾水，而卡戎接下来说的话，不但没有让我对事情有明晰的了解，反而更加怀疑这一切只是个玩笑：由于马老师的疏忽，昨夜灯塔没有正常作业；又因为听信了我父亲前几天对天气的误判，一条渔船在昨天出海后遇到风暴，加上村庄停电，仪器失灵，光线不明，船只无法正确判断方位及时回航，最后被海浪打翻卷入海中，船员全体失踪，很可能已经罹难，其中就包括卡戎的父亲。只有那艘船被冲了回来。一个正常人如何才能相信，所有充分且必要的致命巧合，仅仅一个晚上就全部环环相扣地编织进我们那卡牌游戏般的命运中？

"不对！"我说，"你爸不是早就失踪了吗？怎么会在船上——"

"没错！他就是昨晚失踪的！"卡戎余怒未消，底下却还藏着一丝笑意。他这个堪比"水消失在水中"的理由实在太巧妙了，一个早已失踪的人再次失踪根本是无法查证的。毕竟没人能证明卡普存在过，也没人能证明他昨晚就在船上，无论在哪个层面，他都被抹去了。被抹去的事物，总是像云那样，会被风随意捏造它的形状。

一个男人用锤子砸开灯塔大门，带着村民涌进狭窄的内部。我跟在队伍后面，在拥挤的旋转楼梯里攀登，逐步接近其中一个真相。在塔顶，我们终于看见倒在地上不省人事的马老师。马老师全身僵硬，但还有呼吸。在被叫醒并被告知所发生的事情后，马老师还在那种他自称是由雷电引起的、遗传自他父亲的强直性晕厥导致的迷糊中，无法表现出足够多的自责、悔恨和检讨情绪，难以求得村民原谅，最后被村民抓着手脚抬下楼梯，扔在灯塔外泥泞的空地上，并被责令永远不能再踏足灯塔一步。指责完马老师后，村民将剩余的愤怒转移到我身上，要求我父亲出面担责，如果他不出来，要父债子偿。

"我也想知道他去哪儿了。"我说。

"大家冷静一下！"卡戎说，"这完全是圣西爸爸失职，跟圣西无关。如果不是误信海啸传闻，影响思维，他怎么会误判天气？如果不是他用人不善，把灯塔钥匙交给马老师这个不学无术、没搞清楚自己健康状况的人，怎么会导致船难的悲剧？所以，一切源头都在圣西爸爸那儿。"卡戎刚才还在为自己父亲失踪的事生气，现在一笔勾销，拿出一种从未见过的气度，为我挡住村民，替我说情。显然，他们忽略了另一个或许不能构成原因，但同样古怪的事情：为什么昨晚每户人家黑灯瞎火，没人出来帮忙呢？是不是大家都以为海啸要来了，所以吓得闭门不出？当发现那只是普通的风暴时，他们感觉被耍了，耍他们的人当然是我父亲，他是全村最害怕海啸的人，是所有人恐惧的源头。"圣西爸爸不是知错不改的人。"卡戎转向我，"为了弥补犯下的错，他刚才独自出海去了，说要把失踪者找回来，还发誓说，只要船员一天没找齐，他就一天不上岸。""我爸出海了？一个人出海？"我问卡戎。父亲怎么会连家都不回，招呼都不打就自己出海呢。"为什么没人跟他一起去——""他是去捞尸，多不吉利！"一个渔民说，"那是他的错，就该他一人承担。"

我登上塔顶，远眺海面，茫茫一片，空无一人。当我从塔顶下来时，村民全部不见了，只有残余的喧嚣在空气里回荡，告诉我刚才的一切并不是一个幻觉。马老师还躺在泥泞里，身体僵屈，脸上沾满污泥，望着放晴的天空喃喃自语。"马老师，我知道那些传单是你发的。"我蹲下来说，"我一直想问问你，西边真的有你说的避难所吗？""有啊。每次我昏过去时，梦里的事情都会发生。"马老师那么阴郁，又有着令人不容置疑的坚定，"昨晚我就梦到了今天这一切。你是我最好的学生，你信我吗?""信啊……我信!"

我离开时,马老师还躺在地上,仿佛又晕了过去。当我走远后回头看,发现马老师已不在那儿了,只有一堆像进过焚化炉的人形尘埃,被风一点点吹散。

四

父亲出海捞尸的说辞,是何等荒唐。母亲很肯定,父亲因海啸传闻的事早就荒废了领头人的工作,整天琢磨西行计划,根本没有安排任何出海捕鱼任务。"他已经不是他了,这男人把自己完全交给了海啸。"退一步说,即便他误判了天气,但海上天气变幻莫测是人人皆知的,渔民本该有随机应变的能力,但他们早已习惯父亲为他们选好每个出海的好日子,稍微恶劣的天气就把他们的船队吹得溃不成军。今天之前,父亲是个圣人,是渡劫的菩萨,今天之后,父亲是个凡人。但他本来就只是个凡人,不可能每件事都安排得万无一失,然而一旦什么差池,罪责最终由他承担。现在父亲人不在,他的罪责将由我们来继承。

失踪者生死未卜,即使死了,也尚未找到尸体。那几天,失踪者家属在我们家门口哭诉,要我们轮流去他们的灵堂哀悼。我们没什么钱,也没什么好东西可以当帛金，只有美丽的波西米亚风布料和新鲜的牛奶，都拿走吧！至少还能装点他们丧气的门面，填饱他们哭得饥肠辘辘的肠胃。

"不如把老鼠也送给他们吧？真是吵死了。"妹妹说。她是认真的。

母亲牵着奶牛，我和妹妹抱着连夜缝制的布料，逐家逐户去拜访，发现所谓的灵堂只不过是一张摆着失踪者照片的神台，若不是旁边放一个香炉，谁知道这里死了男人？然而，仔细听听吧，他们的阁楼上有古怪的声音。"你家是不是有老鼠啊？！"母亲紧张地问。不对，那是有人在走动，衣柜里也有沉重的呼吸声，餐桌上多了一碗饭，如果不是躲在家里伪装失踪的失踪者，就是失踪者罹难后回魂了。这些无中生有的灵堂，与其说是为失踪者张罗的，不如说是为我们安排的。一旦我们提出疑问，马上被骂成是不尊重死者，是负罪不担责的人。道歉和赔偿的程序通常是这样的：我们先给死者上香，烧纸钱，把布料送给家属，挤小半桶的牛奶，如果家属想知道怎么处理牛奶，母亲就教他们怎么煮，怎么做乳酪，直到对方满意，我们才能到下一户去。

最后一户人家是卡戎家。跟我家的地理位置正相反，他家远离海滨，位于在山脚下的树林里。这座房舍前面是一片广阔的田野，后面有一座高耸的山脉，我们从海滨出发一路走来，精疲力竭。奶牛更是累坏了，乳房也瘪了。在经过重重阻隔和缓冲后,海啸巨浪是否还能席卷到这儿来呢?如果真的有那么一个避难所,非这里莫属。

"只剩最后一户人家了,再坚持一下吧,"母亲拍拍奶牛的脑袋,"完了后,我们就可以离开这里。西边的风景会很美,还有吃不完的牧草,在那里,你可以生一头小牛犊,做母亲是一件很幸福的事。"母亲把它拴在门口的木栅栏上,去敲门。

秋风掠过金黄的草地,曾有那么几秒,我们一同抬头望着清澈蔚蓝的天空,等里面的人出来开门。但没人来开门,门自己开了,门缝处透出的微弱灯光,好像在欢迎我们进去做客。我们算什么客人?只不过是负荆请罪,不配享有客人的待遇。由于树林围绕,即使白天敞开窗户,房舍里面依然一片昏黑。卡戎不在家,可能还在外面忙着为村庄干活吧。这里弥漫着木头沉重潮湿的气息,地板上水渍斑斑,塞满各种漆黑发亮的物品,密不透风。我们弓腰走路,生怕撞到门框,打翻柜子,碰掉什么易碎的瓷器,害怕要赔偿。我和妹妹退到客厅一侧,撞上从窗户伸进来的树枝,如果不锯掉这些树枝,窗户根本关不上。

母亲听到擦洗东西的声音,走向厨房。"阿兰在里面吗?我们来送东西。"厨房里的女人发出各种不同情绪的声音,有时尖声咒骂,有时低语喃喃,有时厉声质问……我仔细去听,阁楼上没有动静,柜子里没有呼吸声,餐桌只有一个空杯子。"别急,来了!"阿兰在母亲走进厨房前就跑出来,脸上带着和气的笑容,过一会儿,又试图摆出鄙夷和高傲的神态,没一会儿,又满是歉意地点头,拿捏不准情绪立场。"我们来给你送东西。"母亲又说。"太好了,正是时候,过来一下。"阿兰说。"你在洗什么?"母亲问。"烦人,昨晚下雨,今天碗碟全都起霉了。真反常,秋天还起霉……喂,你站起来,别坐着!"阿兰要妹妹从湿漉漉的沙发起来,"你帮我洗碗吧,别一脸不愿意,这是你们该做的。""兰姨,你老公呢?"我问。阿兰没摆出失踪丈夫的照片,也没有香炉,连个形式都不愿意做,仿佛我们天生欠了她,要给她干活。"我怎么知道。他昨晚失踪了……"她说。"胡说,根本不是昨晚的事。他到底在哪儿?"我追问。"你这个小贱种,有什么好问的,不能问,不能问!我什么都不能说,说了大家都活不下去,不得安宁,会害卡戎丢掉工作。我不能说。"阿兰抓脖子上的湿疹,抓出血痕。母亲拧了我一把,要我闭嘴。阿兰呻吟一声,从我们手中夺过布料,脸上的痛苦阴沉之色突然不见了,语气大变:"哇,这布真漂亮,我打算用这些布做几块窗帘,挡住窗户,这样雨水就不能进来了。""你把树枝锯掉,窗户就能关紧啦。"母亲笑着说。"哎,锯不掉的,树要怎么长,我怎么能改变?我来看看尺寸。"阿兰用手指量度布料的尺寸,"你站着干什么,过来吧,织布剪裁什么的你最懂。""奇怪,奇怪,有股咸味。"妹妹像只老鼠似的四处闻。"地板上的水是咸的,你们没闻到吗?"阿兰一瞪眼,拿起拖把,一边咒骂,一边擦地板,几乎要把地板擦穿,"这是海水,是海水,海水从地板渗出来……"她又突然神神叨叨的。"这儿离海边那么远,怎么可能?"母亲用手指去划地板的水,却被阿兰一把抓住。"这是海啸的征兆,海水从地底涌出来。"阿兰说,"我昨晚梦见海啸,非常可怕,我还淹死了!只要在梦里经历过海啸,它就不会发生了吧?同一件事总不会发生两次对不对?"阿兰一边吓自己,一边安慰自己。她扔下拖把,到厨房里拿出一个铁锅那么大的水桶,说:"别闲着,挤牛奶吧!哎,算了。要不是你们,我才不会梦见海啸,真他妈晦气!卡戎还要处理你们留下的烂摊子,烦死人!"阿兰终于恢复尖酸刻薄的样子。看见她打回原形,不知为何,我忽然觉得很舒坦,人就该表里如一。

此时是黄昏,母亲开始挤永远挤不完的牛奶,妹妹帮阿兰清洗霉迹永远擦不掉的碗碟,我负责拖干那块永远都拖不干的地板……工作持续了一个长夜。黎明时分,我们躺在潮湿冰冷的椅子稍作休息。太阳高照时,房舍里的碗碟洁白如新,地板散发着好闻的清洁剂味道,树枝锯掉了,多彩的窗帘也挂上了。但我们的奶牛,它把身体的每一个部分都挤成了奶水,灌满阿兰家里的所有瓶瓶罐罐，只剩一张黑白相间的牛皮，皱巴巴地瘫在地板上。我们临走时，阿兰还要求留下这张空瘪的牛皮，装饰这块再也不会渗水的地板，好让她躺在上面做一个难得的美梦……"说吧，我已经知道真相，从来就没有人失踪，对吧。"等母亲和妹妹走远后，我回头问阿兰。"你这个小贱种，滚！你家的事儿还没完呢！"阿兰一口臭唾沫吐我身上，砰地把门关上。

五

几天后，一具尸体在礁石上被发现，不是失踪渔民的尸体，而是马老师。有人说，他是受不了良心的谴责才负罪自杀。至于具体的原因，大家心知肚明。根据父亲许下的承诺，在找齐失踪者前，他暂时还不能上岸。这是卡戎告诉我的，但口说无凭，并不能证明父亲曾许下这样的诺言。我每天都会到灯塔去，观察海面，也未曾见过任何疑似是父亲乘坐的船只的身影。只是偶然间，在树林的阴翳中，在长堤的礁石间，或者在渔民组织办公室附近，我相信自己看见了那些失踪者的身影。

父亲失职的罪还没赎完，但我们在道义上的罪赎完了，梦想回归原本的生活：织布，打鱼，种植，上学，阅读，去灯塔看海。远在英格兰的姑妈还打来电话，邀请我们去度假。我们没有将父亲去向不明的事告知她，因为她在英格兰的生活无忧无虑，根本不必被发生在东方某个小渔村的一些怪事困扰。接到姑妈的电话后，母亲非常认真地考虑过度假的事，她比任何人都期待去旅行，去异域他乡漂泊，离开这个破地方。

一桩原本快被遗忘的事情，关于我们目前是否能离开村庄的投票会议，这时提上了日程。负责统筹投票会议的也是卡戎，现在他当了村长助手。村长本人神龙见首不见尾，行踪比 K 眼中的克拉姆还要神秘。我必须见到村长，不能单纯任由其他村民决定我们一家的去留问题。我最后一次问卡戎村长人在哪儿时，他回答说，村长不在村里，他外出迎接一位从市里来的公证员，那位公证员将会全程监督投票过程，保证没有弄虚作假。

"公证员？"我不解。

"有什么问题？没有公证员，谁来监督投票的公正性？"卡戎说。

他们忽略了一个关键的点，我也忘了是从哪天开始意识到的：离开村庄的计划跟海啸传闻早已没有直接的因果关系。"这件事的关键在于……"我努力整理逻辑，好让这个每次考试都要作弊的学生听个明白，"在于我们本来就有出入村庄的自由，而不是票选我们是否有出入村庄的自由，更加不是票选的过程是否公正。"

"你在说绕口令吗？"卡戎皱眉头，"不过，我听到你提到了自由，自由是个很可疑的问题，我记得有一个词，啊，叫什么，对——有待商榷！""大海，有最黑的黑，也有最蓝的蓝。"我突然想到了大海。"你在说什么？但你是我所有同学里，最有文化的那个。"卡戎这话更像在羞辱我。

投票那天，白天不见有人上门。到了晚上，明明没有下雨，电又停了。母亲翻遍家里也没找到蜡烛，饭菜都端上了桌，摸黑吃饭不是滋味。"这电停得不是时候。"母亲走到窗前，望着阴暗的天穹，"月亮出来再吃吧。"我们等来的是一道电筒的光柱，从门外打进来，在我们脸上晃来晃去。卡戎带着他的猎狗来了，接我们去参加投票会议。被人用光直接打在脸上，像在盗窃时被抓现行，在潜逃藏匿期间被揪出来。"怎么才来？"母亲颇有怨言，"你看，我们饭都还没吃。""时机刚刚好，月黑风高，还停了电，黑漆漆的没人会看见，给你们留点颜面。"卡戎说。他站在门口逆着光，静默的身影如同死神登门。"我们又不是犯事被抓，有什么不好意思的。"我说。"无论是被抓还是被带走，总是有原因的，被人看见不太好吧。你们最好把行李也带上，如果投票允许你们离开，你们就可以马上走人。"卡戎又用电筒光晃我们。"老鼠不能带！"母亲见妹妹又想把老鼠笼偷偷藏在裙子底下，赶紧喝止她。

我们收拾妥当跟着卡戎出门。一走出门，面前是一片长满高高芒草的野地，原来明明是一片大海。不过，我对此早已不感到奇怪，毕竟人一旦走出门，永远不知道自己会去哪里，又能不能回来。梦幻总在这些晦暗不明的时分降临。卡戎说，学校就在前面不远处。

"郊游终于成行了。"妹妹说。

"是啊，秋天的气候宜人，特别适合上路。"母亲回答。

母女俩把行李都塞给我，甩动裙子，好像在跳弗拉门戈舞，裙摆擦着芒草叶发出嗦嗦响。她们跳得那么蹩脚，又那么尽兴，像是在死神面前跳最后一支舞。穿过这如同冥河的野地，我们就会向下进入地狱的螺旋，只是带领我们的不是维吉尔，而是卡戎。不过依我看，卡戎现在的架势更像个得势的军官，正带领俘虏前往营地，接受集体审判。那些从牢房走出来、肉体尚且活着的人，在那段最后的踟蹰的行走中，是否也有机会在路上跳最后一支舞呢？死的焦虑有多急迫，活的冲动就有多炽烈……月亮斜出半张脸，我看见卡戎的头顶上有一根支棱起来的头发，上面悬垂着一小撮骨灰似的尘埃……

卡戎走在最前面，嘴里叼着一根草秆，回头问我："圣西！我们现在走的是什么方向？""我看看，"我抬头寻找北斗星，"正是西边。""对。我带你们去西边。一直以来都是你在帮我，终于轮到我报恩。我不奢望你会说谢谢，但希望你能明白，我是个知恩图报的人。""我们的目的地不一样。""你错了,学校也可能是避难所。假如宣传单上说的避难所并不存在,怎么办?你们不仅白跑一趟,还很可能饿死在路上。经过集体审慎商议的结果,对你们的未来很重要。""不去看看,就永远不会知道真相。""道理是这样没错。"卡戎停下脚步,"万一所谓的西边避难所就是个小雷音寺,你又怎么办?圣西,不是每个人都有能力历经九九八十一难活下来成功取得真经的。况且我们靠海吃海,什么真经啊,天书啊,那些虚无缥缈的东西,不适合我们这些凡人啊。我虽然学习不好,但在这点上,我比你更明白事理。"

我们只是平辈的同学,不知为何,卡戎仿佛已经代替我的父亲,成为一个虚拟的、却又具有真实意志的继父角色,接管我们的未来命运。他还想在我面前证明,现在的他已经脱胎换骨,是个有能力的人了,向我从头到尾地讲述一遍他是怎么统筹这次投票活动的。渔村的人不多,但要每个人都来投票显然缺乏执行性,因此,他想出了一个办法,每个家庭推举一个人代表自己家庭,到学校去进行投票。他又从众多家庭代表里,筛选出一部分人作为最终的代表。

学校的某间教室里,亮起一朵小小的烛火,一朵看似是希望,实则不怀好意的鬼火,它即将引诱我们踏入陷阱的中心。卡戎率先走入教室,说投票会议就在里面进行。如果不是事先知道这里面在搞什么,我很可能会被卡戎语气中透露出的严肃和恭敬弄得脑袋迷糊,以为自己重返被比赛主持人请上舞台,获颁问答比赛冠军奖章的那天。那天,曾是我一生中至高荣耀的时刻。

我们四周一朵接一朵的烛火亮起,点燃火圈似的形成一个以我们三人为中心的圆圈。数量如此多的烛火也无法照亮今夜的黑暗,我仅能看见每朵烛火后面都坐着一个人,他们正用严肃的眼光审视我们。那些脸孔,目无表情,如若梦游者的脸。我好像从未见过他们,也看不清,但我知道他们是渔民组织的人,不久前,他们每天都跟我父亲打照面,或者来我们家做客。他们身上的鱼腥味被烛火热力烤得升腾起来,充斥整间教室。

有一个男人坐在黑板正前方,穿得西装革履,戴着证件,面前摆着一个投票箱。我猜他就是市里来的公证员。他的眼镜反射烛光,让人看不清他的眼神。他正从左到右,又从右到左地扫视我们三个。村长再次缺席了。"这些人看起来在梦游,"妹妹说,"天一亮,就会忘掉自己干过什么蠢事。""别多嘴。"母亲扯扯妹妹的裙摆。"走个形式而已,过一会儿,我们就能回家了。"我说。"哥,这是你一个人的游戏。"妹妹蹲到一旁,玩老鼠去了。

这里更像一个乡村法庭:原本应当充当法官一职的村长并不在列,取而代之的是那无形、具有压迫性、大范围的低气压;围在我们四周的,是幽灵般的陪审团;卡戎的表情摆得有模有样,又充满狡黠,是个看似在为我们辩护，实则是为了从我们身上采集决定最终投票走向的证据的双面律师。

"大家好，"卡戎开始了他的主持工作，"圣西一家都是有集体责任感，有反思精神的人，不仅给予了应有的补偿，还来接受大家的投票。而且圣西爸爸现在还在海上，继续履行他作为领头人的责任，我们不会忘了他曾为我们付出的辛劳。在正式投票前，有些问题必须搞清楚，好让代表在投票前心里有个底。我们的公证员也会全程监督。"

卡戎给我们三个每人派了一张纸和一支笔，拿起蜡烛，照亮黑板上的一行字。那行字我们再熟悉不过了，正是宣传单上的手写文字。"首先要搞清楚的是，到底是谁制作了宣传单。来，你们把文字抄一遍，我们进行笔迹对比。""如果是我们写的，对结果有什么影响？"我问。"这个……"卡戎思忖着，"这个交给代表们决定吧，我不便多说。""等等，我太不理解，"公证员提出疑问，"难道他们会捏造一个根本没有的地方，制作宣传单，自己吓自己，自己骗自己吗？"

"公证员先生，投票都是主观性的，但在这点上你要保持中立，只对投票的公正性负责。"卡戎礼貌地微笑，"开始写吧。"公证员只好把脸缩到阴影处，不再发言，过江龙怎么斗得过地头蛇呢。

我让母亲和妹妹放心写，因为那些字是马老师写的，宣传单也是他制作的。我不知道为什么马老师要亲手写，而不用打印字体。或许就像血书，它是一个超越生存本身的宣言。卡戎拿走写有我们笔迹的纸，跟宣传单一块儿交给一众代表，要他们逐个传阅，比对笔迹。其实他们没怎么细看，最后又传回卡戎手中，继续保持身板挺直。

"好了，大家一致裁定，文字不是你们写的。"卡戎把纸折起来，继续审视我。"要开始投票了吗？"我问，"说真的，我们只是想到外面走一走。""不急。圣西，我发现我最近突然对很多东西融会贯通了。"卡戎说，在我们面前踱步，"还记得刚才我跟你讲的小雷音寺吗？要是在以前，我这脑袋才不会觉得它有什么现实意义。现在呢，老祖先的智慧原来是可以这么用的，说话都变得有趣了，引经据典，以理服人，是不是？""是的，我看出了你的变化。""可能还是得经历一些事吧，或者是因为，我现在的身份不同了。我还真想起了另一个故事。""我猜是《水浒传》林冲雪夜上梁山的故事。""不。记不记得那篇叫《咕咚》的课文，咕咚咕咚……""童话？""对，兔子听到木瓜掉落湖里的声音，说咕咚来了，其他小动物一个传一个，都对咕咚害怕极了。我们不应该当兔子，也不应该害怕一只熟透的木瓜。""到底是什么让我爸变成兔子，你很清楚。"我说。贼才不会喊捉贼，法官和陪审团也不会在庭上宣判他们自己才是有罪的。"是吗，还能是谁?"卡戎说,"各位代表,开始投票吧,投允许或者不允许。"

各代表在纸上写下表决意见,投入投票箱,从教室前门离开。公证员很快开始唱票。我知道结局早已定了,然而,世间命运总是一再出乎人意料。公证员那一丝不苟的唱票声音,似乎在法律意义上赋予了我们行动的自由,因为超过三分之二的投票结果是:"允许,允许,允许,允许……"在公证员重复念出"允许"这个词时,它的发音在我听来如同幻觉,而且听得越久,就越不像它的本义,似乎是一个生造词。卡戎走到教室外,在黑暗里和几个代表的影子密谈什么。然后,他进来站在讲台上,说道:"祝贺!投票结果是,你们可以离开渔村。但我们还有一个复议的流程。在复议结果出来前,得请你们今晚就在这儿稍作等候。""等到什么时候呢?"母亲问。"大概天一亮,时候就到了。"卡戎这话听着瘆人,好像天亮后,我们就将赶赴刑场。卡戎把门关上,我听到他在外面用铁链拴上教室大门的声音,搞得我们三个像是听候发落的囚犯。

六

卡戎故意把时间说得很模糊——"大概天一亮"——

然而,这个"大概",看起来要经过几个世纪的更迭。那些模糊的时间,总是显得遥遥无期。最初几个小时,我还能凭直觉判断时间的流逝,期待黎明的光线涌入斗室。但在这牢房般的宿舍里,没有光明可言,我后来只能通过身体在清醒和困倦之间的交替次数,来计算日子的流逝。饥寒如流水,不断濯洗掉我们体内的能量,我们用蜡烛的火苗取暖,可那简直是杯水车薪,仅有的干粮也吃光了。

母亲突发奇想,决定学北极熊那样进入冬眠,不再活动,停止思考,遗忘世事,时间就不会在记忆中留下任何痕迹。不过她的风湿发作了,因为年轻时长期在冷库工作,整日处理父亲打回来的渔获,落下了病根。但宿舍只有一张硬邦邦的硬板床,连垫子都没有。我扶她躺下,听到她的关节"格格"地扭动,抽动她紧张的神经。"哎,这里比冷库里头还要冷啊……也许睡一觉醒来,春天就到了。"母亲用渐渐衰弱的声音说。

我和妹妹坐在地板上,望着空荡荡的天花板,幻想上面是一片没有星辰的星空。"宇宙形成之前,这个世界有没有记忆?"我问。"当然有,"妹妹回答,"那时候有神,但人类出现后,神就开始消失。神消失后,他们的记忆变成了星辰,变成了大海,变成了土地,还有,变成了我们吃的鱼。这都是姨妈告诉我的。"妹妹胡言乱语,"格格"地笑起来,那么快乐,完全没有任何悲苦的情绪。没错，每一种事物，都是构成这个世界的一粒记忆分子。妹妹一直摆弄她的老鼠，担心它们的健康。然而我越发紧张地观察母亲的身体，仔细辨认她胸口的起伏状况，非常担心她死去。

在某些朦胧不清的时分，我看见母亲艰难地坐起来，撕下那些波西米亚风布料，扭成一条绳子，在天花板上寻找可以挂住它的钩子，企图上吊。我不确定那是梦境，还是现实，自己又饿又困，无法动弹，只能跟妹妹说："快去阻止妈妈，她要去死啦。"妹妹的残忍超乎我想象，她用一种像是姨妈在显灵的奇怪语气说："圣西，只有死人才会彻底失忆。你妈一直想忘掉那些事。"她继续用那种语气回忆遥远的往事："在嫁来海边渔村之前，你妈跟我住在大山里，有一年闹饥荒，父母饿死了，我们姐妹俩不得不抓老鼠吃，老鼠吃光了，就吃树皮和草籽，甚至有人在夜里闯进家里来，要抓走我们。就算皮包骨，至少我们的皮肤，骨头，骨髓还能吃呢……"我怀疑母亲曾在某个心神明朗的夜晚，把这些往事当成睡前故事讲给妹妹听，仿佛彻底交出了自己的记忆遗产，也许就是从那天起，她开始慢慢遗忘，但是只要谁稍微提起，痛苦和恐惧就突然涨潮般淹没她。但我相信，姨妈的幽灵确实是存在的，她来自历史的幽暗夹缝。

眼看母亲已经把绳圈套在脖子上了，在我多次催促下，妹妹才慢吞吞地打开老鼠笼子，放出老鼠。老鼠

"嗖"一声奔到母亲脚下，吓得她马上解开脖子上的绳圈，跳上床。老鼠是种在她脑髓里的恐惧种子。她假装睡着，以为只要睡着了，闭上眼睛，老鼠就发现不了她，那些白日的噩梦就找不到她。别忘了，老鼠的鼻子很灵敏，它们总能嗅到猎物的踪迹。它们钻进母亲的衣服里，还狠狠咬了她的虎口。母亲几乎蹦了起来，身上的关节都在颤抖。突然，某种力量灌注她全身，转变成了一种毁灭性的、偏执狂般的报复，她用力把老鼠抖出来，抓起鞋子，把几只老鼠全部拍成了一团黏糊糊的肉酱。她得到了彻底的解脱，睡死过去。我还以为她就这么死了。妹妹却一个激灵坐起来："啊，有得吃了！"

尽管不愿意吃鼠肉，但我们别无选择。我负责生火，把《奥德赛》一页页撕下来，点燃，搭上木头，在烧到奥德修斯成功穿越不归之海的部分时，火堆终于烧了起来。妹妹则负责收集鼠肉，揉成小肉团，撒上炙烤过的植物种子。妹妹非常机灵，也自私狡猾得很，为了养老鼠，她就指责母亲残忍，现在饿了，却毫不犹豫地吃了它们，还要我烧掉自己的藏书引火。不过，这份小小的肉，香气扑鼻，每一口都必须细嚼慢咽，以此感谢这个物种延续了我们卑微的生命。我们逐渐恢复活力，还把教室打扫得干干净净。牢房干净，心灵才干净。只有母亲宁愿饿死也不吃那些恶心的肉。饥饿使她的形体变得跟一阵明净的轻雾那样，随时都会被吹散。

一顿横扫，吃得唇干舌燥，我到厕所找水喝。厕所没灯，黑漆漆的，我找不到水龙头。那里还有股浓重的臭味，不是尿骚，更像是沤了很久的鱼腥味。我扒拉裤子想解手，尿撒在地上竟发出沉闷的"噗噗"声，像尿在一团棉花上。突然一只手从黑暗里伸出来，抓住我的命根儿。"谁那么贱在我头上撒尿啊？！"是个男人，他死死抓住不撒手。我疼得在地上打滚，心中大惊，寻思着这儿怎么还藏着一个人呢。我不得不道歉求饶："松手吧！我只是来找水喝的！""你找错地方了，这儿没水好多年了。"那个男人终于松开手，哼一声，在我衣服上擦擦他的手。"你这个恶心阴险的小人，到底是谁？！"我骂道，捂住隐隐作痛的裆部，要把今天受的气都撒在他身上："妹！进来！"我喊妹妹进来帮我。但妹妹没有进来，她是不会理我的。

男人轻蔑地笑了一声，接着在黑暗中擦亮一根火柴。火苗在黑夜这张大纸上烧开一个缺口，映出一张胡子拉碴、皱纹密布的脸。那是一个老得看不出年龄的男人，衣衫褴褛，皮肤像融化的蜡水那样耷拉着，说他一百岁，或者一千岁也不为过。他叼着皱巴巴的纸烟，身上黏着灰褐色的鱼鳞，刚才的鱼腥味就是从他那儿散发出来的。我狼狈极了，身上全是自己的尿，坐也不是，站也不是，拧拧水龙头，水龙头干呕似的，流出一道脏兮兮的铁锈水。"别费那个劲儿了，没水的。我这么多年来沾的水，还没你撒我头上的尿多呢。"他坐在厕所的墙角,轻轻吐出一个烟圈,"你知道吗,要吐出这么完美的烟圈,没个几百年,是练不出来的。""老头,你是渔民组织派来的吧?我妈刚差点上吊死了,你都不出来搭把手。"我质问他。"污蔑!简直污蔑!你这个小孩没资格这么跟我说话。外面的事早跟我无关了。不过在这里死不了,顶多变成孤魂野鬼罢。哈哈哈。"男人大笑起来,还咳得厉害,往外咳烟。"我爸是渔民组织的领头人,我就有资格骂你。"我装出姿态吓唬他。"你总提什么渔民组织,那算什么玩意儿!没我允许,你们这些渔民都得饿死,别说捕鱼,就连靠近大海一步都会被我的大浪掀翻!"男人目中无人,以为自己是个掌管大海的神明。"你不会以为自己是海神吧?"我反问他。"不错,正是!"他又擦亮一根火柴,好让我看清他那张高贵的充满神性的脸。"我看你早就疯了,撒泡尿照照自己吧。"我骂累了,在墙边坐下来。

厕所窗外的天还是昏黑的,一点白昼将至的迹象都没有。如果这个疯子真的在这里孤独地过了好几百年,那到底是什么支撑他活下去的呢?似乎是为了嘲弄我的无知,也力图证明他说的全是真话,接下来,男人向我演示了一种神迹似的法术:他抬起头,鼻孔和嘴巴同时呼出烟气,用烟气织成的蛛网,捕捉那些被他身上鱼腥味引来的苍蝇;苍蝇困在飘忽不定的烟气蛛网里,无法飞出去,显得无力又失魂;当他缓缓把烟气吸回去时,苍蝇也被一道儿吸了进去，成了他的食物。我看得目瞪口呆。另外，我发现刚才被我们吃掉的老鼠又复活了，在男人的脚边穿梭。这种鬼东西永远都不会消失！只要你还活着，还有记忆，它们就会在梦里用锋利门牙，咬穿你的虎口！

荒谬的事情还没完。男人继续说："很多年前，大概是几百年前吧，这里的人还会祭拜海神——对，也就是我——我传授他们捕鱼技术，告诉他们哪天出海，到哪个海域捕鱼会有好收获，还提醒他们海上风暴来临的日子。他们一开始很崇敬我，可是，当他们掌握了全部技术知识之后，就把我囚禁在这里，企图占有大海。都过去多少年啦，他们慢慢把我忘了。时间在这里没意义。一个失去大海，无人供奉的海神，算什么呢，过得连孤魂野鬼都不如，法力还会越来越衰弱。如今我沦落到只能在你这种不知天高地厚的小毛头面前，搞些蹩脚的法术小把戏。说出来都丢人啊！"

我几乎是跪着爬到他面前，因为在某一瞬间，我以为他就是我失踪的父亲。但靠近后，经过仔细观察，我发现他的样子跟另一个我很熟悉的人非常相似——没错，是我的同学卡戎。这位疯子是他那位失踪多年的父亲——不，对于某些人来说，他从来没有失踪，只不过是被遗忘了。说着，他竟然哭了，捂住那张残损的脸，泪水不断滴落。或许是不想被人看到他落泪的难堪吧，他不知从哪里又弄出来一团烟,戴面具似的罩住自己的脑袋,把我隔绝在他的孤绝世界之外。我拿捏不定,他到底是人,是只老蜘蛛,还是神?不过,与其称他为神,不如说他是历史的幽灵,就跟我那个死去的姨妈,跟那些阴魂不散的老鼠一样,永远在中阴身阶段徘徊。我却看到了一丝希望,刚才我所见到的无不向我暗示着,在那些最灰暗最漫长的囚徒日子里,心灵会彰显出种种卓越的神性,在凡胎肉体上发生一个个诞生于痛苦沼泽的奇迹。

"你的名字,叫卡普。你儿子,叫卡戎,记得吗?"我试探着问他。

"不记得。只要庙倒了,菩萨的名字都会被抹去。它比时间更没有意义。"

男人没有再点亮火柴,但他呼出的烟气铺展成一张庞大无边的蛛网。我很累,昏昏欲睡,在这张蛛网上面爬行,有时能在蛛网上感知到父亲的气息,引起我四肢神经的震动。我拖着他软绵绵的身体,像拖着一网沉甸甸的渔获,走出厕所,回到宿舍里面。哦,母亲醒了,正和妹妹依偎在一起取暖,见我拖着个人不像人,鬼不像鬼的男人出来,都吃了一惊。"妈妈,你还认得他吗?他就是卡普。"我问。"臭死啦,这乞丐是谁?卡普又是谁?"母亲摇摇头,没有认出他来,还捂着鼻子,挡住他那股熏人的鱼腥味。"哥,你给自己惹了个麻烦。"妹妹说。我们四个面面相觑。又等待了好几个世纪似的，才听到门锁响动的声音时，就像等到了现代文明的光辉，终于敲碎冰河时代的阴影。随着开门的人走进来，久违的晨光扑面，这片宇宙般的黑暗之海第一次有了边界。边界令人安心，令人幸福。

"祝贺，祝贺！复议结果维持不变！"进来的是卡戎。

我好像许多年没见过他，要仔细想才想起那张脸是他。

"复议结果？什么复议结果？"母亲大惑不解。漫长的禁闭使她的记忆衰退严重。她又问："现在几点钟啦？"卡戎摇摇头，回答不上来，大概是因为这个世界，根本没有任何真实的时刻可言。卡戎只好转向我，等待我的回答。"我们决定不去了。"我说，"即便离开这里，对于未来也于事无补。""哈哈，想通想透了就好。"卡戎笑了。"不，我们想的不是同一件事。""妈，我们不去西边了吗？"妹妹问。"什么西边？回家吧，天都亮了呢。"母亲回答。母女俩踏出宿舍，牵手朝家的方向走去。是啊，这只不过是寻常的一天，风和日丽，家人一起出来郊游，很快就会回去的。

我叫卡戎进宿舍来，指着地上那个半死不活的老男人说："这是你父亲卡普，我给你找到了。作为交换，把我爸交出来吧。"卡戎挤挤眉头，瞟了一眼老男人，满脸嫌弃。也许是太久没见，认不出来吧，我补充道："你长得很像他，他就是你父亲！""哈，我父亲？我才不认识他，"卡戎又笑了一声，"况且，父亲这种东西都长得很像，有时候他们的命运也很相似，所以根本没必要死揪着。不过你要是喜欢，把他带回家吧，认他做爸爸。我看你妈也需要个男人。"他吹着口哨走出宿舍大门，在阳光下拖着一道刀子似的背影，有种凶杀的味道。我正要去扶卡普，他自己站了起来，踉跄地走入外面的世界，明媚的阳光刺得他眯缝着眼。他问我："大海在哪个方向？""看，在那边。"我指着灯塔的方向。

七

日子似乎恢复了平静，但见识过黑夜的眼睛还能相信光明吗？某天黄昏，卡戎给我们送来了一尊制作精美的菩萨像，要我们供奉起来。"看，这是海菩萨神像，是村长自己出钱定制的。找个神台摆好它吧。不仅是你们家，他给每个家庭都送了一尊，真是慷慨！自古有言，拜的神多，自有神庇佑。也是奇怪，我们以前怎么就没想过拜神祈求风调雨顺？"我趁机问起父亲的去向。卡戎耸耸肩，仍坚持说他出海寻人未归，而关于此期间的一切损失，村长要求母亲去他那里一趟，谈谈相关的补偿问题。于是，一件令人丢脸的事发生了，不久后，母亲竟然跟村长姘居了。我不得不时刻提醒她，父亲还没回来呢，他生死未卜，他们仍是夫妻。

"圣西，昨夜我终于没有梦见老鼠了，这么多年来，第一次睡得舒心。"母亲没有直接回应我，她给菩萨上了一炷香，颔首三次，念念有词，"果然多拜神，神就会庇佑。但人又不能整天拜神，毕竟生活还得继续。"我问妹妹对此有什么看法。她的眼珠子一骨碌，回答说："无所谓，每个人都有选择的权利啊。"说完，她又去摆弄新抓来的老鼠。那些老鼠跟我们吃掉的长得一模一样，不如说，这世间所有老鼠都很相似。

我每天坚持到灯塔去，白天看日出，晚上为渔船导航，顺便看看有没有父亲的踪影。我相信他仍生活在某个我们看不见的世界，心里又总是想着，那边的风景是什么样的呢？真想去看看啊，至少奇迹不会在这个小渔村发生。

灯塔顶部也有一尊海菩萨像，面朝大海，慈悲肃穆。但我认为它并不怎么关心活人的事。落日的光线下，海菩萨的模样有点像卡普，走近一点看，又像我那个至今未归的父亲；或者说，它是一个整体，是千千万万在大浪中失踪的人；他们变成神，被供奉，继而又被遗忘……在灯塔上，我经常能看见卡普站在远处的海滩上，游荡着，捡贝壳，贴在耳朵上听里面的声音，自言自语，更多时候，他望着海平面出神。卡普彻底成了一个流浪汉，在附近几个渔村徘徊。附近没人认得他，也不知道他是从哪里来的，渔民偶尔会施舍他一些剩饭，但他吃得不多。只有阿兰在路上碰见卡普时，会疯了似的大叫一声，可是她永远搞不清为什么自己见到他时会着了魔似的突然情绪失控。

一个风暴来临前的黎明，我去打开灯塔系统，恰好看见卡普奔向汹涌的大海，变成一堆灰色的泡沫，消失不见。那一刻，我真真正正地相信，他就是高贵的海神。

焚风期杂病论

张鸿渐和马先坡回到多雨潮湿的羊齿镇教书。张鸿渐教物理，马先坡教生物。两人曾是少年时代的朋友，后来考上不同的师范学院，分隔两地多年，慢慢断了联系。现在他们又回到这个长满羊齿植物的故乡，在同一所中学教书，在同一个办公室办公，还打算住在同一间教工宿舍。来学校报到的第二天，马先坡才得知旧日好友张鸿渐也要回来，喜出望外。两人约好放学到学校后的林间小径散步，叙叙旧。

一到放学时间，行李还没来得及收拾，张鸿渐就赶去小径那儿和马先坡碰面。两人客套地打过招呼后，却不知从何再拾起话头，只好默默漫步林间。零星的学生嬉笑声，寂寥的蛙鸣鸟啼，还有不知是赤麂还是猴子的怪叫，显得学校后山特别幽静。黑松遍布其间，羊齿植物在山上树下肆意蔓生。羊齿植物，即通常说的蕨类植物。羊齿镇的羊齿植物种类众多，长势茂密，还出土了恐龙化石。前几年引进的几株珍贵的桫椤树，是恐龙时代的古老物种，移栽至博物馆的植物园，与恐龙化石一起成为这里的文化标志。

原以为，大家还会像少年时代那样熟悉彼此，事事心照不宣，但分隔多年，两人的友谊早已出现空白，生活出现断层，不便开口打探对方未知的过去。仿佛不开口，这段空白也就不存在似的。两旁的小山坡上长满羽状的乌毛蕨，从高处如瀑布垂下，茂密之处，弧形细长的叶片交错，织成一个暗绿色的穹顶，将一对生疏拘谨的旧友困于其中。石阶有部分松脱，底下长满湿软的青苔，脚踩下去，陷进泥里，挤溢一道墨绿色的积水。为避开积水，两人走起路来摇摇晃晃的，像在过独木桥。

不合时宜的学科讨论成了话题的切入口。身为一名生物教师，马先坡率先向张鸿渐辨认和介绍起随处可见的羊齿植物：在沼泽边生长的水蕨，寄生在黑松表面的连珠蕨，状如铁丝的铁线蕨……对这类从恐龙时代存活至今的植物遗老，如数家珍，有着超越一般学科的迷恋。

"那么多蕨类，真让人有种错觉啊——像活在侏罗纪，或者白垩纪。但是，不瞒你说吧，我更喜欢灭绝的东西，特别是恐龙。知道吗，不少恐龙就以蕨类植物为食。"马先坡说。

张鸿渐边听边点头，不时避开乌毛蕨硕大的叶片，生怕它们碰到自己。大家都是老师，何必在我面前好为人师？张鸿渐暗想，就差点说出口。马先坡的学习成绩一直比自己好，如果当年他的高考分数再低一点，大家就不用分开上大学了——可那又如何？高才生还不是回来这里教书……

"好吧，大概是这样。"马先坡察觉到友人的无言，尴尬地收住掉书袋的劲儿。

行至小径深处，没了石阶，前面是潮湿松软的泥土。此时羊齿植物更密了，如坠黑夜，剥落的乌毛蕨叶子铺满地，腐烂生黑。见张鸿渐仍闭口不言，马先坡感到局促又难受，浑身不自在，爱说话的坏习惯又来了，絮絮叨叨地说："那，不如跟你说说，羊齿植物特别有意思的地方？看那些叶子，沿着管状中柱平行斜展，形状很像脊椎骨和肋骨的分布吧？"他指着地上的落叶，"落叶有时被曝晒发白，我还以为走了大运，碰到恐龙化石！"

马先坡拽一下张鸿渐的衣袖，提醒他看落叶的形状。不料，手被对方甩开。

"不是吧……更像人的尸骸。"张鸿渐沉沉地说了句，"回头吧，这里闷得让人呼吸不过来……"他的话怎么变那么多了呢？以前不是这样的。张鸿渐心生不满。可是不得不说，在教师这行当，马先坡这爱说话、爱讲解的性子比自己有优势得多了。

"那你知道吗，地球大气至今还没稳定平衡下来。"往回走至半途，张鸿渐冷不丁地说。他抚一下胸口，深吸一口气，似有什么积郁在身。

"哦，说来听听。"

"每天都有气体向宇宙逃逸，但在地球磁场和引力的作用下，又被捕获……加上内部的生成、交换和补充……万年来，地球的大气一直保持稳定。但是……"

"但是——"马先坡抢过了话匣子，"由于人类活动增多，现在大气不会一直保持不变，二氧化碳和氮的含量正在改变大气层的成分。还有研究称，10亿年后，地球的富氧大气将回到贫氧、富甲烷的状态。你的担忧是对的！说不定，还会造成下一次大规模的物种灭绝啊。地球已经历五次物种大灭绝，次次促进生物演化，特别是第三次，地球百分之九十六的物种灭绝。它们到底长什么样？令人遐想万千！灭绝的——才有美感。"

马先坡说起话来滔滔不绝，气得张鸿渐的脑子嗡嗡作响，缺氧似的，呼吸也变得急促，他只好原地坐下来休息。"你最好先闭嘴。"他又重重地喘气，缓了一会儿才继续说："我更担心……大气的热量平衡还没稳定……我怀疑地球，离太阳正越来越近了……太阳靠近的速度，超过地球内部调整的速度……太、太热啦……大气的张力……别碰我！热量会从你的指尖，传递到我身上……"他气都喘不过来，还要坚持把话说完。

"去校医室看看？"

"你别说话，就好了。你知道，人说话，会向外散发热量……"张鸿渐抹了一把额头的汗，手掌湿答答的。

天色向晚，日落西山，没入阴暗的羊齿地带，沁凉的晚风穿林而过，张鸿渐却如万米长跑过后，嘴唇苍白，气色虚弱，额头不住地渗汗。马先坡不知所措，只好站远一点，心想他也许是上火了吧，喝点凉茶可以下下火，而且他忘了吗，今年羊齿镇的焚风期快到了，天这么热也是理所当然的，哪有什么地球离太阳越来越近的怪事？要说那也是温室效应。

多年未见，两人身上多了彼此不熟悉的变化，年少不再，话题不搭，难免感到膈应。马先坡专攻生物，对学识如此自负，日夜观察微生物的繁殖周期，目的却更像要维护甚至创造灭绝的东西，而不是复活消失的生物世界。张鸿渐钻研物理，对外界波动敏感易怒，自身却难以调停，神经紧张，杞人忧天，认为地球大气还没平衡。这些在对方眼里看来异常古怪的习性，是如何在那些远行求学的日子里习得的？事到如今，只好把对方当作是一个全新的、陌生的朋友来认识。末了，张鸿渐改变主意，第一天不打算住校，要回家休息。

两人在校门口告别时，马先坡暗暗为这位朋友的身体和精神状况感到担忧。原因是在羊齿镇上，张鸿渐其实已经没有家了。多年前，他的房子在一个焚风盛行的炽热月份失火烧毁了。他当时在外上大学，逃过一劫，但父母没能从房子逃出去，葬身火海。马先坡没有提醒他，还以为他知道呢，任由他朝废墟的方向走去。

果然，在宿舍睡到半夜，马先坡被敲门声吵醒了。一醒来，他发现自己靠近窗户的双脚湿漉漉的，结了一层浓厚的雾水，指肚皱巴巴的，像在水里浸泡了几个时辰。焚风期之外的时间，羊齿镇还是太潮湿了。他踩着哇唧作响的脚步，开了门。门外的张鸿渐提着行李，一脸黯然，埋怨马先坡没有告诉他，他早已是一个无家可归的人，甚至觉得马先坡是故意看他笑话的，气冲冲走进宿舍，将行李重重摔在床板上，坐在床角吭哧吭哧地喘气。马先坡没为自己辩解，也没安慰失落的友人，生活沉痛的事实，也许终究需要亲自去认清吧。宿舍的阳台对面正好是他们散步的那片山林，夜晚一开灯，总有各种古怪不知名的昆虫飞进来。哀怨如尖锐笛声的兽类啼鸣，夜夜扰人清梦。

只有在放学后，他们才会在宿舍见到对方，甚少一起吃饭，晚上休息时间也不多聊。要么张鸿渐总是在办公室备课，有意避开马先坡。况且，宿舍现在吵吵嚷嚷的，不是从山林传来奇怪的声音，就是有一群热情的学生到宿舍去找马先坡，谈论生物界的逸闻趣事。学生有时不归家，像听孔子讲学那样在宿舍一待就是几个钟头，听马先坡说个不停，从现代说到远古，特别是那些生理结构在今天看来绝对称得上奇怪的史前生物——

"只有灭绝的、消失的东西，才能引起人类这么大的兴趣！"在教学生涯之初，马先坡的灭绝美学便得到了学生们的肯定。

有些学生到宿舍来也不全是为了找马先坡，而是揣着半颗好奇的心，窥视那位同住在这儿的物理教师的生活。当然，他们不敢当着马先坡的面谈起张鸿渐，只在私底下认为，其为人阴郁，不苟言笑，看似身缠百病，迟早会像湮灭的粒子那样在课堂上突然消失。他们的眼睛不时如老鼠般巡视，企图寻找某种蛛丝马迹：张鸿渐穿什么衣服，用什么牙刷，枕头底下是否藏着什么秘密日记，物品如何摆设……等等，要从物质特征反推主人的生活本质。马先坡自然察觉到张鸿渐在学生眼中格格不入的形象，只是不能在别人面前随意评价这位好友兼同事。但有件事，他不得不重视起来。

"地球大气至今还没稳定平衡下来。"张鸿渐的这种担忧已对他的生活产生了负面影响，最显著、也最具体的临床表现是，他睡觉时绝不能有外物压在胸口上，哪怕是衣服被子。每夜，他总是赤裸上身睡觉，胸口必须正面朝上，不能侧睡。他还煞有介事地警告马先坡，在他睡觉期间，从他身边走过时要轻手轻脚，把气流的扰动幅度降到最低，否则过大的气流会冲撞压迫他的胸部和肺部，使他在梦中窒息而死。

"外部大气的能量，比我体内的高出太多了。"张鸿渐冷冰冰地解释问题的根源，"当我躺下时，像有什么东西重重地坐在我的胸口上……整个地球的大气都朝我压过来……风从高压流向低压，水往低处流，热量从高温物体流向低温物体……我的身体是低压冰冷的洞穴。我的精神无处可依。"

"冬天怎么办？总得盖被子吧？"

"有暖气。"

他一定是想家了，却发现无家可归，活成一个空洞，外物像寄居蟹那样伺机占据他的躯壳——马先坡为张鸿渐下了这样的诊断，事后又心生疑问，这个诊断是否过于抽象呢？并非所有问题都是精神先行的，归根结底，张鸿渐还是身体出了问题，气血瘀阻，急躁易怒，入暮潮热。他想起清代有个医学家，叫王清任，著有《医林改错》一书，在气血理论上创立了"血府逐瘀汤"方剂。

在"血府逐瘀汤"所治疗的病例中，有一例名为"胸不任物"，正好与张鸿渐的症状吻合。该病描述如下："江西巡抚阿霖公，年七十四，夜卧露胸可睡，盖一层布压则不能睡，已经七年，召余诊之，此方五服全愈。"有趣的是与之相反的病例，"胸任重物"："一女二十二岁，夜卧令仆坐于胸，方睡，已经二年，余亦用此方，三服而愈。"

是了，张鸿渐所患的无疑是与上述两例病症相同的神经官能症。一位大学毕业的物理教师，偏偏因瘀热扰心，怀疑世间失衡不稳，这不是很悲哀吗？又何以育人子弟？为友人前途着想，马先坡拿方子去中药铺抓药，当归、红花、川芎、桔梗、赤芍等，按量配比，煎成一碗。

张鸿渐临睡前，马先坡把熬了一整天的"血府逐瘀汤"递到他面前，要他服下。张鸿渐不领情，说自己根本没病，也不信任中医。

"多管闲事！"张鸿渐不悦，"不如管好你的学生，天天上门，天天上门，吵死人！我耳根清净的话，也就不药而愈了。"

"喝下去。"

"不喝。"

"喝不喝？"

"不喝，"张鸿渐脱衣躺下，"不会有毒吧？我要真有病，也会去看医生。哪轮到你这黄绿医生瞎断症？再说，问题出在整个地球，又不是我。"

"道理不是这样的，"马先坡在床边坐下，哄小孩儿似的说道，"人类出现后，开始改造地球，改造不了就学会适应。你喝下去，不就跟地球大气达到平衡了？"

"不喝，要喝你自己喝。"张鸿渐推开药碗，"站开点儿，憋得慌。"

马先坡的心伤透了，把那碗药一口闷下。可是，气血没瘀阻却强行通瘀，好比虚不受补，当天夜里，他就流鼻血了，头痛欲裂。自己的好意被无礼蛮横地拒绝，马先坡擦净鼻血后，再也睡不安稳，起床到后山去散心。后山空气沁凉，让他热辣辣的脑袋冷静了下来，微凉好眠，他坐在乌毛蕨覆盖下的一张石凳，拿叶子当棉被，安然睡着了。第二天醒来，已接近十点，他想起昨夜在梦里见到一个旧日的朋友（不是不识好歹的张鸿渐），但一时想不起名字和模样，只是隐约记得喊他的名字时，姓的拼音是W开头的。

不久，学校年级下达通知，新任职的教师须进行一次公开课，接受检验。年级分AB两级，张鸿渐和马先坡都分在A级。A级的年级主任安排马先坡先上公开课。该年级主任姓徐，是一个快退休的老教师，原本教语文，在别人面前总是故作风雅地自称"徐某人"。他之所以先安排马先坡上公开课，是因为"马先坡"这个名字，有种身先士卒、一马当先的势头，适合打头阵；"张鸿渐"则寓意渐入佳境，后来居上，大展宏图。最近几年，他在考虑选接班人的事，一直没找到好人选，在他眼里，其他教师难成大器，没能力领导A级班子，无法在成绩上跟B级抗衡。张鸿渐和马先坡的加入，让他看到些许希望，在别人面前，他开始夸口说A级来了两位高材生。张鸿渐只是笑笑，毕竟马先坡才是名副其实的高材生呢，自己不过是沾他的光罢了。张鸿渐也被安排作为听课教师去听马先坡的课，互相学习和比较。新任职的教师须进行公开课这种规定，从未听闻，大家猜测徐主任是为了选接班人，才揠苗助长似的一来就让两位新教师面对众多资深教师的审视。

马先坡果然是当教师的料，就连一些没课的教师也闻风而动，早早站在课室外等待，要亲眼看看这个刚任职不久就受到众多学生爱戴的新手到底有何魅力。第一堂公开课里外挤满人，架势如同观看文艺汇演。马先坡的课堂教学风趣幽默，有口皆碑。张鸿渐被围堵在这群教师里，只觉密不透风，如同被混凝土活埋，将要憋死过去。课上没多久，他悄悄地钻出走廊去透气。

徐某人若是能把视野往古典方向延伸，或许不难发现"张鸿渐"一名，其实出自蒲松龄《张鸿渐》，文中的张鸿渐不过是个贪生怕死、畏头畏尾的男子。现实里的张鸿渐呢，个性虽不是这般，但这种不吉利的巧合却多少像前世今生那样，投下一个对称的影子。

张鸿渐的公开课之所以造成争议，在于在传播一种"歪理邪说"，他辩解说，那只是超纲知识，并非歪理邪说。如前面所言，他认为地球大气仍未稳定平衡，处于持续增加的高能状态，并不断流向处于低能量的他；以此认识作为研究基础，他采用发散思维的教学方式，运用热力学第二定律向学生解释精神的活动，认为人的精神可以像能量那样，在生命之间进行转移：热量自发地从高温物体流向低温物体，以此类推，若灵魂、精神、意志以及权力也是一种能量，可以推论这类能量也会自发地从高处流向低处，比如精神能量强者，权力至高者，会伸出强大的意志之手，触及弱者的精神根基，对其进行压迫和掌控，使其变成接收意志的容器。弱者一旦要推翻这种单一方向的掌控，必须尽全力"做功"，才能攀上高位，实现如电子跃迁的能级逆转。

在科学上进行僭越和冒犯，经常被认为是通往伟大发现的第一步，但身为物理教师，日日多有空想，在基础教育中传播异思，实在不配为人师表。这堂不按常理出牌的课在学校引起轩然大波，张鸿渐遭到一些竞争者暗中举报，说他败坏师德，误人子弟，另外，作为新手的他根本还没到晋升的时机，否则不公平云云。徐某人见状，立刻找张鸿渐来谈话，敦促他做出检讨和调整，争取早日重回讲台，教书育人。通过说文解字来占卜前途，徐某人对此颇有自信。因此，尽管这个名叫"张鸿渐"的新手犯了错，徐某人仍对他心怀希望。

是谁举报了自己？张鸿渐第一个怀疑的是好友马先坡。一直以来，马先坡都是最有力的竞争者。马先坡当面发誓，自己绝对没有干这种蠢事，反而责怪张鸿渐在如此重要的场合胡来，拿前途开玩笑，断言他的身体无疑出了问题，劝他去看中医。

"又来了。要是医生说我有病，你不就有理由挤掉我啦？"张鸿渐不领情，以小人之心度君子之腹。

"好人当贼办！"

马先坡自己也好不到哪儿去。近来，他头脑昏昏沉沉，神志不清，出现间歇性偏头痛，越来越难以忍受张鸿渐那副嘴脸。这是不顾后果喝下那碗药的后遗症吗？抑或是药方调配失败了？他不敢把这事儿说出来，否则，张鸿渐会更加坚信自己原本要对他下毒。不，有没有可能，这是焚风期将至的症状？在寒冷漫长的极夜，北极圈人多发抑郁，相应地，在亚热带地区的焚风期，大气干热，通常持续一到两个月，人出现心浮气躁等身体病症也解释得通。要不要去看医生？不行——想到这儿，马先坡的脸一热，五十步笑百步，大家都是讳疾忌医的人，不敢承认自己有问题。若真是焚风期惹的祸，那么这类病症都只是暂时的。

在这种不适的状态下，马先坡在夜里频繁梦见那个神秘的旧日朋友，W君。为了缓和与张鸿渐的紧张关系，马先坡主动开口向他谈起W君。W君姓什么？可能姓魏，也可能姓吴，或者姓翁。由于搞不清姓什么，马先坡一直用W君来指代他。他相信，W君不是虚幻的梦中人，而是确有其人，只是年久日深，渐渐疏远，才忘了其身份，唯有通过潜意识在梦中相会。张鸿渐忽觉胸闷气短，认为这个神秘的梦中人正使他们的友谊经受前所未有的考验！

"夜长梦多，去看看医生吧！"张鸿渐借机倒打一耙。

"你这人——不识好歹。"

暑假到了。放假前一天，徐某人喊来马先坡和张鸿渐，吩咐他们在暑假期间分别做一个课题研究，课题自定，主要用来帮助学校向教育局申请课题研究经费。明面上这么说，但谁都清楚这是徐某人为了选接班人搞出的又一次考验。"张鸿渐在公开课上出这么大的岔子,年级主任却还给他机会。"马先坡想。他并非要一心参与竞争,也觉得自己能力不足,只是对年级主任这般宽容大度感到诧异,疑心是否因为考虑张鸿渐如今家破人亡,才对其有所照顾呢?要知道,这是拿整个年级的成绩做代价啊。

两人的课题很快定下来。徐某人拿到两份课题研究的大纲,分别是《羊齿镇恐龙化石的发掘与研究》,以及《地球大气与热量平衡的嬗变》。马先坡提出异议,认为张鸿渐的课题更接近大气科学的范畴,若拿去申请经费,恐怕会被否决。徐某人没有否决张鸿渐的课题,认为跨学科研究更考验能力。

"你这是干什么?故意的吧?"一走出办公室,张鸿渐当面斥责马先坡,"明知申请经费什么的不过是个幌子,你为什么就不能当一天哑巴?"

"万一是真的呢?我只是为学校着想……"

"从今天开始,你过你的独木桥,我走我的阳关道。"

张鸿渐从教工宿舍搬出去,在学校附近租了个房子。马先坡为此难过了一阵子,只好回家和父母一起住,但很快也投入田野调查中去了。

几天后,羊齿镇有史以来持续时间最长的焚风期正式到来。干热的气流从山地背风坡下沉,形成一股炽热的风,横扫多雨潮湿的土地,把羊齿镇变成一个蒸笼似的干热河谷，四处暴亮，仿佛天上有九个太阳。羊齿植物大面积枯萎，满目枯黄。木质屋顶热得毕剥作响，木头吸收太阳和风的热量，变得极为干脆，靠近看似乎还有淡淡的白烟冒起。沼泽干涸，淤泥皲裂，小河水位下降，密集的鱼类张着嘴在水面呼吸，大街的沥青路面也烤融化了，人们走过时鞋底黏在上面，挣扎着拔起来，在地狱的沸腾油锅里翻滚的受刑者就是这般模样吧！人们说，这是进入地狱的前哨。镇上日夜广播，提醒市民谨慎用火，提防山火。

然而，种种焚风期的危象，却是马先坡最期待看见的现象。因为博物馆里的恐龙化石，正是在一个干旱的焚风期里被发现的。当年河床露出来后，人们才得以在重见天日的沼泽底下发现手盗龙的遗骸。他相信，在不见天日的水底下，掩埋着更多种类的化石，于是立刻找到博物馆，申请参与新一轮恐龙化石的发掘工作，以完成学校课题研究。馆方很高兴看到一位生物学专业的高材生毕业回乡，有望把羊齿镇的生物考古发现作为文化名片推向全国。

白天，马先坡在当年发现恐龙化石的地点调查，走访多处干涸的河道沼泽。羊齿植物枯萎后，大片肋骨状的落叶覆盖土地，陷入土里，极具迷惑性。在毒辣的烈日底下，马先坡被晒得昏恹，总是以为乌毛蕨叶子是裸露的化石，每每大失所望。焚风期还有另一道风景，生长在黑松下和寄生树干上的茂密蕨类剥落后,整个树林变得通透,一览无遗,常常可以看到猴子、赤麂和野猪在林间攀越,寻找栖身之所。林间也到处是被旱死的小型动物,如蜥蜴、蛙类和山鸡。流浪狗跑到山上觅食,把残尸叼到镇上啃食,高温下恐怕会有瘟疫。

生物考古工作没有取得进展,气温持续上升,一度攀升至40摄氏度。马先坡偏头痛发作,只好躲回家里。这时,他才想起失去音讯的好友张鸿渐。顶着烈日,来到张鸿渐的出租屋,他看见一具病恹恹的裸体躺在床板上,喘着大气,眼球暴胀。床边放着一盆见底的水和一条干结的毛巾。马先坡立刻将他送往医院。医生说,这是中暑。不放心他独自生活,马先坡只好将张鸿渐接回自己家。

归家途中,经过了张鸿渐的旧屋废墟。曾缠绕在废墟上的蕨类和藤蔓,如今悉数枯萎,当年烧得化为黑炭的房屋内部也得以重见天日,可惜满目疮痍,不辨旧日的温馨模样。

清醒过来后,张鸿渐劈头盖脸地对着马先坡一顿臭骂,指责马先坡不择手段,蓄意破坏他的课题研究。原来,张鸿渐正以自己的身体作为媒介、载体,研究地球大气热量失衡的影响呢,真是一个为科学献身的好榜样,所以说,马先坡救他便等同于破坏他的研究。

马先坡恼怒不已,偏头痛更严重了,目眩头昏,走到屋外的暴亮中。不过，好歹救人一命，被冤枉了也在所不惜，他还准备杀一只鸡给张鸿渐补补营养。养在院子里的鸡热得叫个不停，在树荫底下疯了似的互相推挤，生怕一碰到烈日就会自燃。但焚风无处不在，渗透每个角落，头发丝儿也冒青烟。

马先坡随手抓了一只三黄鸡，放血，紫红色的血流到地板上，迅速凝固成一摊可疑的胶状物。他拿起明晃晃的刀，朝鸡爪砍下去。这时，胡乱喝下"血府逐瘀汤"的后遗症似乎又犯了——烈日之下，他的视野模糊，刀锋一偏，把自己那只因常年接触生物试剂而染成黄色的拇指，看成鸡爪，一刀剁掉了……疼痛没有立刻上来，他捡起那根拇指对着太阳观望了一会儿，才被疼痛攫住，手臂剧烈抽搐，整个人在热辣辣的地上打滚，仿佛没死透的鱼在油锅里翻腾。

张鸿渐闻声跑出来，看了一会儿，趁马先坡不注意，鬼使神差地捡起那根温热的断指，扔到鸡群中去。一只公鸡迅速叼走断指，囫囵吞下，扑棱着翅膀朝院门外跑去。鸡群紧随其后，仿佛在争抢一条可以饱腹的蚯蚓。见那些鸡跑远后，张鸿渐才扶着痛得不省人事的马先坡去医院。医生说，可以断指再植，问道：

"断指呢？"

"被鸡叼走了。"

"马上抓回来。"

"抓不到。那么多鸡……"

事后，不知情的马先坡不怨张鸿渐。他怨鸡。鸡从来不知晓，自己作为一种低贱家禽的命运，终究会被人类宰杀拿来果腹，竟敢对人类实施报复，争取自由，比如叼走他的手指，实现低能级向高能级的逆转。在家休养那几天，马先坡竟有些理解张鸿渐那套"歪理邪说"了。他紧握缠着纱布的左手，被屋里的焚风烘烤得失神、焦躁，半睡半醒，又开始频繁梦见神秘的W君。

如今，失去的拇指追不回来了。院子的鸡四处逃散，混入镇上的鸡群中，分不清到底是哪只鸡叼走了他的断指。即使找到了凶手，开膛破肚，被消化腐烂的断指也不具备再植的医学条件。每次醒来，马先坡便迷迷糊糊地想起发生在自己身上的这桩惨案，担忧这起由一只家禽引起的暴动说不定会引起更多暴动，猪、牛、鸭、鸽子等牲畜家禽，迟早有一天会觉醒，奋起反抗人类。届时，羊齿镇将上演乔治·奥威尔的《动物农场》，掀起一场物种阶级逆转的革命。想到这儿，马先坡将所有现代生物科学抛却脑后，被一种空想的物种政治科幻吓得四肢冰冷。

在这场物种阶级逆转的革命发生前，马先坡却先注意到了"鸡"存在本身的问题。那是一个比他失去断指更严重的问题。鸡，这个物种是从哪儿来的呢？源于人类对四千年前的红原鸡的驯化。红原鸡作为一种鸟类，其祖先是谁？——兽脚类恐龙。如今保存在博物馆里的手盗龙，正是兽脚类恐龙的一种。

若如此推理，被宣布物种灭绝几千万年的恐龙，其基因却从未消失，通过进化和遗传保留至现代家鸡——这种低贱的家禽身上！不对，怎么能称之为进化呢，毋宁说是退化！马先坡由此得出一个令他倍感羞耻的结论：就基因层面而言，高贵的恐龙从未灭绝，仍以一种低贱的形式遍布地球，在羊齿镇大街上吃着糟糠，喝着肮脏的积水，还叼走他的断指，使他伤残。没有灭绝，便不具美感。为了维护恐龙的绝对纯洁，以及灭绝的唯一性，这低贱的鸡一定要从物种演变的链条上清除出去。

近日，镇上的一户养殖场暴发新城疫。一个星期之内，整个养殖场的鸡被病毒波及，所幸及时处理，预估没有扩散至邻近养殖场。然而，不出几日，邻近养殖场无一幸免，鸡只遍地痉挛，引颈张口，发出怪叫，仿佛集体中邪，看得人发慌。防疫部门很快进入羊齿镇，并动员市民抓捕散养的鸡，一只也不能放过。马先坡在远处观看了销毁病鸡的现场。荒野上，一个大深坑，底下堆满形如蛆虫的鸡只，消毒，掩埋，围蔽。很快，聒噪嘈杂的鸡叫连同那根藏在某只鸡的嗉囊里的断指，一起消失在厚厚的土层底下，或许会在几千万年后变为化石，那时的人类要是发掘出这块奇怪的化石，在鸡的肚子里找到人骨，便会得出一个鸡吃人的考古结论。

回到镇上,除了天上飞的美丽鸟类,地下再也不见一只游荡的家禽。马先坡对此心满意足。焚风期的炎热午后,一觉睡醒,"血府逐瘀汤"仍像诅咒一样,扰乱他的气血系统,胸中似有一股腐气要喷薄而出,浑身无力,持续发热,仿佛真的如张鸿渐所言,大气的热量正不断地注入体内。但某种强烈的喜悦支撑着他。他约张鸿渐到学校的后山见一面。

收到马先坡的电话时,张鸿渐正在出租屋里撰写他的课题报告。他感觉身体似乎有所好转,但依然难以摆脱一种强大的压迫感,似有佛祖的五指山压顶。他放下工作,前往学校后山赴约,却见到一个脸色苍白的人在荒芜的黑松林下等待,所站之处是一层厚厚的晒得发白的乌毛蕨落叶。那人竟是马先坡,三日不见,换了个人似的。走到他面前时,他正给年级主任打电话。他一边说,一边神情古怪地看着张鸿渐。张鸿渐只好安静等待,不吭一声,打量眼前这个失去人形的生物狂热分子,胸中的压迫感再次袭来。

"难道他先我一步完成了课题?"想起自己的课题正面临阻滞,张鸿渐甚觉不妙。

"主任!"马先坡对着电话说,同时想起那几夜,自己潜入第一户暴发新城疫的养殖场,挑选病鸡,连夜扔到其他养殖场的鸡群中。尽管好几夜没能睡个好觉了,但此时他两眼放光,继续对着电话大声疾呼:

"新发现！新结论！6500万年后的今天，恐龙才正式宣布从羊齿镇灭绝！"

说完电话，马先坡吐出一口紫红色的血，向后倒在乌毛蕨的叶子上。疲劳，暴晒，高烧，细菌，病鸡……他因细菌感染死于断指处的坏疽。看着马先坡的尸体，张鸿渐一个激灵，竟也有了新发现。他终于知道马先坡口中神秘的W君到底是谁了：M——倒下——W——马先坡早就在梦里预知了自己的死亡。张鸿渐忽然感觉，身体内外无限舒泰，一股强大的气压从体内抽离而出，瞬间与整个宇宙达到了极致的平衡。

"主任！"张鸿渐抓起通话中的电话，同样大声疾呼，"新发现！新结论！在地球诞生45亿年后的今天，大气才达到了热量平衡！"

徐某人握着电话，看着桌上纹丝不动的地球仪，听取了两位高材生这番奇怪又绝妙的课题报告，喟叹自己大半辈子白活了。对教学原已体力不支的他，决定延迟退休，只要活着一天，他就要坐在年级主任的位子上教书育人，在有限的教学生涯里，穷极无限的宇宙奥秘。

静午的虎

阴云渐渐遮盖明亮的山峰。一个云游四海多年的乡绅来信，告知我家老太太他即将回来，收回那栋租借给她居住的房子。当然，老太太可以继续住下去，条件是跟乡绅结为夫妻。乡绅觊觎她很久了吧？即使衰老如斯，我家老太太依然有种难以言喻的风采，仿佛她身上集结了女人这一生该有的迷人与神秘，是沉积的蜜，是久藏的木。老太太对死去的祖父的爱是忠贞不渝的，于是，她把信烧了。

这样的下午，一辆车从城里驶来，沿着乡间小道颠簸行驶，林荫一道道地落在移动的车身上。老太太的白色小院近在眼前，闪闪发亮，她早已坐在树下等我们到来，隔着宽阔的田野，与我们对望、招手。妈妈神情忧戚，几经努力，眉头上的愁云惨雾才散去些许，可是，下车后一见到老太太，她又开始哭泣。老太太此前已在电话里得知妈妈流产的事情。她挽着妈妈的手，指着天空、田野、树木，又指着挂在妈妈脸颊上的一滴泪，说几百年来，这世上的东西跟人的悲伤一样，都没怎么变过，如果眼界不够，很难善终。

老太太又问起我在哪儿。这时，我才从车里下来。

爸爸叫我喊奶奶。我一言不发。我想告诉老太太，妈妈流产的事不是爸爸的错，是我梦中的恶虎叼走了还没出生的妹妹。就在我梦见老虎的夜晚，妈妈流产了。但没人信我。自那天起，我开始不说话。"奶奶，别说话！老虎会听见的。"为了提醒老太太，我打破禁言规定。"哦——"老太太也警惕起来，若有所思，在我耳边悄悄说："是呀，要小心，这里老虎无处不在。"

婆媳手挽手走进小花园，漫步在绿植修剪整齐的小道。院子里有烧纸的烟气，酸酸的，颇为好闻，但跟乡野烧秸秆的味道有所区别。远处的院墙边上，有一丛细细的竹子。竹丛间，隐约可见一个半埋在土里的木盒，隆起如坟茔。是祖父的坟？我心想。老太太竟把坟迁至家里，与亡者日夜相对，那是一种什么样的爱呢。我不敢细看，随大人进屋去。

我们在客厅一坐下，老太太说："这儿待不久啦，房子很快就要还给人家。"这栋两层高的白色小院，归一个云游四海多年的本地乡绅所有。我第一次听闻有乡绅这个人存在。老太太说起乡绅在信中提的条件，说要跟他结为夫妻，才能继续在这儿住。这么多年来，乡绅虽身在远方，却不时给老太太寄来各地特产，还有罕见的美玉，就是为了打动她的心。老太太不予回应，将所有特产礼品都原封不动地存在阁楼。妈妈认为，乡绅是因为恼羞成怒，才出此下策要收回房子。爸爸为乡绅说话，说至少他从未待薄老太太,还让她在这儿住了这么多年。"为什么这么多年他都不回来?"妈妈反问,"肯定是做了错事呗,不敢回来,妄想用物质弥补吧。""你这种恶意揣测真要不得。"爸爸说。乡绅和老太太之间的陈年纠葛,此时变成了我父母相互斗嘴的导火索。老太太静静地坐在窗边,看着我们说话。窗外的流云瞬息万变,又从来像是一个模样。老太太年轻时,在乡里是个人人爱慕的美人,追求者排队能排到山腰上。

我们这次到乡下来,主要是因为老太太提到的这封信。它是在一个雨夜送来的,我们还没来得及看呢,她今天就把信烧了。那股酸酸的烟气正是信纸焚烧的气味,还带着墨水的味道。乡间的雨喜欢在午夜降临,但夏季的白天明显地拉长,有时迷惑了雨抵达的时间性。可是要落下的,始终、也势必会落下。命运是势必落下的雨滴,像是挂在妈妈脸上的泪珠——满则溢。现在走到了做抉择的关键前夜,既然老太太决意拒绝乡绅,爸爸会接她回城里一起生活,房子则物归原主。

我们第二天即将离开时,邮递员送来了乡绅的第二封信。第二封信表明,这一切到了无可拖延的地步,他会在一个星期内归来,老太太要么归还房子,要么跟他共结连理。真是一个令人费解又羞耻的胁迫啊。乡绅似乎相信,老太太永远不会死,他们还将有数十年的光阴,共度黄昏期的枯朽爱恋。一种来自无名山川间的威胁,将在一个星期内逐渐形成、加强。见信如此写道，老太太深知已没有拖延的余地，不得不割舍曾与祖父生活过的土地。

盛夏的乡间没有比城市凉爽几分，反而由于过于空旷，更加直接地暴露在无尽的暑热中。老太太出了趟门。我们三个坐了一会儿，热得出汗。打开吊扇，扇叶一动不动，开灯也不亮，更别说开冰箱，买来的菜和肉必须在今天吃完。爸爸不得不把所有窗户和门都关上，以防更多暑气跑进来。老太太从外面回来时，手里拿着从购销部买的油灯和火水。见我们大汗淋漓，她才说，从上个星期开始，这栋房子开始间歇性停电，是乡绅派人搞的鬼，提醒她期限将至，要么交出房子，要么答应他的要求。什么时候来电，她也说不准，买油灯就是为了预备度过停电的夜晚。今天炎热异常，爸爸望向远处山峰上的云层，说暴雨将至，雨过天晴后，便会迎来凉快的日子。

第二封信打消了爸爸回城的决定。既然乡绅在一个星期内归来，为什么不多留几日，等他回来后，我们一家人当面感谢他后再走呢？"你这是要你妈丢脸！"妈妈说。"这是基本的人情，懂吗？"爸爸执意要等。老太太没有反对，似乎也期待见见那个阔别多年的追求者。"好吧。要不是这么热，我也想多住几天。"妈妈说。"不是天气的问题。他让我妈住了这么多年，我们好歹得当面道谢再离开。"爸爸解释，"再说，他对我妈有那种意思，总得解释清楚，要不然别人会说闲话，说我们利用人家的心意，占人家便宜，完了最后一脚把人家踢开……他的势力肯定比我们要大吧？我们根本不知其底细。我们家的名声可不能在乡里搞臭了。别忘了啊，他给我妈送的礼物也要当面一件件清点，一件不缺地还给他。"

爸爸既想要做得礼貌周全，又表达了他的种种担忧。他们争论的声越来越大。我胆战心惊。听着窗外原野上的风呼呼地吹，我心想，会有老虎隐匿在茅草中吗？妹妹的悲剧明明是一个警告，他们对此视而不见，大声争吵。我走到屋外，靠在墙上，一边盯着竹丛阴影中的木盒，一边听他们讲话，时刻留意着他们何时会谈起梦中的老虎。但他们聊天的字眼似乎一直游离在它的千里之外。梦中的老虎是从哪儿来的呢？

平时，爸爸在野生动物园做保育员，负责照料白虎。他希望自己能像珍·古道尔那样，在原始森林进行生物考察，但他只是一个城市上班的野生动物保育员。爸爸经常带我去动物园上班，跟我说，动物园除了观赏和保存基因库的功能，还是一座人造的森林，为我们提供了一个先例，建构了一种自然模型，一旦自然彻底消失，人类还能在虚拟的温室生态中延续生存习性。我见识了老虎的种种面目。"住在城市的老虎，还算不算老虎？"我问他。"当然算，只是没有丛林老虎那么凶猛。""梦中的老虎，会比丛林老虎凶猛吗？""那是纸老虎。"每次提到梦中的老虎，爸爸都用几句无关痛痒的话敷衍而过。

我失望,生气。他避而不谈,就是在放任害死妹妹的凶手逍遥法外。可是,怎么抓捕梦中的老虎呢?

妈妈这么教我认识事物:"这是一块石头。这是一棵树。这是一条鱼。"也就是说,它们是我的身外之物,是否给予关注全凭我的意志,比如,对于一块石头,我可以跨过去,也可以捡起来扔到河里。后来,妈妈指着自己的肚子跟我说:"这是你的妹妹,也可能是你的弟弟。"这次妈妈多加了一个"你的",这是否意味着她属于我,由我掌控呢?当她出生后,未来也会像我一样喊爸爸、喊妈妈,吃我的零食,玩我的玩具吗?我比同龄孩子慢了一年才学会走路和说话,这种迟缓为我带来了滞后性的美感,比别人更多地停留于时间的缝隙之中,一秒分裂为两秒来使用。但我并非真的比别人笨,我只是避开了通常认识世界的道路,从另一条线路进入世界。梦中的事物通常是无法捕捉的,而我梦中的老虎,却是真实存在的,叼走了我那个还没出生的妹妹。

他们一直聊到黄昏。厨房里的肉散发出轻微不洁的腥味,弥漫到客厅。这时他们才停止谈话,开始四处走动。夏日的蝉鸣也瞬间停止,声音被抽走了似的,我困极了,一头栽在地板上。醒来时,饭菜已经做好了。天色昏黑,桌上油灯的火舌摇摇晃晃,照亮三张暮色中疲倦的脸庞。他们叫我过去吃饭。我在昏恢迷糊中爬上饭桌,满桌是用柴火煮出来的食物,在油灯下,它们呈现一种恶心的土色，火水燃烧的味道仿佛在烤蚯蚓，令人食欲全无。没人讲话，我以为他们像我一样禁言了。趁着迷糊，我问老太太："奶奶，你都知道了吗？""什么事？""梦中的老虎会吃人……""咦——"妈妈打断我们的对话，指着窗外的天空。"是啊，快下雨啦！"爸爸把话接过去。"雨？雨有什么稀奇的？"老太太放下筷子，去把窗户关紧。又是这样。餐桌上的空碟子里，摆着一个明显的事实，一个小小的"死"的事实。那个空出的座位本应坐着一个小女孩，我们应该谈论一头吃人的恶虎，我们却在关心天是否要下雨。

晚餐后，我们在院子乘凉，凝望遥不可及的星辰。院门外的一丝动静都会令我们紧张，以为是乡绅归来了。夜晚没有灯，没人发现我数次走近竹丛。但每次走到还有几米的地方，我便止住脚步。因为一旦走近，竹丛暗处便传来低沉断续的呢喃声，仿佛熟睡之人的鼻鼾，又似耳语。我想到祖父的寂寞。那是他对我的呼唤。我隔着那段无法靠近的距离，对着黑暗低声说："爷爷，我不是个好哥哥，没能像武松打虎那样保护妹妹。"

更晚些时，几个妇女带着孩子来串门。她们听闻老太太要搬去城市，特意前来道别，还碎嘴猜测房子主人的现状。那些孩子与我同龄，但爸爸妈妈不允许我跟陌生人聊天，生怕我说错话。我和几个孩子你看我我看你，大家的眼神都有些木讷，其实是因为好奇而出了神。趁父母们不注意，我和其中一个孩子溜了出去。四处无灯，寂然无声，两人在黑暗的野地走了很远。我们到底聊了什么，没留下很明显的记忆。当我们摸黑回到院子时，院子突然来了电，灯火通明。我惊得跑回去。过了一会儿，我用眼光逐一搜寻妇女身边的孩子，一个都没少，但没有一张脸是刚才那个和我结伴溜出去的孩子。那个夜晚拥有梦幻的特质。

夜深，老太太给我们分配房间。她住一楼，楼上还有几个房间。她让爸爸妈妈睡同一个房间。"你已经长大了。"她说。所以我必须自己睡。我的房间窗户朝北，尽管白天暑热当头，进去却感受到一丝阴冷，而且靠近院子的那丛竹子，骨节般的竹身，清幽的竹叶，更是加重了房间的寂寥气氛。

次日白昼，我们在屋子里大汗淋漓，坐立难安。爸爸提议去附近的湖区游玩，说是为了弥补遗憾，因为小时候他们那些孩子没人敢进去那片幽深的竹林。我们来了兴致，很快就动身了。老太太有些犹豫，最终还是答应一起去。上车后，老太太莫名其妙地问爸爸："你知道你爹怎么死的吗？"我和妈妈这才惊悉，原来爸爸没见过自己父亲，也不知道他是怎么死的。爸爸以前跟我们讲过，祖父是在战火中死去的。今天听老太太这么问，我们才意识到那是老太太的谎言。似乎为了掩饰，爸爸不以为意地回答："那个年代的人，不是战死，就是病死、饿死嘛。没什么稀奇的……"

"他是被大猫叼走的。"老太太说。大猫，即老虎。

爸爸一个急刹车，恰好停在一片灰荫底下。妈妈迅速摇下车窗，伸出头往外吐。风倒灌进来，一股酸涩艰苦的气味迅速混入黑暗的车厢。我坐在老太太旁边，身体僵直，不敢看她一眼。悲剧早有先例，悲伤也是古老而相似的。我们今日循着先辈的路再走一遍，可是，我们还能利用传承下来的经验越渡眼前的河流吗？

我们纷纷下车来，发现前面竟然是一座断桥。我们刚才差点儿就要坠入河中！从断口的颜色判断，桥才塌陷不久，空气中还有因冲击而飞扬起来的尘埃。我们在生死的关头得救，站在湍急的河水前，四人前所未有地因彼此的存在而感到坚定和幸福。妈妈缓过来后说："年久失修，不断才怪，捡回一条命算是万幸。是老爷子在保佑我们吧？"但只有爸爸才知道，当时为什么急刹车。是因为及时发现了断桥吗？还是恰巧从老太太口中得知真相，突如其来的震惊使他失控了？

我指着百来米远的地方："还有一道木桥。"

"还要走木桥去湖区吗？"爸爸问。

"走。"此前还犹豫是否出行的老太太，是第一个赞成要继续行程的。

木桥由两根木头并排搭成，仅能供　人通过。我们按次序踏上桥，脚步缓慢，颤巍巍的，但稳住重心后，倒有了几分自信和安定。爸爸打头阵,我随其后。他看着脚下的河水,向前挪动脚步,念念有词,掰着手指,盘算乡绅归来时该怎么招待他,怎么把房子归还,好聚好散。妈妈心有恍惚,自言自语,对乡绅追求老太太的往事有了兴趣,恳求走在她前面的老太太透露几句闲言碎语,以排遣内心愁悒。老太太走在我身后,她不避讳这个问题,喃喃道,其实她也不晓得此人的名字,只知道他父亲也曾是一个乡绅。乡绅的儿子自然也会成为乡绅。封建时代过去后,已无乡绅一说,但老太太不知其名,只好继续以乡绅身份界定他的形象。如今那个乡绅不过是旧社会的影子。在老太太和祖父结婚前,乡绅就开始了对她的追求,说服她嫁入自己家门。乡绅有田地,有金银,可以让老太太从泥屋搬进檐高宅深的庭院,还拿出一条白玉观音项链,要送给她。老太太自知是一介农妇,能被身家优越的富家子弟看上,实在是上天眷顾。她最终还是嫁给了祖父,两人住在山边的小屋,养育他们的儿子。

不久,乡里不知为何出现了虎患,先是祸及牲畜。后来,祖父一夜之间不知所踪。人们在她家门前的泥泞处,发现了徘徊的爪印,猜测祖父是被老虎叼走的。

窄窄的木桥产生了轻微抖动,然而未见河水危及桥身。这股不自然的抖动,或说颤抖,来自妈妈那边。原本只为转移注意力、从乡野情趣的往事中寻求消遣,不料话题竟顺着故事触及祖父被老虎叼走的惨痛历史。妈妈双腿发抖,呼吸也不稳定,也许是思及夭折的女儿。此刻的气氛恐怖异常,桥身似有塌陷的危险。受到妈妈的情绪感染,我变得失魂落魄,厌倦了当这个家的罪人,抱怨的话脱口而出:"爸爸也有错!如果不是爸爸带我去动物园,老虎就不会跟我回家!"不久前,我们才因彼此感到坚定和幸福,这时却成了同一根绳上的蚂蚱,家庭成员之间福祸相依、牵一发而动全身的道理从未如此昭然。我们被彼此置于危险的境地。爸爸强忍情绪,沉沉说道:"还差几步,就快走到桥头啦。"妈妈这才从悲伤中抽身,深呼吸一口,继续向前挪步。

"我告诉过你,"老太太对妈妈说,"如果眼界不够,很难善终。"

上岸后,老太太继续刚才的叙述,谈及祖父被老虎叼走生死不明的第二年春天,山泥洪流冲毁了小屋,她和儿子从此无家可归。乡绅再次出现在母子俩面前,却并未刁难,反而让二人住进后来逐步被改建为如今白色小院的房子。乡绅说自己别无他意,仅出于往日情谊和乡邻互助的分上才伸出援手,况且不久后,他将离开此地,只身远游。那是老太太和乡绅最后一次见面,他们当年还年轻,如今几十年未见,大家老得面目全非,仅有这栋房子作为相认的凭证。"往日情谊?乡邻互助?不敢承认,真是没种。"妈妈说。爸爸对这段历史毫无印象,若不是那封信,根本不知道还有乡绅这个人,更别说自己父亲被老虎吃掉的往事。

湖区就在不远处，今天是家庭夏日出游的欢乐时光。我们沿着一条竹林小径，缓步走入湖区。茂密的竹子围绕湖泊生长，湖水倒影黑绿的竹叶，显得碧幽幽的，给人深不可测的错觉。湖泊四周一览无余，除了水鸟飞过湖面的涟漪，这里没什么可游览的景致，只能暂且散步消暑。倒是竹林的深处透出神秘感。实现了童年梦想的爸爸显得有些雀跃，左顾右盼，但这份雀跃又有些刻意，似乎为了回避某种情绪。他说这里的竹子跟野生动物园里的熊猫吃的是同一种。我们的脚步闲散，相比之下，老太太自从进来这儿后，脚步就急促起来，朝着什么地方走去，引领大家的方向。

湖泊鲜有人迹，岸边大部分地方覆盖着厚厚的竹叶，但若仔细观察，会发现老太太走过的地方比四周的地势稍低。那是一条容易被忽略的小径。我想起虎园里的白虎，它们有规律地踱步，日日夜夜地在地上走出一个"8"字型。我曾以为那是动物间富有深意的交流符号，但爸爸说，那是动物被关久后产生的刻板行为，无目的可言，反而是一种需要矫正的心理疾病。

行至某处，老太太远离湖岸，开始朝着竹林内部走。我们不知其用意，只好跟随她的脚步。她回头问爸爸："你想看看他吗？如果这次离开，我们很可能不再回来了。""你是说……爹的坟吗？"他不知道自己父亲还有坟墓。"差不多。"老太太继续向前走。爸爸从前听说他的父亲是战死的，从未奢望能寻回其尸骨，更别说今日得知他是被老虎叼走的。静默埋伏的老虎，跟喧嚣的战争一样凶险。如果祖父的坟在这片竹林中，那么院子里的木盒便不可能是他的坟。妈妈不想进去，要在外面等候。爸爸回头瞪了妈妈一眼，说这是大不敬。接着他又望向我。我木讷地点点头。

我们跟着老太太在茂密的竹林艰难迈步。凶狠的花蚊扑上来，咬得人疼痛刺痒。头上悬着烈日，我在林中只感昏沉，浑身发寒。老太太在一大丛竹子前停步。这丛竹子呈现不可进入的封闭之势，竹身粗硕，竹间距离窄得连小小的我也挤不进去。祖父的坟怎么会在里面呢？我们面面相觑。老太太指着竹丛某处，要我们认真看看。只见竹叶层叠，视野昏瞑，我们眼睛睁得又酸又痛。直至一阵风吹开顶部的竹叶，一道强光泻下，在强光短暂地照亮那儿时，我们赫然看到了一种宛若来自噩梦的事物。妈妈惊叫一声，跑出竹林。

有些东西本不该展示在众人目光下，也不该如此毫无顾忌地主动揭露出来。我们看到的不是祖父的坟墓，而是他的遗骸。一道道参天的竹子从他的肋骨间穿刺而出，将他的遗骸封锁其中。老太太年轻那会儿苦苦寻找失踪的丈夫多时，终于在此地发现了他，那时的他已是这副模样，尸首被竹子穿透，无法分离出来。"肯定是老虎把祖父叼来这里的。"我猜测。在他横尸的土下，春季长势迅猛的竹笋正拔地而起，只需几天便能穿透人体，继续朝着天空生长。要将躯体完整地从中分离出来，老太太有心无力。多年来，她不敢告诉别人这个令人心碎的残酷的真相。她每天孤身到此，拿一根长长的棍子伸进去清理落在上面的竹叶，至少这样还能与亡夫相见。

爸爸一时挤不进竹丛，竟然流泪，又质问老太太为何隐瞒事实，还发誓说，会回来把父亲的遗骸带走。只见老太太轻抚着爸爸的颈背，叫他别哭哭啼啼，好好跟他的父亲道别，让死者在这里安息长眠。"哭什么，你也没见过他。"老太太说。爸爸被泼了一盆冷水，眼泪马上止住了。

风停后，我凝视再度昏暗起来的竹丛，再也看不清祖父的遗骸。虽然院子竹丛里的木盒不是祖父的坟，但在那种突如其来的偶然想象中，我看到的是一种近似的现实。我便想，这人世间是由众多神秘的暗示构成的，追寻唯一的现实反而显得次要。

天黑风急，乌云积压，已看不见最高的山峰了。我们匆匆离开竹林，再次走木桥时，妈妈差点儿坠入河中。因为她快要失心疯啦，嚷着，吵着，说今晚就要回城。在雨落下的最后一刻，我们终于钻进车里，顶着豪雨往回赶。回到院子后，大家手忙脚乱地开始收拾行李。又经过竹丛，我鼓起勇气冒雨走过去，掀开木盒。那确实不是祖父的坟，是一个蜂箱。群蜂如潮，向我脸上扑来。

家人看着浑身落满蜜蜂的我站在门口时,一个个吓得呆住了。事实上,蜜蜂没有叮咬我,没有伤我分毫,很快飞离屋子消失在雨中。爸爸妈妈说我走了狗屎运。唯独老太太说那不是奇迹,也不是运气。

"那是因为,我孙子的心是一朵花。蜜蜂怎么会咬他呢?"老太太极其温柔地说,还替我擦干脸上的雨水。我从未体验过这样绵绵的柔情,哭起来,但受凉了,又被吓得不轻,慢慢昏睡过去。

本以为回城计划会因此搁置,但醒来时,我发现他们的行李已经收拾妥当。他们又一次趁我睡着完成了一件事,这让我严重缺乏家庭生活的参与感。老太太的行李只有几件衣服,她不想带走太多本就属于这里的东西,其他用品回到城里后再添置。我们整装待发,但雨势还很大,只能在客厅里坐着。这又是一个停电的夜晚,我们以为很快能启程,都把油灯收起来了,只有巨大的闪电照亮客厅。我心里却在祈求雨再落久一点,再大一点,好拖延我们起行的时间。因为我想见见那个神秘的乡绅。

我依偎在老太太的怀里,在脑海勾勒乡绅各种可能出现的模样。当年若没有他及时施以援手,老太太和爸爸难免流离失所,而我是否会降临于世,也不可想象。从老太太讲述他的故事伊始,乡绅便散发出一种慷慨、无私、坚定义诚挚的气质,乡绅阶层应有的社会价值在他身上得到了完美展现。我们一家有什么理由不跟他道谢后再离开呢？这不是爸爸此前的态度吗？如今他却顺着妈妈的意，要收拾包袱离开。忘恩负义！在爸爸的影响下，就连老太太也变了，还没等到恩人回来就要走人。想想吧，乡绅给他们母子俩提供庇护所，远离虎患，可是爸爸反其道而行，送羊入虎口。带我去虎园的难道不是他吗？他才是这一切始作俑者！越想越气人，我从老太太怀里挣脱出来，跑到门边堵着："我们不能走！""不走，你要给爷爷守墓？"老太太说。

身后突然响起敲门声，咚——咚咚——咚咚——轻缓地，礼貌地，试探性地……大家被这阵与雨夜急迫的氛围相悖的敲门声吓得屏住呼吸。我的后脑勺贴着门，像有人在轻敲我的头盖骨。我立刻转身，正对着门，心怦怦跳。妈妈半站起身，警告我说："别开门！"

明知今夜只有一个人会敲响这道紧闭的门，我却直接敲开了门。雨水顷刻扑面而来。门外站着一个身材高大的人，他的黑影蓦地越过我头顶，在身后延伸了一段很长的距离。我迅速退后几步，才能完整地仰望这位比我们所有人都高大的来客——不对，不能称他是来客，因为他才是这栋房子的主人。

白亮的闪电将他的脸照亮的瞬间，我发现他跟我想象中的模样是吻合的：一个优雅、庄敬的老绅士——称他为绅士要比乡绅更文雅，更符合这个时代。或者，乡绅一词应该拆解和补足为"乡村绅士"来理解。他穿着一身黑大衣，提着一个小皮箱，走进来了。他来到我们面前，摘下黑色帽子，稍稍鞠躬致意，露出满脸笑容。外面明明大雨倾盆，从他帽子上抖落的却只有几点雨水，也许连天上的雨水都不敢淋湿他，不敢惊扰这高雅的体魄。

爸爸连忙从柜子里翻出油灯点亮，带着歉意说："这位想必是——"他望向老太太，因为我们根本不知道该怎么称呼他，跟他到底又是什么关系。见老太太一脸漠然，爸爸只好自己补救："坐坐坐，实在有失远迎。"

暖和的黄光驱散了雨夜的急迫，但家中的气氛却有些局促了。乡绅是为了老太太而来的，可是从他进来到现在，老太太都没有对这位恩人说过任何客套话，也没有道谢，没有上演久别重逢的温馨场景。最后，老太太冷冷地说："我们今晚就走。"她的答案已经很明确了。我们为老太太的失礼感到难堪。

"这雨，一时半会儿停不了吧。"乡绅说。

即使被拒绝，他的笑容依然挂在脸上，声音沉厚、缓慢，有着不可撼动的尊严。面对这样一位令人敬畏又为人温和的老绅士，我暗暗羡慕他的气质和品位，发誓以后要成为像他这样的高贵成熟的男人！在云游四海的几十年里，是什么支撑他专情于一个乡间女人呢？这种疑惑更加深了他身上的神秘感。我忍不住一次次地观察他身上的种种细节，自叹弗如，那根本不是我这种连说话和走路都比别人慢一年才学会的蠢钝儿能够企及的啊!"说实在的,感情这种事儿勉强不来。"妈妈说。"不能这么跟恩人说话。"爸爸吩咐她去厨房,看看还有什么食物或茶水,招待恩人。

"没关系。"乡绅说,"另外,我还有一物相送。"

乡绅打开小皮箱的搭扣,从里面捧出一尊光泽细润的白玉观音,放在掌心,缓缓推至老太太面前。这是一份比当年的白玉观音项链和堆积如山的礼品加起来还要昂贵千百倍的定情礼物,仿佛是特意远渡重洋,花了几十年时间才带回来送给她的。这尊白玉观音在夜里散发的色泽,有种致命的魔力,连老太太也不禁瞪大了眼睛,更别说我和爸爸了。妈妈端着粗茶和几块点心出来时,也看得呆住了。我们的喉间发出仿佛不属于自己的惊叹声。在白玉观音面前,这里的一切简直土里土气。他把白玉观音放在桌子中央,供大家观赏。爸爸捻灭了油灯,生怕乌黑的烟气会玷污这晶莹无瑕的宝物。五人围着白玉观音,就着粗茶吃点心当晚餐。我们不时抬头瞟几眼白玉观音。乡绅丝毫没有嫌弃这样的场面,他似乎代替了死去的祖父的位置,和我们短暂地组成一个完整的家庭,在雨夜享受虚幻的天伦之乐。说不定,妹妹正卧在观音的座下呢。

雨停后,我们不再急着回城了。爸爸妈妈还在客厅欣赏那尊白玉观音。老太太早早回房休息,离开前,她说还需要点时间去弄明白一些事。我们到底是因为这尊白玉观音,还是因为这短暂的天伦之乐,才改变了自己最初的意愿呢?

睡觉前,我走进那个存放乡绅礼品的房间,在一堆堆垒得高高的、包装素雅的礼品间,如同身处爱意的群山,纳闷为何乡绅的爱和礼物从未打动老太太。转身离开时,我一个趔趄,朝侧边撞了一下。那些礼物如坍塌的山朝我砸下来。被掩埋在这些陈年旧物之下时,我听到了爸爸妈妈在隔壁房间的对话,听到了恶虎吃人事件中最核心、最重要的部分。"这件事,要不要先告诉我妈?"爸爸问。"别说了,还有必要说吗?"妈妈说。"如果是老太太开口问,"爸爸拿不定主意,嘀嘀咕咕,"说不定他会比较好接受?""那又不是他的错。""但他总不能一辈子以为——是梦中的老虎吃掉了他妹妹吧?明明是他踢了你肚子一脚。""听我的,就这样吧。生活也不过是场梦。"

我多么希望,此时此刻自己真的被掩埋在坍塌的泥土里,慢慢窒息而死,这样就不用面对那个残酷的真相。我梦见老虎,与虎搏斗,在梦中伸出那制胜的一脚,踢在了身旁怀孕的妈妈身上。我才是梦中的恶虎。至少是它利用了我,控制了我。掩埋我的同样是一种悲伤,悲伤的无力之处在于它于事无补,但在感性层面,它证明了我不是一个冷漠无情的人。这股沉郁的力量,正使我迈向成熟。我要成为一个成熟的人。爸爸妈妈会把真相告诉老人人吗?如果我假装没听到今晚的对话,那将是一种被称为荒谬、无情、天生缺乏人性的表现。成熟的人犯错是没有资格得到原谅的,错误是他永恒的影子。一旦我真正成熟起来,便会彻底失去向爸爸、妈妈和老太太请求谅解的余地。我想起了形象高贵、个性成熟的乡绅,若是以他为我的人生榜样,过去的错误能尘埃落定、一笔勾销吗?

午夜的花园,月色溶溶。我好不容易等到了与乡绅单独谈话的机会。我一五一十地把妹妹的故事告诉了他,责备自己害死了妹妹,希望未来的日子里,能成为像他这样高贵、成熟、优雅的男人。他脸上保持了许久的笑容,此刻突然收住了,充满先礼后兵的危险意味。我大为不安,但仍充满期待地仰望着他。他会接受我的坦白,赞许我的自省吗?

"你要成为像我这样的人?可是,你不是做到了吗?"他朝我俯下身说,如大山压顶,"为虎作伥,你就是那伥鬼。"

"什么是伥鬼?我不是啊……"

"伥鬼,就是害人精,嫉妒鬼。你踢你妈肚子的那一脚,真是无意的吗?嗯,也许是吧。但我懂你,你这颗心里啊,装的全是占有欲。"

"啊?!"

"嘘!不要惊扰熟睡的老虎哦。"

他不是别的什么东西,他就是不折不扣的乡绅,是从旧社会延伸而来的黑影,是一种持续的恐怖,是这世上仅存的一个乡绅！他这个残存的身份，只对我们一家成立。我慌忙跑上楼，钻进老太太的被窝，求她带我离开这个令人痛苦的地方。她把我搂紧，说："别急。天亮了我们就出发。""我担心自己会变吃人的恶虎。""怎么会呢，你不是一朵花吗？""是吗？心有猛虎，细嗅蔷薇，讲的就是这个意思吗？""我也不懂呢。你说是那就是吧。"老太太细细地唱起山歌，哄我入睡。

第二天正午，烈日暴晒，万物喑声。因为老太太坚持要离开，我们终究还是上了车，正式告别这片土地。车驶出去后，我突然想到一件事，问老太太，动物园里的老虎都会吃人，为什么当年那头老虎没有吃掉爷爷，反而把他藏在竹林里完事了呢？"不是所有老虎都吃人，"老太太回答，"有些老虎只是喜欢作恶，喜欢杀人。""老虎不吃人，那它吃什么？""有时它会变成人，在晚上敲门，进来和我们一起吃晚餐。""天啊！那它变成了谁进来和我们吃晚餐？！"我惊呼。

我花了好一会儿才理解老太太的话，又想起昨日雨夜在后脑勺响起的敲门声。我立刻探出车窗，回头眺望，心想，这个故事从来就没有老虎，没有梦中的恶虎，也没有徘徊在乡间的恶虎。橘黄色的烟尘里，我看见那个乡绅站在树荫下，朝我们挥手道别。他的脸上挂着一道亘古不变的神秘笑意，有那么一刻俘获过我，如今在静午的烈日下，一闪而逝。

大禹归来

旅行家归来时，许多幸存者向他讲述洪水横扫城市的情景。他当时四处游历，没能亲眼目睹那一切，但听来真有点上古神话大洪水来袭的色彩。不见大禹治水，也不见女娲补天，更不见诺亚方舟，众多幸存者在高速公路入口等来的只是一个倦怠的旅行家。救援工作本不是凭一人之力就能开展的，可是面对他们的失望情绪，一种辜负了众生似的负罪感从踏入城市之初就笼罩着旅行家。

下完雨的天空那么明净，城市的土地那么脏，到处是死动物和烂植物，还有在积水中四处漂浮的木房子。幸存者有时疏于收拾大地残局，抬头看着天空出神："这波大水到底怎么能在天空深处藏得这么隐秘，竟逃过了气象台那帮科学家的法眼？"

后来不知从哪儿飘来一阵雾霾，夹杂煤矿灰尘，把高楼大厦四十层以下的城市空间都蒙住了。被黑暗天穹弄得心情抑郁的人，想要看看天空，打算走上大厦楼顶去。但四十层以上的高楼早已被另一群人占据了，他们以高层空间无法容纳更多人为由，以雾霾为分界线，将这个城市分成了两个群体。他们自称是观察家，声称自愿放弃地面生活，永不下楼。他们会通过广播系统，每天向生活在地面的人们描绘自从雾霾来临后，高空之上那白日星空的壮丽景色，以满足地面人们的精神生活需求。

"广播说，天上出现了一颗发红光的洪都星！"坐在残破小黑楼下的人们都这么谈论着。这些普通民众也慢慢认识到，高楼确实无法容纳这么多人，于是在苍白落灰的地面世界中生存，清理和修复城市，参与生产，将食物给观察家们送去。他们最大的消遣是每日准时收听广播，有些人用油彩将广播描绘的景色在画纸上呈现出来，因此普通民众里出现了许多平民艺术家。

为什么会有木房子出现在城市里呢？这些事不是没有迹象的。洪水袭后的城市看起来日益衰败，但其实多得两个群体的划分，很多早已在城市中心消失的职业开始逐渐复苏：花农，渔人，木匠，铁匠，农民，猎人，捞尸队……这也是为什么会有木房子在城市积水上漂浮，它们其实是一种船只，但外观不像新近制造出来的。因为这些职业一直在看不见的城市角落里存在着，像埋在干旱土地中的野草种子，只不过在等这场雨水来催发，才在城市表面发了芽。

多年前，旅行家还在这座城市当城市规划师。从宏观角度规划一座城市的布局是份相当辛苦的工作，旅行家偏偏是个容易偏离中心的人，缺乏宏观精神。他担心自己胜任不了整体性的工作，后来申请调到城市水利系统部门去，希望自己能专注在一个局部工种。旅行家深知这座城市的排水系统有多糟糕，改造有多难。那些深埋地下的排水管道，纵横交错，暗中生长，如树根一样抓住城市的命脉。

前阵子开闸泄洪，对内涝也无甚作用，城市被泡成一座茫茫水城，还把很多原本住在地下排水管道系统中的神秘职业者都逼到地面上来。除了高空中的观察家和地面上的普通民众，这里还存在一种地底人。但现在由于洪水浸泡，那些地底人被迫钻出来，成了普通民众的一部分。在那批人中，还有一位自称是巫医的人。谁会想到，在这种现代化程度如此高的城市里，竟然还存在着这样的职业？如果在洪水来之前，市政人员有勇气钻到地下排水管道系统中看看，或许能在一些排水量较小的地下空间发现更多地底人呢。他们深藏绝技，比如在混凝土上种出玫瑰，在下水道捕到新鲜大黄鱼，还有建造能在水面漂浮却又不完全是船的木房子……

旅行家想起他的妈妈。妈妈虽不能在混凝土上种出玫瑰来，但也绝不是个寻常人。她经营了一个植物温室，培育罕见的草药。"她在哪儿呢？你们见过她吗？"旅行家四处打听。得知洪水来袭的消息时，他快马加鞭赶回来，但洪水很快改变了这个城市的形态，他四处都找不到妈妈的踪影。植物温室也被水冲得无影无踪。现在旅行家只能走水路去找她了。不知她还活着吗？

街道失去往日喧嚣，水浸到二楼，一座座木房子在大雾弥漫的末日之城漂浮着。这些漂浮屋是唯一的交通工具。漂浮屋的屋主，是些既会木工活儿，又懂船只驾驶技术的人。船是他们造的，船长自然也由他们来当。他们干着摆渡工作，仿佛在冥河上运送超度的亡魂。到了夜晚，他们把漂浮屋统一停泊在特定的地方，组成一片矮小的居住群落。如果在漂浮屋里过夜，收费会贵好几倍。

旅行家爬上一栋建筑的二楼阳台，浑身湿透，站在栏杆上向漂浮屋招手，像在呼叫出租车。一个个头颅从木屋窗口伸出来，直到离他最近的那艘七号漂浮屋向他划来，其他屋主才慢悠悠地把头缩回木屋里，寻找别的乘客。他们怎么知道旅行家在招手呢？木屋只有一个挂布帘的窗口，说不定在木屋的顶上，有一个潜水艇的潜望镜，人在屋里就能观察四周的交通状况。

漂浮屋在旅行家旁边泊岸，屋主说："想要进去就得付钱。"旅行家把身上仅有的钱掏出来，钱湿透了，泡得发白，也不太多，但估计能撑一阵。屋主摇头说："这样的纸币不能流通，哪有火能烘干它？很快就会发霉烂掉，亏本的生意谁会做？和城外的陌生人共处一屋很危险。""我是本地人，刚从外地回来。我在找我妈，她失踪了。好歹帮帮忙吧！"旅行家解释。屋主态度坚决，举目四顾,说:"在这种情况,一个城市很容易受到入侵,财产和人身都得不到安全保障。前几天有个屋主载了个像你这样的人,谁知道是个强盗,把他们一家都杀了。现在那艘空荡荡的漂浮屋,像幽灵船一样四处出没。你看起来的确不像坏人。说不定,你可以加入观察家他们,上面的风景可好啦!但最近,观察家也开始担心自己的安危,设置了很多机关,说是为了抵御四处出没的土狼,其实啊,是为了固守地盘。一般人找不到上去的路。我劝你……"屋主缩进漂浮屋,缓缓地划走了,走了很远后才补充道:"不过,你可以找那个人嘛!""找谁啊?""老巫医!"

旅行家继续在二楼阳台守望,向来往的漂浮屋打听老巫医的行踪。其他屋主告诉旅行家不用特意去找老巫医,只需坐在这儿别动,总会遇上他的,因为他在搞巡回演讲,在城里四处奔波。说起这件事,他们就显得很懊恼,不知是因为旅行家还是因为老巫医。没多久,旅行家果然遇上了那位老巫医。老巫医也住在一艘漂浮屋里,披着湿烂的袍子,逐家逐户敲门,带着哭腔说:"这次的洪水不是天灾是人祸。主要的错都在于我!我啊,愿意承担责任!"老巫医的船上有一个铜铃,漂到哪儿都一阵叮叮当当地响。

旅行家身后的阳台门打开了,一个抽着烟的男人走出来,跟他说:"这个老头自称继承了操控自然的力量,其实从未在呼风唤雨一事上成功过,但他还是把这场洪水的发生归咎于自己。"

"总要有人来承担灾难的痛!"老巫医在街道中央高声说。

"可是,我们这个时代已不需要替人类受难的人了,对吧?"男人说,"事实证明,谁都无法承受别人的苦难。"他把烟丢到水里,钻回房去。

老巫医注意到旅行家,向他靠近。旅行家突然有点害怕,敲敲阳台的门,请求那个男人收留自己,等休息好再离开。门再次打开,男人请旅行家进去:"进来吧,我的同胞。"

客厅没开灯,塞了不少人,挤作一团,像沙丁鱼罐头。他们专心地听着墙上的收音机。广播员是观察家中的一个,正在播报今天的天气,介绍最新发现的星辰:"今天是洪水后的第四十九天,天空的云层持续减少,洪都星的能见度逐渐提高。洪都星是迄今为止发现的第一颗能在白天用肉眼观测到的星星,那种深红色几乎能代替太阳提供我们温暖。我们楼上的科学家正在研究怎么利用洪都星来给地面发电,到时候就不用担心能源枯竭的问题了……"

人们低声讨论,声音萎靡,手中的酒瓶在昏暗里碰撞。旅行家找到开关,开了灯。灯管霎时让整个客厅烧起来似的,那些人苍白的面容一下被照亮,看起来一律营养不良，只能喝酒度日。被强光照射后，他们发出哀嚎，纷纷钻到桌子底下，或躲在窗帘后，如同活在地下眼睛退化了的裸鼠。那个收留旅行家的男人走出来，迅速把灯关了，跟他说："忘了告诉你，这里还住着很多原本生活在地底下的人。""哎，要是部门当初让我到地底下去，就能早点发现他们。他们过得真苦啊。"旅行家说。"你错了。这些人的生活才不苦。在地底下，他们自给自足，到了地面后生活才变得这么落魄。他们在地面世界找不到工作，现在我收留了他们。当然，还有更多这样的人在外面流浪。""可是我听说他们的技能给这座城市带来转机。""问题是，物资缺乏，生产停顿，人口饱和，我们城市不需要这么多人。""你是怎么养活他们的？""你听听那些声音就知道了。"

旅行家找了个位置坐下，竖起耳朵，听到黑夜中哀怨的狼嚎。难道他们吃狼？他们一律穿着臃肿的棉袄。地面湿乎乎，很冷，很难有个宽敞的地方供他躺下休息。"听到狼嚎了吧？"有个地底人说。他慢慢地钻到旅行家身边。"听到了，看来有很多只狼。""我们在地底生活时，把土狼当猎狗来养，现在它们回归野性，反过来要吃我们。我们也只好抓它们来吃啦。弱肉强食嘛。""地底世界真是不简单啊。我以前从没意识到这点，工作一直停留在表面。""你是市政水利系统的人？""辞职很久了。"旅行家感到羞愧。"地下管道之所以堵塞，是因为我们在下面制造了大量垃圾。""一个循环系统的各方都在相互影响，相互牵制，没有谁的错更大，也没有谁更优越。如果我当初得到允许到地底去，或许今天的洪涝就能避免。""你是不是高估了自己呢？"地底人不给旅行家一点面子。

地底人告诉旅行家，收留他们的那个男人叫冯将。冯将的祖上是开旅馆的，或者叫庇护所吧，在战争时期给各支游击队提供掩护。可是，后来发生了一个事故，冯将的曾祖父没分清同一时间抵达旅馆的两支游击队的敌我关系，同时收留了他们，于是在半夜引起了一场小小的交火，他们的家族事业因此被毁了。他的曾祖父被迫四处流亡，甚至被认为是国外间谍，直至战争结束后才在城市勉强重立门户。这段听起来波澜壮阔的历史，此刻就跟昏暗中的光点那样微弱。

这群人一边虚构历史的转折点，一边想象洪都星的神秘模样。处处充斥着不安、兴奋和惊奇的喃喃声。午夜十二点，广播停止推送消息，周围没有因此变安静，因为地底人们纷纷站起来，不知从哪里掏出很多杆枪，"啦咔啦咔"地上膛。旅行家跟着站起来，紧张地靠着墙，试探问："你们不会是游击队吧？"

"我们是在跟土狼打游击呢。"地底人塞给他一杆枪子。旅行家不会使枪，抻了几下，枪不小心走了火，打中墙上的收音机，打得冒烟，还烧了起来。青蓝色的火焰照亮了窗户外面，几张土狼的脸一闪而过，绿色的眼珠子吓得旅行家脚底都出了冷汗。地底人因为猎物被吓跑了而大怒，指着旅行家骂道："你是个间谍吧！"他们把旅行家推出门，要拿他做土狼的诱饵。冯将跑出来，拿起鞭子在几个带头的地底人身上抽出几道血痕。"快去抓狼，要不然明天吃什么？！"他又满脸颓丧懊悔地把鞭子丢到一旁，哭诉道："哎，我竟然重蹈曾祖父的覆辙，把老鼠和猫放在同一个笼子里！"他把旅行家拉到一旁，又悄声说："我是故意这样做的。没有矛盾哪来服从？我和你都是地面上的人，比他们高一个级别。你要看看我的土狼屠宰场吗？""不行，我还要去找我妈。"旅行家说。"小蝌蚪找妈妈的故事，你又不是没听过。变成青蛙之前，它怎么可能认得自己妈妈？"他这句话有种古怪的魔力。

他们走迷宫探险似的摸黑爬过那些大楼阳台，穿过满是水的卧室，从废弃的狭窄管道滑落，还走了好几百米的水路，最后竟又回到了刚才的房子。他反悔了，表示在查清楚旅行家的身份之前，不能随便把秘密基地的位置透露给陌生人。"除非你当我的助手吧，这样我们之间就形成了一种契约关系。""我不打算在这儿久留。这座城市没有希望了。"旅行家说。"你眼光太狭隘啦。现在是百废待兴的时期，希望之火正在复燃。你留下来协助我吧，这儿还有一群劳动力可以使用。""我为什么要当你的劳动力？""我这是在招募合伙人。合伙人跟普通的劳动力不同。"冯将走到窗前，指着远处某座建筑的影子，"那里就是我的土狼屠宰场。"

雾霾把夜空压得更低，那栋所谓的土狼屠宰场看起来像块圆滚滚的大石头，几乎要贴到天际。冯将向旅行家介绍屠宰场的细节。土狼屠宰场是个形似水滴的环形建筑，整体坡度往一侧倾斜，坡度最低点就是水滴状的建筑尖端。地上有很多两指宽的排水沟，顺着坡道延伸至尖端。排水沟用来引流屠宰土狼时放的血水，血水沿着排水沟一直流到建筑尖端，下方就是用来收集血水的血池。各个屠宰房大同小异，被射杀的土狼送来屠宰房后，挂在铁钩上，满脸血污的屠夫便会给土狼开膛剖肚。成色好的皮毛留下来做皮草，其他当作肉食来供应给市民吃，包括那些自视甚高的观察家。这座屠宰场是个处理尸体的机器，要是哪天处理的不是土狼，而是死人，也派得上用场，毕竟城市的土地资源越来越匮乏了。"养的猪跟牛呢？"旅行家问。"早就淹死了。"他说，"你要尝尝土狼肉的味道吗？""不了。"旅行家摇头。"你要是在这里生活，不吃土狼就没别的可吃了。习惯后味道也不错。"冯将闻闻空气里的血腥味。"我找到我妈，就带她走。"旅行家说。"哪有这么容易？说不定她早就淹死了，跟那些猪啊、牛啊一块儿淹死了。"他笑道。"胡说！"旅行家要走了。"留下来吧，和我一起管理这批地底人。

我就是看中你熟知地下管道世界，才向你抛出橄榄枝的，等洪水退了，我们的事业可以发展到地底下去！"他激动得很。"我还是走吧，这事儿太病态了。"旅行家再次拒绝。"识时务者为俊杰，现在正是机会，你别不识好歹。你这个远游不归的浪荡子，连自己母亲都不管，现在回来了，不该为这座城市做点什么吗？！""我对这座城市有什么责任吗？"在冯将的逼问下，旅行家要气疯了，却又感到羞耻，"是啊，我应该留在妈妈身边，但我值得为谁留在一座城市里吗？事情也没那么简单。也许妈妈真的已经死了，我应该到捞尸队那儿去找找。"

这时，铜铃声响了。是老巫医船上的铜铃声。他的漂浮屋又回到这儿来了。可是四处都是绿眼睛的土狼，要是贸然打开门，不仅会再次赶走地底人的猎物，自己也会被群狼撕成碎片。一番思忖后，旅行家顾不上安危，打开门跳下水，朝老巫医的漂浮屋游过去，中途还呛了好几口脏水。老巫医用一个渔网把他打捞上来，向一个更大的迷雾世界划去。

"你迟早会回来求我的！"走了很远后，旅行家还听得见冯将在放狠话。

肮脏的积水在肠胃里舔舐，旅行家得了肠胃炎，发高烧。老巫医捣碎草药给旅行家服下，整夜都在碎碎念，"洪都星越来越靠近地球，要把所有洪水都蒸干……土狼是地底人变的……既然有猎人，就得有猎物……游击战都这么玩……雾霾什么时候散去……我要做个占卜，这回不能出错……"

"洪都星的红光会驱散雾霾吗？"旅行家问。

"想要触摸红光，就得上高楼去啊。"老巫医吹起口哨，自得其乐。

旅行家只觉得嘴巴塞了把粗盐似的，又苦又涩。土狼的影子在四周掠过，弄出恐怖的水声，要来复仇。他在胆战心惊中打着瞌睡，梦见妈妈的尸体和一头肿胀发白的死猪绑在一起，在街上漂来漂去，还有一群可恶的孩子朝尸体身上扔石子，发出空洞的噗噗声。

直升机的呼啸声将地面的人吵醒，但雾霾太厚了，人们只听得见螺旋桨的噪音，没人看见那些庞然大物到底在那上面干什么。"是救援队来了吗？"有人问。但直升机从来没有下来过地面，也没空地可供降落。地面上的人习惯了直升机每天制造这些防空警报似的恐怖噪音。

在旅行家退烧前，老巫医依然忙着逐家逐户地敲门，要别人承认他得为这场洪水负责。如果人们承认了这一点，等于间接承认他拥有呼风唤雨的超能力，只不过这次失控了才导致洪水祸害苍生。但大家并不想承认这种荒谬的事。

在漂浮屋里养病期间，旅行家跟着老巫师穿过这座城市核心地带，和那些他从未到过的黑暗角落。他这才发现自己对这座城市的认识是多么浅显啊，他的工作只是蜻蜓点水，只触到表面。他辞职浪游，也是出于这样的空虚吧？如今除了建筑没变化，其他内在的景象都变了，对他而言，这里是个全新的城市了。在这末日似的城市里，难民数量很庞大。但称他们为难民并不恰当，因为他们的身份随着城市的变化在转换，相应发展出了各种职业，各有所长。除了上面说过的那些在城市中心消失许久的传统职业外，还有一些新兴的奇怪职业。那天有个做骨雕的雕刻师，来到老巫师的漂浮屋，向他兜售一根用大腿骨做的拐杖。"那个死者大概有三米高吧，这是我找到的最长的大腿骨。买下来吧，送给你屋里那位生病的仁兄。他看起来需要根拐杖。你看，我花了整整一个星期在上面雕出了龙和凤。再看看这儿，羽毛的纹理纤毫毕现。我敢说我的骨雕艺术在这座城里无人能及！"

老巫师拿过来仔细看了看，又看看躺在床上的旅行家，征求他的意见。旅行家对骨雕没兴趣，也不需要拐杖，他又想起了妈妈。旅行家问："请问这个三米高的生物是在哪里找到的？""你肯定是城外的人吧？"雕刻师说，"不久前，一帮胆大的人成立了捞尸队，专门打捞那些没人认领的浮尸，搜刮完尸体身上的金器银饰后，他们还负责在尸体腐烂之前把肉剔掉，把骨架出售。完整的骨架很受欢迎，城外的医院都来收购。至于那些四肢不全的，只能卖给我们这些做雕刻的人啦，我们一律接受。"雕刻师左右看着旅行家和老巫师，等待答复，过一会儿又继续打广告："在其他地方没人敢做骨雕，在我手上你们才能看到这种藏品。考虑一下吧！""捞尸队在哪里？"旅行家觉得也许能在那里找到妈妈的尸体，尽管他不愿意这么想。可是万一妈妈的骨架已经被卖出去了呢？那他永远都别想知道妈妈的生死了。"你找捞尸队做什么？你要加入他们？"老巫医问，"当然，每个人都有自己的抱负……你要吃死人饭也不是不可以。在这个时势能活着就很好了。况且，观察家还在等我们养他们。说回来，为什么我们不到高楼去？嗯，不行，要是大家都往高处走，那地面的人越来越少，最后大家都得饿死啊。""是呀，职业不分贵贱。所以你们要买这根拐杖吗？"雕刻师催促，"它还连着一块盆骨，能当船桨用。"这根拐杖长得像个蘑菇似的，老巫医举起拐杖，对着雾霾做了个施法的动作，好像要控制一阵风来吹走它。

旅行家被雕刻师的推销吵得头痛欲裂，不耐烦地说："我不买，我只想知道捞尸队在哪里。我要去找我妈，找到她后我就离开。"雕刻师生气了，从老巫医手里夺回拐杖，骂道："不识货的东西！"但最终老巫医还是把它买了下来，送给旅行家。"你送给我做什么？你自己留着施法吧。"旅行家揶揄道。"你不相信我？""春秋时代起，巫师和医生的身份就分开了。巫师只问鬼神，医生只管救人。""有什么职业是一成不变的？雕刻师既能雕木头，也能雕骨头。我能问鬼神,也能救人。你相信你是大禹么?"老巫医的问题把旅行家整得迷糊了。

什么大禹?谁是大禹?旅行家只是一个为城市治水的工程师,但多年来毫无成效,要是自己真的是大禹,也是个治不了水的大禹,三过家门而不入,等到入家门那天,却发现自己的家早就变成一片汪洋泽国!

旅行家苦笑道:"洪水过后,这里一片蛮荒,满目疮痍,但新的秩序已经建立起来了。那些在洪水后把人们分为两派,结束这场野蛮流离生活的人,才配得上大禹这个名号。这也是大禹的历史功绩,你不会不知道吧?"老巫医不以为然:"按你这么说,划分群体、建立新秩序的就是大禹,那我们头上这片厚厚的雾霾,才是名副其实的大禹!"旅行家一时语塞,觉得这一切都与他无关,一心只想着妈妈。

"拿着吧,你需要它的。"老巫师把拐杖扔给旅行家。

柏拉图第一次描绘了那个虚构的人类文明,也就是后来被洪水摧毁的亚特兰蒂斯。关于亚特兰蒂斯,有些人认为那只是柏拉图为了讽喻才虚构出来的失落文明。但那些考古学家和历史学家,还有热衷于探险的信徒,坚信它存在于深海某处。旅行家去过西班牙、葡萄牙、摩洛哥等等传闻是亚特兰蒂斯遗址所在地的国家。眺望直布罗陀海峡时,旅行家深知即使亚特兰蒂斯就在海峡之下,他也无法确证。众多先辈为考证神话所做的努力不是他凭一双脚、两只眼，走走停停，四处观望就能超越的。

站在海边的那个晚上，旅行家开始想念家乡，想念那个在雨季总是积水难退、荒乱漶漫的城市。旅行家在市政水利系统工作期间，曾参与一系列市政管道升级调整工作，当他得知一场滔天的洪水袭击家乡时，他把所有关于亚特兰蒂斯的追寻和空想都置诸脑后。不是因为他有多么关心灾害造成的伤亡，而是那种水量的洪水发生在自己的家乡，一个拥挤发达的现代城市，排水系统陷入瘫痪几乎不能避免。也就是说，一个新的亚特兰蒂斯诞生了！旅行家曾为自己这个不道德的想法自责过很长一段时间，毕竟妈妈也因此失踪了。所有外在的奇观与荒败都比不过他内心崩塌的空洞。但说到底，他还是亲身见证了一次接近文明失落与重建的过程。尽管地面的一切被摧毁，他内心长久以来的空洞感依然无法清除。他只是需要一次推倒重来的过程，毕竟每次毁灭都是一个旧纪元的覆灭，也是一个新生命周期的起始。他的内心会随着城市的重建同时得到修复吗？仔细想想，那种空洞感是怎么来的呢？旅行家也说不出个由来，本想着给自己找个目标，比如寻找真假难辨的亚特兰蒂斯遗址，自己就能充实点，但这么搞了一遭什么也没得到。他觉得自己设立的目标过于庞大，根本没法完成，可是想到老巫医呼风唤雨的妄想，他又觉得自己并不是这世上唯一狂妄的人。

"你真的能呼风唤雨?"旅行家问。老巫医反问旅行家:"那你又真的会治水吗?""这只是个技术活。干技术活的人都在失败中摸索前行。""呼风唤雨也是个技术活。只不过我使用的技术不是你说的表面功夫。感应自然需要身心与万物统一。我也在失败中摸索前行。这次的洪水就是我的失败之作。"老巫医慨叹。"你为什么要救我?""这不就是医生的职责吗?起来吧,看起来你好很多了。把床还给我,我得睡一觉。"老巫医在旅行家身边躺下来,把他挤到床边去。旅行家只好钻出漂浮屋,在外头坐着。也许是洪都星越来越近了,高空的雾霾红得发烫,把夜晚的积水城市渲染成了鬼魅之都。

天亮时,旅行家要求老巫医带他去捞尸队的地盘。老巫医不乐意,表示占卜天气的工作不能松懈。旅行家恼火,说:"自然有气象台的人来干这份差事。"老巫医冷笑一下说:"他们要是能胜任这份工作,就不会预测不到我的失败,就不会让大家在没有准备的情况下面对这场洪水。"

旅行家只好用那根带有宽扁盆骨的拐杖来当船桨,费力划着,好不容易才让漂浮屋前进一米。老巫医动了恻隐之心,发动漂浮屋的引擎,说:"好吧,既然你坚持要到那儿去找你妈的尸体,我就帮帮你。但有些事还是不要面对为好啊。"

他们来到土狼屠宰场，因为捞尸队的地盘跟土狼屠宰场根本是同一个地方。那种冷冽血腥的气息让旅行家害怕。果不其然，冯将早就在那儿等着旅行家到来，嗤笑道："我的探子讲，有个外地人要来捞尸队找人，看来就是你了。""你怎样才肯让我进去？"旅行家问。"此前，我想要你协助我，当我的合伙人，可是现在我不这么想了。地下系统全部瘫痪，你那点小学识已无用武之地。我现在的注意力都放在高楼上。我手握这么多资源，猎手、屠夫、捞尸队和屠宰场，这个城市一半肉类都由我来供应，连观察家那些人要吃肉也得找我。我是地面的掌权者，根本不用劳心向上走。可是，最近我越来越不安分了，想到那上面看看洪都星。人的好奇心和求知欲真的无法估量。""找我有什么用？没人认识我。""正因没人认识你，这才成了你的优势。最近有一个监察员即将抵达，他的第一站就是先来找我。你是不是想问，监察员为什么去找观察家？当然，监察员最终目的地是观察家那些富丽堂皇的住所，但地面的情况早已不同往日了，哪怕是观察家，一旦在地面迷路，只有死路一条。所以他们只能委托我来接见监察员。我是监察员和观察家之间的桥梁。但我仅仅是一道桥梁，桥梁没资格成为坚实的道路，它还会崩塌。""让我到屠宰场看看不是什么难事。如果找不到人，我就走。""别急。我的捞尸队遍布整个城市角落，见过谁的尸体，谁还活着，谁死了，没人比我们更清楚。"冯将还在引诱他，没把最终的条件抛出来。旅行家回头看老巫医的脸色，征询他的意见。老巫医似乎没听见他们的对话，自顾自地在捣碎草药。"你想我怎么做？"旅行家叹了口气。"观察家所在的观光塔和中心大厦，是为数不多穿过了雾霾的建筑，要上去必须穿过他们设置的防狼迷宫。我们地面上的人跟土狼有什么区别？只会在地面互相残杀。监察员是一个突破口，他跟你一样，身份上都是这座城市的外来者，即使你代替了他也不会有人发现。"冯将说出他的计划。"看来是个杀人越货、冒名顶替的犯罪计划。"旅行家一语道破。"干不干？"冯将追问，"如果你还有顾虑，那你跟我进来一趟。"

进入屠宰场不久，他们就来到中庭。即使上方露天，内部依然很昏暗，四周是倾斜的螺旋状建筑结构，这种设计是为了排放血水，建筑坡度最低点就是蓄水的血池。他带旅行家从一个楼梯走上去。昏暗的光线，螺旋状的结构，让人脑袋眩晕，旅行家只好紧紧扶着人骨拐杖。经过一个个房间，旅行家不时看到一只只挂在钩子上的土狼，身体干瘪，屠夫正给它们剥皮剔肉。在另外一些更为隐秘的房间，挂的不是土狼，而是尸体，骨头正被取出来，准备做骨架模型，或者卖给雕刻师做骨雕。消毒水和血腥混合成一种古怪的酸臭。他们来到顶楼的一个小密室里，里面有一个被链子拴住的男人，身上穿着黑色制服，但已经被鞭子抽成了碎片。旅行家吓一跳，马上意识到那个即将抵达的监察员其实早就被囚禁起来了。

监察员抬起头，看着旅行家，暗示他马上跑出去，举报这起恶性伤害案件。旅行家想想自己身处城市的位置，又想想省会所在的地带，所谓山高皇帝远，况且，现在也许连电话都打不了。他一时窘迫，不敢正视监察员的脸。这位所谓的监察员只是个毛头小子罢了，比旅行家还小，目光没有一丝凶狠劲儿，缺少命令的力量。

"你要取代他的位置，为我打开通往高楼的路。"冯将说。

旅行家退后一步。代价太大了，他会成为杀人凶手。他想要的不过是找到母亲而已，为什么要背负杀人罪名？"杀了他，上面追查下来的话你是逃不掉的。但不必担心。"冯将对这个问题早有准备，"你可能不知道吧，另一股大洪水袭击了隔壁的城市。监察员要来我们这儿，那儿是必经之路。这位年轻的监察员不幸罹难，真是让人唏嘘啊。"冯将为这个监察员的死找到了一个合理的理由。监察员发出一声哀嚎，死死盯着旅行家，希望他能做出一个正确的选择。旅行家打量这位哭得像个孩子的无辜者，蹲下检查他的伤痕。"你要杀了我吗？"监察员问。"不……知道。"旅行家回答。"你为什么要上高楼？"监察员又问。"我不关心地上的事，也不关心楼上的事。

可是这里的人，都想看看雾霾上面的洪都星。他们想利用你。如果我要知道我妈妈的消息，也要利用你的身份。""洪都星？我没听过这颗星星。既然你想看星星，为什么不离开这里？从这儿往外走十公里，就能看到天空，这整座城市只不过被大雾笼罩了而已！"监察员生气了。"可是我妈妈还在这儿，我不能离开。""你心中有所牵挂，阻碍你走出去的决心。""我走出去过！我在外游历了很久，寻找亚特兰蒂斯。""亚特兰蒂斯在深海里。你潜入过深海吗？没有吧，你只是横向游历。""是呀……""确实，我有权上高楼，如果我死了，权力会转到你手里。你自己斟酌吧。"旅行家觉得自己跟监察员是个同类。十公里之外，真的能看清天空上的真相吗？旅行家想。他站起身说："冯先生，我要走了。"

听完这两人的对话后，冯将从旅行家手里夺过拐杖，朝监察员头上重重敲下去。旅行家愣了一下，不知道这下重击是不是把监察员打死了。但现在他不关心别人的存亡，也不再关心妈妈是否还活着，他只想走到十公里以外的地方去看看。但他知道，冯将不会让他走出这座屠宰场，至少不会让他全身而退。冯将把染血的拐杖塞到他手里，说："从今天起，你就是监察员。你要是感到心虚，就握紧拐杖吧，上面有监察员的血。""你为什么坚持要我上楼？我不过是个无名之辈。""因为你妈妈就在高楼上！"冯将指着大厦说，"我调查过，洪水来的时候，她就在中心大厦的楼顶铺设绿化屋顶，逃过一劫。即使她不在上面，至少也躲过了洪水最危险的时刻。记住，以后你就是监察员！"旅行家半信半疑，他的信念不再像刚才那样坚定了。他走出屠宰场，回到漂浮屋。

晚上，当老巫医问起屠宰场的事，旅行家才把妈妈可能在高楼的事实说出来。"嗯，妈妈很安全。"旅行家说。"你相信那个刽子手的话？"老巫医又开始冷嘲热讽。"事到如今……"旅行家回答不上来。"你妈根本不在高楼。""你是怎么知道的？""因为她在河上，就在泄洪闸那儿，跟我一样住在漂浮屋里。我手里的草药都是她卖给我的。这些治好你风寒腹泻的草药，都是你母亲亲手种的。"老巫医说。"为什么你一开始不告诉我？""因为你从一开始就没有信任过我。那天看见你，我本来想告诉你她的情况，但你却跟着那个刽子手进去了。我从来就没得到过别人的信任。我要怎么证明自己的能力？唯一能证明的就是继续呼风唤雨，但失败的话，我会引起另一场灾难。"

旅行家朝泄洪闸的方向望去，希望能在那儿看到一艘漂浮的船，但那边黑漆漆的，月光都没有。老巫医生气了，钻进屋里不肯出来。他在里头烧草药，味道很冲，说是要熏跑夜晚围攻的土狼，其实是为了把旅行家熏出去。

夜深后，四处响起猎枪声，还有土狼被射中后发出的哀嚎。住在低处的居民燃烧驱赶土狼的火堆，整座城市烟熏火燎的。老巫医的草药烧完了，传出呼噜声。草药味渐渐淡去，漂浮屋也不知不觉地靠了岸。正当旅行家要进屋添加草药，发动引擎向水中央移去时，一群土狼围住了他。旅行家不敢轻举妄动，他盯着那条憔悴的土狼头领，紧张得要死，好像这种充满无限温情和求饶的眼神交流，能打消土狼将他和老巫医生吞活剥的欲望。"你要吃我吗？我是个外地人。"旅行家问。"你不是外地人。你的味道来自这里。"土狼头领开口说，"但我们也不想啃那个老骨头。"它身后的狼群已经饥饿难耐，跳将起来，磨牙切齿。"听说你们原本也是地底人？"旅行家回忆起老巫医的话。"游戏规则一贯是这样的，有猎人，就得有猎物。这里的每一条狼，每一只飞鸟，甚至每一条鱼，都是地底人变的。我们退化成动物，另一部分人进化成猎人，进化成地面的管理者，进化成天空上的观察家，都是一种选择。所以我吃掉你，也是理所当然的。"土狼头领说。"慢着！你不是想上高楼去吗？现在我有权力上去了。如果你放过我，我可以带你一同攀登高楼。"听到旅行家的条件，土狼头领咂咂嘴巴，由于长期饥饿而发黄的牙龈发出恶臭。它回到狼群中，商量一阵然后回来说："我现在很饿，为表示你的诚意，请让我吃一口你的肉吧。要不然我们吃掉那个老骨头。"旅行家思考了一阵后，掀起裤管，露出那条瘦弱的大腿，他这才意识到自己好几天没吃东西。土狼头领张开大嘴，在他的大腿上咬了一口，只留下了一个浅浅的牙齿印。"看吧，我连咬你的力气都没有了。这里生活很艰苦，不知道你为什么要回来？""你怎么知道我在外面生活过呢？又怎么知道，外面的生活不比这里艰苦？""你身上虽然还保留着这个城市的味道，但我的鼻子还闻到你身上来自其他地方的风尘恶臭。"土狼头领在旅行家的脖子上嗅着，好像下一秒就会咬断他的脖子。旅行家想起自己在直布罗陀海峡前几欲跳海的那段艰苦日子，以为传说中的亚特兰蒂斯会派人来接走他，好让他这个在陆地上管理水系统毫无成效的男人能在大海深处发挥一点儿作用。"如果不是因为我妈妈还在城里，我是不会回来的。"旅行家逞强道。"在泄洪闸那里，的确有个女人在等自己的儿子归来。如果不是因为我们不会游泳，她早就被吃掉了。"另一条土狼说。"老巫医说得没错，那个女人的确是我妈妈。"旅行家得知母亲还活着，没有预期的兴奋，反而有什么落寞的情绪伴随他的心。"你大腿上的牙印就是我们的约定，我们会一起登上高楼。"土狼头领说完，便带领一众狼群消失在夜幕中。

"你跟谁说话？"老巫医探出头问。

"一群动物游民。"旅行家回答，"天亮后，我们去泄洪闸那边看看吧。"

第二天一大早，老巫医就在捣弄他的收音机。

"怎么这几天广播没动静啊？洪都星的走势会影响我的占卜运程。我预料这几天将有血光之灾。"老巫医说。旅行家也注意到了，如今广播只有几句无关紧要的消息推送，其余时间都在播放歌曲，天上直升机的声音也在逐渐减少，天空的寂静让人很难一下适应。冯将来找过旅行家，问他考虑得怎么样。旅行家没把他的谎话戳穿，说很快会给他答复。

刚过晌午。出发去泄洪闸前，旅行家穿上监察员的制服，佩戴好证件，撕掉监察员的照片，划掉他的名字，写下自己的名字。昨天给土狼咬了一口的腿隐隐刺痛，灌脓了。那根拐杖现在真正派上了用场，既可划船，又能支撑身体，好像他的腿坏掉就是为了让这根拐杖获得应有的地位。他比谁都清楚泄洪闸的位置，因为城市的排水都要流经那里。老巫医把漂浮屋开到城市边缘。天空的雾霾还是一样厚。泄洪闸前的水位很高。"既然之前已经泄洪了，为什么现在水位还是那么高呢？"旅行家问。"从来就没有泄洪。"老巫医回答。"为什么不泄洪？"

老巫医没回答他，继续把漂浮屋开到主河道上。不久后，旅行家就看到一艘孤零零的屋顶长满杂草的漂浮屋，在泄洪闸前一百米左右处停着。屋外的平台散落着锅碗瓢盆，有生火的痕迹，看来有人住在里头。老巫医把漂浮屋开到那艘漂浮屋旁边，并排在一起。他叫旅行家跳过去，跟母亲打个招呼。

旅行家已有几年没见过妈妈，他整理衣襟，摆好证件。掀开门帘，旅行家看见一个女人，跪在地上捣弄花盆里的植物。这个女人头发很凌乱，长长的，披在背上。旅行家还是认出了这是自己的妈妈。他走到妈妈身边，想蹲下来，可是制服绷得太紧，弯不下腰，他只好站在一边，跟妈妈打了声招呼。

"妈，我回来了……你在这里干什么？"

妈妈没有停下手中的活，满手污泥。漂浮屋内挂满了各种植物盆栽，一律是中草药，有很多花盆磕破了角，看来经历了一场混乱的抢救。地上铺了一层棉被，被残花败草染成了墨绿色，棉被中间竟然开了一个洞，直通水面，当作厕所使用。水从洞口溅上来，弄湿了棉被。这景象让旅行家很不舒服。

"你说什么？大声点儿——我的耳朵总是嗡嗡响。"妈妈说。

旅行家注意到，妈妈的头发上竟然结了一个小小的土蜂窝，几只土蜂采完药草的花蜜后，又飞回去，还有一只钻在她的耳道里。"走开一点，别踩坏了我的药草。老巫医还等着要。"她说，"他好像就在外面吧？那个引擎声我认得。"她抬头看了一眼旅行家，又说："怎么才回来呢？这里都给水淹了，把我下游的温室都冲垮了。他们还要开闸泄洪，岂不是要把我仅有的土地都淹掉吗？你说我有错吗？"她把温室建在泄洪闸下游，本来就不适宜,现在洪水冲掉了温室,她却跟泄洪闸死磕起来。旅行家一脸茫然,说:"不泄洪整个城市都得泡着。""你看你,穿得这么整齐,进来这到处是泥的地方,肯定得弄脏。你现在找了份什么工作?上一次你说,辞职去旅行,说是要去什么海峡,找什么神话遗迹?""亚特兰蒂斯。""对啦对啦,就是那些不切实际的东西。"妈妈摆好地上的花盆,往边上重重一坐,整艘漂浮屋晃动起来。她眯蒙着眼,想努力看清旅行家胸前的证件。"你去当官啦?大人物啊!回来怎么不提前叫人为你接风洗尘呢?""没这回事。"旅行家心虚得很,想糊弄过去,又说,"听说隔壁市也来了洪水。"他很想蹲下来,好好看看他的母亲到底经历了什么。可这套制服突然变得像捆绳似的,缠住他的关节,他只能像个木偶那样摇摇晃晃地挪到母亲跟前,继续说道:"妈,回去吧。你住在这儿人家怎么泄洪呢?""上天有取我性命的权力,但他们没有!"妈妈发火了。这时,老巫医走进来,说:"我早就跟你说过啦,你是大禹,你又不信。这个城市能不能泄洪,关键的抉择权就在你手上。"

  旅行家知道自己什么都不是,妈妈一眼就看穿了他。他一无所有。他没有廉耻之心。他没有任何贡献。他很难过,走出去站在平台上,望着整个庞大昏沉的城市,被一道腌臜的洪水日泡夜泡,泡成一个肿胀的猪尿泡,而刺穿这个猪尿泡的针竟然在自己手上,那种辜负众生的负罪感再次袭来。为什么没人从城里走出来,把这个占着河道的女人强行拉走呢?监察员说得对,只要往外走十公里,事物的形象就会变清晰了。从这座城市出发要走多远才足够?十公里?不,十公里绝对是不够的。可是他走到了海角天涯都没把事物看清楚。旅行家不知道如何做决定,既然市政人员都请不动她离开河道,那他也没有权力这样做,母子关系并不包含上述这一点。

旅行家请求老巫医帮他说说话。老巫医点点头说:"我的同胞啊,如果不是这场洪水,我也许会一直住在地底下,在暗无天日的下水道占卜世间运程。但我的失败导致了这一切,我需要偿还罪孽。我偿还罪孽的唯一办法就是打开这道泄洪闸,让城市恢复往日生机。可是,既然你的儿子也请不动你这个母亲,我是外人能做什么呢?为了证明自己的能力,我已经走到了这一步。总要有人做出牺牲。"老巫医根本没有在为自己辩护,而是深陷自责的漩涡里。一脸哀恸的老巫医回到自己的漂浮屋,启动引擎,飞快地朝泄洪闸开去。很快他连同漂浮屋一起坠落,消失在宁静的瀑布之下。

旅行家流下眼泪,脱掉身上的制服,扯掉证件,扔到棉被中间那个排便用的洞口。他现在赤身裸体地站着,大腿上发紫的伤口看着很可怕。

"孩子,你怎么被土狼咬了?你知道吗,你爸就是一条土狼,他很早就离开了我们,去地底下生活了。看看这个牙齿印，多像他的啊。他曾经也这样在我心脏上咬了一口，膏药至今对这个伤口无效。"说着，妈妈就挖了一勺膏药，要给他的伤口敷上去。但旅行家退后几步，跟母亲说声再见后，便跳了下河。他游向对岸时，还听见妈妈在喊话："你光着身子，不觉得丢脸吗?！你会被冻死的！"

旅行家一直游回了城里。没有象征身份的制服，没有证明等级的证件，也没有像样的衣裳，旅行家只握着一根拐杖，来到中心大厦的大门前。那里没有人把守，在电梯门口前，堆满了送来的已经过期腐烂的食物。他这个登上高楼的行动，不为冯将，不为立下誓约的土狼头领，不为成千上万个想一睹洪都星的庐山真面目的人。事实上，他体内升起了一种想要上去看看洪都星的冲动。对，是他自己想要看看。时隔这么久，他再次有了一个炽热的愿望。

大厦电梯已停止运作。一百多层的楼梯，旅行家记不清自己花了多少时间，靠拐杖一步步走上去，然而根本就没有所谓为了阻挡土狼而设置的迷宫。攀登时，那条受感染的大腿越虚弱，他就越觉得手里的拐杖充满权力的力量。他第一次认为自己在进行一趟无尽的却是真正意义上的旅程，一趟从地底开始一直垂直向上的旅程。

终于抵达顶层时，旅行家才发现，整座大厦早就被抛弃了。那几天来往的直升机以及推送消息越来越少的广播，都指向了这么一个事实：观察家抛弃了整座城市，抛弃了供养他们吃喝的人。旅行家来到天台时，心想，如果老巫医知道真相，他会为自己没有占卜到高楼早已无人，头顶上没有洪都星，以及那些红光只是那几天奇异的晚霞而感到更深的绝望吗？可是，事实是不是这样呢？也许观察家也不曾存在过，那不过是活在地面的人为了在洪灾过后活下去而集体虚设的假想敌吧？

旅行家走到天台的边缘，望着下方被洪水围困的街道，想象老巫医开着漂浮屋在瀑布俯冲那刻的决绝。这时，从高空吹来一阵狂风，像抹走海市蜃楼似的，抹走那层雾霾，抹走那股洪水，抹走这座城市，也抹走了旅行家自己。

磐石与云烟

不怕承认，买双色球五年来，我连五块钱也没中过。工作固定，不愁温饱，没有赌徒心理，买福利彩票纯粹是为了体验2种颜色和7个数字随机组合带来的隐秘乐趣。但人们更多地将号码与金钱、运气挂钩，从未曾想过，一串号码组合便是一串密码，其中蕴含的，也许是我们寄寓于世界的个人形象以及命运序列。

我从不自选号码投注，机选号码显然更具备随机性，可以排除我个人的习惯对数字的偏好，以及数字代表的某种吉凶含义在我投注时对大脑施加暗示的影响（我大概不会主动选择"4"这个数字吧）。我珍藏起所有的投注小票，堆满了一个纸箱。纸面上的数字都是失败的符号，是每次开奖结果的弃儿。听闻很多彩民由于各种稀奇古怪的原因弃奖，若我有天也出于某种原因弃奖，不必疑惑，不必猜测，肯定是因为我不希望自己中奖吧。因为中奖了，押中了，意味着我所钟爱的随机性抵达了一次终结。

女友宋烟曾问我："唐磊，你从那些数字中悟出自己的命运了吗？"

不。没有。悟不出。就像我永远无法中奖一样，命运是无法猜测的。人们说时间是滚滚轮回的车轮，但我相信，在我活着的年岁里，直径以千年记的车轮还没有完成一次完整的翻滚轮回。我喜欢的是被暗示的命运，不是被确证的命运。

宋烟借势打趣说，她和我也是被随机抽取、摆放在一起的两个球罢了，可惜一个是热情的红，一个是忧郁的蓝——她埋怨我对她不够热情。我对她的热情，其实早在我们确定恋爱关系时就呈现衰减趋势，因为相恋前的情感斡旋、关系博弈、边界掌控等等情感游戏，都宣告结束，我们迅速进入一段漫长的稳定期。宋烟的性格稳定理智，她之所以认为我忧郁，不过因为我喜欢独自钻研彩票号码，探问天机而不得，从而郁郁寡欢。但宋烟对我还抱有期望，她觉得我从来不中奖，不是因为我倒霉，是由于每次投注时我都希望自己别中奖，才导致了结果落空。她建议我下次投注时，心里要想着这次必定能中奖。按她这么说，我是一个能梦想成真的人？可是，我才不是那些梦想着靠一次幸运翻身改变生活的大俗人呢。当然，宋烟也不是这样的大俗人，她只是唯心地想知道，我是否真的有这种梦想成真的能力。

"何必花冤枉钱？我大可每天为你抽七个数字。"宋烟不解。

"我们的关系太亲密了，有时候连睡觉也牵着手。你抽数字的那只手真的只是你的手吗？上面有我的气息，只有机器才是中立的。再说,这不是冤枉钱。这可是福利彩票,取之于民,用之于民呢!"

"好吧。"宋烟白我一眼,接着笑了起来,在我脸上亲了一下。这轻轻的一吻,永远是修补我们关系的黏合剂,只要来得及时、恰到好处,就能在危急关头让两个人重归于好。想象一个广阔无风的湖面,它不会被一颗扔进去的小石头引起一整日的涟漪。知道我最厌倦的是什么吗,正是这种平静如镜的湖面,我想搬起石头砸碎它……

我最满意宋烟的一点,是她只会问我从数字中悟出了什么,而不会像其他同事那样,质问我这么做到底有何意义。我的工作涉及商业数据,每个数字都要讲究精确的意义,例如小数点后"0"的数目,必须有效才保留,向客户最终提交的每个数据也必须是当下唯一的。若某日我终于被忧郁症缠身,那么,病因铁定是存在主义式的:是啊,这么做有何意义?

我钻研彩票号码的怪癖,一度传到了组长耳中。一天,他来到我的座前。当他离我还有几米远时,我快速思考着:买彩票、钻研号码,都是我下班后的活动,并未带到工作中来,公私分明,我对此问心无愧!但组长也并非责备,而是说:"你知道,平行世界为什么能保持平行吗?因为当两个平行宇宙交融重叠时,一方必定会取代另一方。"——换言之,为了保持两个世界的平行,我必须保持生活的分裂？"组长，您有所不知。下班后，我必须做一点无意义的数字工作。"我说。(如果必须要我拿出一个终极的理由，来解释自己在彩票这件事上的奇怪癖好，那非此莫属了。)"怎么说？"组长靠在桌边，等待一个更合理的解释。"您理解吗？平行世界需要平行，个人生活也需要平衡，所以我才发展出了这么一种乐趣呢。"我补充说。"平衡？"他问。"对，是平衡，不是平行。"我回应。"哦……"自此后，组长没有再过问我的私人生活。我们这些整日与数字打交道的人呢，理性占上风，只要把根本原则摆出来，就不会纠缠不休。

但宋烟不知道的是，我还有另一项更隐秘的地下博彩活动。我进行这项活动时，她近在咫尺，却毫无察觉——

不错，正是梦境中漫游。

一天工作结束后的入睡，才是比购买双色球更有趣的摸彩活动。尽管在梦里会有被石头砸死的死亡事件，但那终究只是大脑虚构的现实补偿。

五年前的某天，我突然感到了孤单沉闷，恰好路过投注站，于是开始了买双色球的日子。也正是在那天，我认识了在投注站做调研的宋烟。这两件事几乎同时降临到我的生活中。当时，宋烟在大学给教授当项目助理，研究彩民的投注心理。从一开始，对我买双色球一事，她既非赞成，亦非反对，正如吃饭喝水这种事，有什么反对或不反对的呢？只是一种需求。另外，她对待爱情关系的态度简直比谁都忠诚，绝无异心。可是，我总怀疑她绝非表面看到的那么简单，于是这么问过她：

"其实，你是不是在投注站蹲了我很久？"

"谁有空蹲你！"

"难道是一见钟情？"

"你不信？"

"才不信。爱情的发生是需要漫长准备的。像你这种严谨、理性至上的学者，怎么会跟一见钟情这种事沾边儿？"我揶揄说，"说吧，你在投注站调研过多少个彩民才遇到了我？"

"万千人中，我眼里只有你。"

多么甜蜜的情话！无论我怎么讥讽她的观点，她总是不愠不怒，耐心地一一化解。她的忠诚反而使我感到一种卑劣的不自信，毕竟，我不过是一介普通打工人，一个买彩票五年都没中过一注的彩民，能遇到这么一个对自己全心全意的女人简直比中头奖还难。也正因我们的关系过于稳定，甚至有些不真实，每回我看见别的情侣在一次次疯狂的决裂后，才又疯狂地重归于好，犹如乘坐过山车那般大起大落、轰轰烈烈，我便为我们平静甜蜜的生活感到一丝不甘。我不是一个爱无事生非的人，可是，这种也许和吃饭喝水一样正常的需求，又该如何满足呢？我害怕的是什么？是生活一旦稳定下来，进人幸福的常态，便会立刻遭天妒，动荡的人生旋即降临吗？或许这才是我买彩票的终极理由。我干脆选择活在充满随机的生活中，以摇摆游弋的姿态，躲避那支从未来射向我的不安之箭矢——好吧，我只是假惺惺地这么想，并非真有勇气辞掉目前安稳的职业，亲手打碎稳定的恋爱关系，我只能通过一些不痛不痒的事件来制造生活变化。

我的生活越平稳，梦境就越剧烈。宋烟每次都被我在梦中发出的惊呼吵醒。我曾自信地认为，她永远不会离开我，因此只有在梦中，我才能体验与情人分离的鲜活痛苦。

梦境的王国啊，有一个更大的奖池，事件、人物和逻辑是可以随意抽取的色球。而且，这里面不存在中奖一说，因为每一个梦境都是一次中奖，区别只在于奖的大小，亦即梦中刺激程度的高低，以及醒后余味的长短。

"烟烟，我真想带你——"一天，我醒来后，侧身望着睡眼惺忪的宋烟说，"带你到我梦里看看。"

"梦里有什么好看？"

"万千……世界！"

"你一直在梦里消耗你自己。像我嘛，就从不做梦。"

"夜晚的时间就这么被你浪费了。"

"现实和梦境是两个平行世界，本不该互相侵扰，"宋烟坐起来伸个懒腰，说道，"所以我认为，人醒了后，就不必再执着于稀奇古怪的梦境。"

"哦……好吧。我不说了。"我难免有些失望。她说这话的口吻，真像组长，都在说平行世界之类的东西。我不服气："如果你能去读读弗洛伊德，或者荣格，就不会这么说了。"

"嘿！你错了，我正是看过他们的书才这么说的。梦里的事，醒来后又有谁搞得清呢？我们活着就要有边界感。要是用他们的理论分析你的梦境，等于把你当成一个病例，你的行为就是一种疾病，但我不这么认为。"

"疾病？你想多了吧。"

她一跃，跳下床去，姿势看起来古灵精怪：腰一躬，臀一提，把自己弹射出去。每天清晨下床，她都这样做，说是在模仿猫咪的形态，有助于舒筋活络。我觉得，这更像一只跳蛙。她像是一只两栖动物，在睡眠的水里泡久了，纵身一跃，跨越看不见的边界，从水世界跳到稳固的岸上去，启动另一种呼吸模式。

我在被窝里辗转反侧，似乎是一个还没进化完全的生物，在形态边界上徘徊，在黏糊的泥沼中迟疑。美妙的进化，是无数个随机事件组合的结果。我发誓要成为一个大随机应变者，绝不可局限于固有的演化道路，只有这样，命运轮廓才会从随机筛选中最终显现出来。

为了实践随机筛选，我一直以来在做的当然不止买双色球这件事。生活里一切可以做随机选择的事，只要无伤大雅，皆可交予掷骰子、猜拳、点兵点将来决定。比如在恋爱一周年纪念那天，到底吃川菜还是粤菜、衣服穿黑色还是白色、三条可供选择的公交线路选哪条，都可以随机选择。我们通过抽签，决定穿一套白色的衣服，坐33路公交，在时代广场吃一顿粤菜。白色，33路，粤菜，三者共同组成一串专属于恋爱一周年纪念的随机号码。

点菜前，宋烟犹豫着，到底是点一道白切鸡，还是清蒸鲈鱼，于是问我，随机选择到底有什么作用？效果又是如何呈现的？我回答，事件必须通过反复抽取，使得随机结果反复显示，才能取得一个概率，好比500个黑球和500个白球混在一起，只要抽取的次数足够多，它们的数量必将趋近于1∶1，因此我的每次随机选择，都是一次随机抽取小球的行动。

宋烟点点头，掏出笔记本，在纸上记下我说的这段话。在我们成为恋人一年后，她的研究项目似乎还没结束。

"那好。如果把500份石子，和500份云烟，放在一个盒子里，"宋烟合上笔记本后，提出一个奇怪的比例模型，"你能一直抽，一直抽，直到它们的数量比例是1∶1吗？"

她明显是在拿我们俩的名字开玩笑。但我的心，一下子沉了下来：无色、无味、无形、无道德、无精神、转瞬即逝的事物，也符合这种规律吗？一切事物的比例都能在彼此间取得平衡吗？比如爱情，记忆，死亡……宋烟说得也许没错，我们才是被命运这只大手抽取出来的两个小球。之后，那顿饭我全程吃得心不在焉。而且，宋烟一直在观察我的脸色。

"我还是你对象吗？"我停下筷子，问她。

"你当然是我对象啊。"她停下笔。

"哪种对象？"

"你说什么呢？"

"恋爱对象，还是——研究对象？"

"这本来就是同一件事。你还不明白吗？"

"我不明白。"

餐桌上笼罩着一片阴霾。宋烟打开笔记本，在某句话后面重重地加上一个句号。在她的笔记里，我被描述分析成一个什么样子的赌徒呢？出于尊重，我从不翻看她的笔记，哪怕字里行间写的是全对我的行为与个性的分析。一旦产生窥视她的笔记的念头，我就会想起《犹在镜中》的一个片段——一个海边的午夜，凯伦在父亲的房间里发现了他的笔记，得知他一直在冷漠地观察并记录自己的精神病况，于是陷入崩溃、发疯。

我径自起身，去结账，为这顿令人心烦意乱的晚餐画上一个句号。

另一个夜晚，宋烟忙于处理项目数据，打算在大学里过通宵。我独自在家睡觉，午夜时忽然惊醒，对着天花板质问：作为一个被研究的对象，难道我就没有权利知晓里面的分析和结论吗？我马上起床，摸索着，用螺丝刀撬开她存放笔记本的抽屉。我终究忍不住想要认识另一个自己，一个存在于别人文字中的自己。

宋烟的笔记写满了密密麻麻的记录，每个研究对象都被隐去了名字，用"彩民1""彩民2""彩民3"这样的编号来代替。到底哪个才是我呢？只要我把每个记录都读一遍，就能在其中找到自己的影子吧。刺眼的灯下，我注意到一个因力道过重而笔墨洇开的句号。这是恋爱一周年纪念的晚餐上，她在听完我的回答后画下的。看这力道，在画下这个句号时，她是多么确信自己得出的结论啊："彩民33：幻想型、符号型彩民，认知与行为产生偏差，模糊了偶然与必然的关系，对现实是懵然无知的，或说是直觉的，没有感情的，受自我逻辑支配的，可以被理解为一种古典先民原始情愫的回光，暂无修正的必要。"

我合上笔记，把它塞回抽屉。被撬开的抽屉已无法复原，那是我窥视的确凿证据，我总不能撒谎说是老鼠作祟。我把灯关掉，坐在桌前。桌上有一面梳妆镜，镜面有瑕疵，不太平整，镜中的人脸被扭曲，当初没有退换它，是觉得既然罕见地买到有趣的瑕疵品，那便留下来当一个玩物吧。是否有一种可能，镜中扭曲的脸庞才是我的原本面貌呢？"犹在镜中"还有另一个与瑞典语原名原意不完全匹配、却精确地描摹出我如今处境的英译名：Through a Glass Darkly——在黑暗中穿过镜子。今夜，我的心灵穿过一面扭曲的纸造的镜子，折射出原本面貌。

啊哈——我才不是凯伦，我才不会崩溃，我才不会发疯！我才不会让宋烟抓到机会记录自己的丑态，写成报告提交给她的大学教授，最后在报告厅里，作为一个特殊的时代病例被二次展示、剖析！

宋烟没有整夜留在大学实验室，半夜时分就回来了。她进房间时，我醒了。从窗帘缝隙透进来的月光，照出她清冷的身体轮廓。她似乎注意到了被破坏的抽屉，快速瞄了我一眼。我没有闭上眼。我们直勾勾地望着对方。外面公路的车流声时强时弱，宛如伯格曼岛上的海浪声。我们被迫身处一个孤岛，用目光僵持，预备短兵相接。谁会先开口呢？此时此刻，我们没有猜拳决定的机会。我们说的第一句话无论如何都将改变这个紧张的局势，也将根据不同的话语意味，为我们的全新关系岔开一条方向不同的道路。验证方程似的，我把每种有可能说出口的词语代入其中，尝试得出不同的方程解。然而，我确实窥视了、侵犯了她的隐私，面对确凿的证据，所有的解都指向了死胡同。我没有辩解的余地了，对吧？但是，把我当成一个实验观察对象，她也不是绝对无辜的。

"你的背影像一只蜘蛛,一个耐心的刺客。"我说。

"是的,你误入了盘丝洞。"

"在梦网里,我出不去。"

"因为你早是我的囊中之物。"

"哈哈,睡觉吧……"

我们绕进一个由比喻与象征构成的话语世界里,暂时化解了双方的矛盾。恋爱中的矛盾滋味,让我感到了短暂的幸福,如同漫步于连绵起伏的紫色群山。宋烟后来很识趣地不再用观察研究对象的眼神注视我的一举一动。我也学会了回避她的观察,不再告诉她买彩票的事,研究号码时也特意选在上厕所、出差期间,或者她不在家时进行,也决定不再把自己的梦境告诉她。我不再谈论她的研究项目,她不再谈论我的投注活动。我们比以前更融洽,向彼此袒露了许多隐秘的个人往事。

居安思危四个字,却是一则永久生效的古训。就在我们的关系越来越像一对正常的情侣,甚至开始想象怎么策划我们的婚姻时,我感到突如其来的不安。这种说不清、道不明的不安,以最后一个梦境的形式降临,在这之后,我似乎失去了做梦的能力。

每天醒来,我便一阵惊恐,不是因为做了噩梦,而是因为做梦的企图又失败了。我从前认为,只要还能做梦,思维就是活跃的,自己还不算是一个麻木沉闷的人。我承诺过,不再向宋烟谈起自己的梦境。可是,当我越来越肯定地意识到，梦境已经离我远去，那些柔情梦幻的日子也一去不返时，我决定把最后一个意味深长的梦境告诉她。晚餐后，当我准备把这件事告诉宋烟，她叫我先把话打住，走进房间，拿出笔记本，毫无顾忌地在我面前摊开，握着笔等我开口述说。我顿了顿。好吧，既然自己首先打破了诺言，那就没有资格要求对方也坚守诺言。

"是这样的。我在梦里重游了高中时代。"

"梦见了什么事，见到了谁？"她在采访我似的。

"事情嘛，零零碎碎。但有个人一直在我身边。他应该是——我高中的同桌？对，是同桌。他来自遥远的边疆，个性很固执，刚来的时候还不太会说我们这边的话，打招呼也不会，默默然地站在讲台上。老师安排他和我做同桌，肯定有什么用意吧？当时我是班上比较活跃的学生，爱上课说话。不知老师是有意惩罚我，还是当老师的总相信这么一个原则：取长补短，互相进步，动静相宜，也就是——平衡？老师希望，我跟他的个性能达成互补。可是，一辆高速行驶的车面对面遇到一辆静止的车，只会发生剧烈碰撞，因为只有速度一致，才能保持相对静止。无论我怎么鼓励他说话，或者邀请他去踢球，他每次都是不理不睬，黏在座位上看书，有时甚至生闷气。有天，我终于对他的冷漠态度感到疲倦，也就不再说话了，他却开始用在那段时间学来的蹩脚方言和我说话。我无奈的沉默,反而促进了一次交流。原来他不是一个沉默的人。他告诉我,来南方上学不是他的本意,是父母希望他离开草原,南下求学。一想到离开故乡,他就流露出一种遗憾,非常想念边疆的日子,想念那里的马和羊。对了,他名字很长、很长,字数多到好像足以容纳山川日月,不好念,所以我们图方便,都叫他小巴,"说到这儿,我停下来,顿觉满腹狐疑,"可是……"

"可是?"宋烟在笔记上写了一个逗号。

"与其说是梦境,它——更像是一次回忆?"我说,"我刚回忆梦境的口吻,更像在回忆真实往事,对吧?只是我对刚才的事却没有多少熟悉感,而且随时间流逝,它的现实感也越来越淡漠了,反而又更接近一次梦境。"

"嗯。毕业照还在吧?找找有没有这个人。"

"没用的。我认不出他们来了,跟他们也失去了联系,"我干脆承认记忆的不可靠吧,"唉,回忆这种事跟买双色球一样,片段都是随机撷取的。是的,我现在又想起了一些新细节——小巴毕业后,决定回到边疆去,发誓再也不离开。毕业临别时,他还说,如果有时间,希望我以后能去他的故乡探望他。我答应了他的邀请,只是忘了问地址。在梦的结尾——距离毕业已过去十几年了——他才想起地址这件事,却没有把地址给我,而是叫我买一注双色球,说根据号码里的线索,就能找到他的住处。真是莫名其妙,这不是在为难我吗?"

"那你买了吗?"

"投注这件事我一天都没落下。"

一个不知是否存在于世的旧友,早在梦见他的第二天,我就按他的嘱咐投了一注双色球。蓝球号码是18,其余六个红球号码分别是:04,05,10,11,30,33。一如既往,号码的组合单调又枯燥,难以解读。当然,这次也没有中奖,而中奖亦非我所愿。

"真离奇。难道他在通过梦境与你交流?我看不是。只是你日有所思,夜有所梦吧。"宋烟把这串号码抄在笔记本上,饶有趣味地望着我说。她的眼神令我不自在,哪怕是充满了爱意,在我心里,那也可能是来自猎手的虚伪爱意。我是一只小白鼠,这个家就是我的实验台。

"好吧,我承认——我错了。"她话锋一转,"我以前认为你没问题,买买彩票,图一乐。但现在,你的问题越来越严重了。如果有必要,我可以为你联系一位医生,同时,我建议你停止买双色球。"

"你终于承认啦!你一直在观察我!"我气得站起来,"你和我在一起,就是为了把我当成你的免费研究对象吧?"

"绝无此事。但我确实一直在留意你的状况,做了详细记录。"宋烟把笔记塞屁股下压着,似乎担心我会抢走它,"要不是这样,等你分不清现实与幻想那时候,谁来照顾你，谁来为你请医生？这些记录，就是最好的问诊资料。还有，我看过你的高中毕业照，你的同学都是些南方人。而且，上面根本就没有一个名字里有巴字、来自边疆的同学。"

"绝对有！你早不劝迟不劝，现在才劝我别买，无非因为你在我身上采够了数据，要开始扮演一个好伴侣了吧？"

"是的是的，随你怎么想吧。唐磊，你知道现在的你像什么吗？顽石，一块彻彻底底的顽石！"宋烟拿着笔记本，朝我的脸一顿数落。

我们的交谈再次不欢而散，陷入冷战。

我是如此相信，构成那个梦境的基本材料，正是真实的往事，之所以看起来如梦似幻，是因为我在早年的岁月里已将其遗忘。自从梦境消失后，我便隐约觉得安稳的日子到头了。我的心灵，变得跟那些在街边买盒饭、站在铁路旁的浓烟里吧唧吃着的小市民一样，疲倦而荒凉。

当天，我决定离家出走，逃离这张冷冰冰的实验台，去遥远的边疆找旧友小巴。我手上唯一的线索，仅仅是一串由机器筛选出来的、过了时效便毫无意义的彩票号码：04，05，10，11，30，33，18。无论用什么方法，我都要把这串号码付诸行动。

凌晨4点，我悄悄起了床，简单吃过早饭。在天色昏黑的5点钟,我带着行李走出门。楼下的10路公交车,是一条漫长的旅游线路,终点站是一个森林公园景区。我上车,在第11个站那儿下了车。下车点是一个拥挤的服装批发市场,我在摊贩那儿买了一条30码的牛仔裤,跑到公共厕所换上。码数有点儿宽松,裤头老是耷拉下来,让我很不自在。接下来轮到33。有什么事物与33相关?恋爱一周年纪念,我们坐33路公交去吃了一顿令人扫兴的晚餐。时近中午,我也确实饿了,去附近一家自选餐厅点了几样菜,价格刚好凑够33元。

餐馆外面乌烟瘴气,眼前的菜发黄无味,我感到心酸:唔,周年纪念的晚餐其实挺美味的。我听到有火车鸣笛。火车站就在附近。火车行驶时的咔啦声,一节一节地把我的心轧成碎片。已经过去半天,宋烟还没打电话来找我。当然,不找也罢。我是一份待回收的实验废品。抵达了火车站附近,不正意味着我要坐火车去边疆吗?边疆的边界线广袤漫长,我心有所往而路无方向。

前往火车站途中,要穿过一条隧道涵洞。我偶然抬头一看——涵洞的顶部用蓝漆喷了一个限高标志:1.8 m——多么巧合啊,彩票的最后一个号码不正是蓝球18吗?我朝涵洞内张望。里头住了几个流浪汉,无甚特别。我在洞外徘徊,不知该不该进去。其中一个流浪汉走出洞外,打量我,然后躬身朝洞内做了个请的手势,说:"欢迎回家。"

"这儿不是我家。我要从这儿过去，去坐火车，懂吗？"

"进门都是客，"流浪汉说，"快进来吧，喝口茶。"

当然，这个涵洞就是他们的家，我只是一个客人。我向他道谢，但仍站在洞外。他递过来一杯茶，其他流浪汉一起向我举杯。茶水酸涩，我勉强抿了一口，便借口说火车要开了，得赶快动身。

"你做好流浪的准备了吗？"流浪汉问。

"我又不是去流浪。"我心想，我不过是把自己从一个温暖的家流放了。

一进入洞内，我眼前就一抹黑。摸索着满是青苔和油污的墙壁前进，本以为几分钟能走完的隧道，我在中途歇了好几回，却还没抵达出口。漫长的穿越过程里，我什么也看不见，不时听见有人在身边走动，是住在这里的那些流浪汉吧。他们低声交谈，谈论的却不是吃喝拉撒的事情。他们谈论天气、税单、旅行和房子。他们是过去曾拥有幸福的人——但是我能说他们现在不幸福吗？涵洞里的生活应是别有洞天，他们能在黑暗里自由行走，还热情好客地请我饮茶，只有我两眼发黑。当我终于走不动时，一个声音说："累了？歇歇吧，喝点茶。"我实在太渴，一口饮下黑暗中递来的茶。这回，茶水甘甜，带着绵密香气。那个声音又叫我躺下睡一会儿。我顺从地躺下。天色晚了吗？最后一趟火车开走了吗？下一趟车还在等我吗？我笑自己，不知道在揪着什么不放，于是安然地睡过去。

以下也许是我的另一个梦境；或者，像一截蠕动的消化道那样，隧道悄悄地把我朝另一个人生出口运送出去了；抑或是，所有的旅途都是蒙昧而无意识的，抵达的那刻，我们才从困倦混沌的颠簸中醒来。

我醒来了。真惬意啊，此时我在一个陌生人家的院子里，侧躺藤椅上，在一个挂满紫色葡萄的架子下，晒着和煦的阳光午睡。院子里，有一个人正翻找我的行李，不时跟院墙外一个我看不见的人密谋什么似的在说话，说不定正跟那个看不见的人通风报信呢。他们是不是以为，我是某个畏罪潜逃的人，躲在他家睡着了？这时，他抄起了电话，我以为他要报警，一个激灵地从藤椅跳起来，直愣愣地站在烈日下。他马上钻进屋去，出来时，给我端了一杯水。他要我把水喝了。我把水放在阳光底下端详，水清澈透明，大概率没有混入迷药，才喝了下去。

"小磊，真的是你吗？你终于来找我了！"他兴奋极了，接着露出尴尬的脸色，指着还敞着大口的行李袋说，"毕竟过去这么多年，我有点不信是你来了，所以趁你睡着，检查了你的证件。非常抱歉。"

"真的是我吗？"我反问自己。

我跟他有许多年未见。他的脸晒得泛红皲裂，像一颗刚熟透、轻微裂开的葡萄。虽然认不出他的模样，但我知道，眼前这个人一定是我朝思暮想的旧友小巴。只有他记得我们在少年时代许下的诺言。

"小巴……"我忽然有些哽咽，"的确是我。"

"你是不是不舒服？一直在说梦话呢！"小巴要我坐下来。

他摘了一颗晶莹的葡萄，放在我手心。阳光晒得它的表面闪闪发亮，好似高贵的紫水晶。我舍不得吃，攥在手里，攥得果皮也破了，指间渗出甜美的果汁。

"真的吗？我在说梦话？"我很高兴，但又没有真的高兴起来。既然我说梦话，为何我对梦一点记忆都没有？我像是一瞬间从涵洞走到这儿来的，什么检票、上火车、下火车、转车的过程，如浅层的梦一样被省略掉了。

我问小巴，我是什么时候到的，又为什么来这里。小巴以为我在考验他的记性呢，笑说，我来他家投宿是想换个环境生活，因为听说环境的转变可以刺激思维，有利于做梦。我点点头，认为自己的这个理由站得住脚。

小巴想起什么似的，嚷着要带我到马棚去看看。马棚外的草地上，有一匹高大的枣色马。小巴把它牵到我面前，梳理它的鬃毛，又把缰绳交予我。我犹豫了一会儿，才接过那根粗糙的缰绳。纤维在手心摩挲的刺痒感，仿佛是失落许久的迷人愉悦。我也想骑马在草原奔跑，可是我并不会骑马。

"小磊,这可是你的马。"

"啊,我的马?!"

"是的。我毕业回来那年,这匹马就出生了。我一下子就想到,这匹马肯定是为了纪念我们的友谊而诞生的!当时它还是一只小马驹,现在它已经长成一匹骏马了。来,你要牵它试试吗?"

我小心翼翼地牵着它,在草地上兜圈。它顺从地绕圈,不时喷喷鼻子,一点儿也不野。我这才逐渐放宽心。但我依然不敢骑马,害怕它会带我一溜烟地跑到一个无世界、无中心、无方向的山谷去,然后扔下我,独自跑回来。即使如此,我还是感到了前所未有的愉快。见我有所顾虑,小巴教我怎么上马,怎么停马。我像一个新生学步的小孩,学习那些奇妙的驭马方式,一旦掌握后,它们就变得通畅自如了。

那几天,我们骑马、牧羊,在湖泊前歇息,吃着干巴巴的面饼充饥,却从未回忆过去的同窗时光,仿佛那是不值得缅怀追忆的逝水。我主动向他谈起宋烟,谈起我们的情感危机,以及宋烟是如何拿我做实验、置我的感受于不顾的。小巴傻笑着,不懂情与爱,他眼里只有马和羊。但谁又真的懂得情与爱?我们此刻所拥有的,只是眼前的这片云和草原。我们的未来像飞速流动的云一样变化着,也像屹立不动的山丘一样也许千年都不变。

"小磊,爱情的事,我不太懂。但我觉得,她这么观察你也是一种爱吧？就像我放牧的时候，也会一直看着我的马。"小巴调整语气，试图让自己更具说服力，"简单来说就是，马散步时想去哪里，我任由它去，但目光一刻也不离开它；该是时候回家了，马也会听话，跟我一起回家。"

"爱情就像放牧？"我愕然。

"像不像呢？"小巴挠挠头。

我们在冰冷的湖泊濯洗葡萄。有一群海鸥似的白鸟，飞来抢夺我们手中的葡萄。其中一只叼走一颗，迅速飞入群鸟中。它们彼此很相似，白茫茫，红眼睛。我们找不出到底哪只鸟才是小偷。这瞬间，我有了一个新想法：如果一只鸟就是一个随机事件，一群鸟则是一个随机事件的集合，那么，在种种相似的随机事件中，必定有一个是我们要找的"小偷"，是我们的终极目标，是一种必然存在的结果。而我一直在寻找的，不正是这种在动荡变化中尚未被揭示的结果吗？

"小巴，我和你重逢可不是一个随机事件。"我坐下来，把葡萄塞进嘴里，舌尖被冻僵了，说话含含糊糊的，"随机事件就像一块投入湖面的石头，它所引起的涟漪，便是我由此而产生的种种联想。五年来，我沉迷于参与随机事件，原来是为了有天能够在漫无边际的遐想和联想中，想起你来，想起——我对你还有尚未兑现的诺言，引领我最终来到边疆，欣赏这深刻自由的风景。"

"可是小磊,我不喜欢你说的随机事件……"小巴眼里有歉意,他不是故意要打破我的美丽幻想,"因为我要确定羊群每天都能准时回来,每年什么时候要转场放牧,我甚至想要确定,每年什么时候能在这个湖面上看到美丽的英仙座流星雨。"

"就算这样,我们也无法准确到几分几秒不是吗?"

"嗯,没错,你说得对!"小巴尴尬地笑了,"我还像以前一样固执,大家都取笑我,只有你愿意和我说话。"

他还不知道,当年我和他坐在一起,和他说话,是老师安排的。

"你想过回南方看看吗?"

"想过……但我的马,我的羊,让我无法脱身。"

"可是,南方多美好啊。"

一夜又一夜,我说服小巴暂时将放牧的事交给父母,邀请他一起重回潮湿温暖的南方土地。我又去找他的父母说情。他父母却说,他们从未要求小巴守在家里放牧,要不然,当年也不会送他去南方念书啦,是小巴自己眷恋这片草原。最后,他们反倒恳求我带他去再游览一下南方大城市。直到有一天,小巴说,他近来也开始做梦,梦见的都是水池、游鱼、瓦屋和屏风。

"哈哈,难怪我的梦都消失了,"我说,"原来它们都跑到你脑子去啦。"

"嗯。那些梦勾起了我对南方的思念。"

我知道他做好了准备接受去南方的邀约，就像我兑现当年的诺言来边疆看他一样。我们互相兑现诺言，是为了平衡彼此生命里的重量，在一来一回的往返中，世界渐渐搭通了它的脉络。

小巴想坐火车，一路从边疆抵达南方，就如他从前南下求学一样。这里的慢速火车显然会耗费太多时间，我们没有那么多美好的年华浪费在劳顿的旅途中。于是我建议坐飞机。说到坐飞机，小巴似乎不愿意。在我的坚持下，我们买了机票，来到附近一个四不像的机场。它确实是一个四不像，我第一眼看见它时，以为它是一个汽车站，或者一个餐馆，甚至以为只是一排马棚。因为这个机场实在太小、太破旧了，人们像排队上公交一样，在一道生锈的铁门外等候。从栅栏望进去，候机室也许不比一个普通的餐馆大呢。小巴说，这里偏僻，人也不多，所以这个机场是一个小型的民用机场，有时候灌溉用的农业飞机也会在这里降落。

候机时，小巴神色不安，频频在大厅踱步，不知在忧虑什么。他在担心家里的牲畜吗？它们明明被照料得很好。那他一定在忧虑别的什么事吧？

然而，登机前三个小时，我们却被告知目的地机场临时关闭了。

为了安抚滞留的乘客，出发地机场向我们提供了一项免费的机票盲盒服务。近几年流行起盲盒来，品类从食物、玩具、宠物，一直延伸涵盖到旅行这种需要提前规划的事情。对于旅行这件事，随机与规划间的强烈冲突成了一个新鲜刺激的娱乐项目。虽说机场临时关闭是紧急事件，但地勤人员似早有准备，他捧着一个硕大的纸盒，来到我们座前，要我们从盒子里随机抽取一张卡片。每张卡片都写着一个不同的目的地。我们抽到的地方，将代替原本的行程终点。

临时飞到另一个地方去，绝不是几个小时能完成的消遣，航线也不是一时半会儿就能安排好的。面对这种看似神秘，又略显儿戏的处理方式，我们认为，这次滞留是一次有预谋的商业策划，是一次大冒险。至于滞留何时结束，则变得有点遥遥无期的样子了。大家又禁不住纳闷，还要困在这个游戏世界里多久？一些没有闲情逸致的乘客，立即拒绝了这项荒谬的服务，以为那是在开玩笑，坚持在座位上等待。

我和小巴并不着急起行。时间在目的地机场关闭的那刻忽然变得充裕了。但小巴看起来很紧张。地勤人员站在他面前笑着，盯着他，等待一个答复。地勤人员唯独不这么看着我，他早就从我的眼神判断出来，我是一个会对这种毫无预兆的事情感兴趣的旅客。小巴眼神怯懦，脸上又有点愠怒，终于忍不住说："给点时间，再给点时间！"

地勤人员笑呵呵地退到一边去。

小巴又叫住他："难道没有骑马能去的地方？"

"先生，这里只有飞机。"地勤人员回答，又把纸盒递到我们面前。

盒子顶部有一个蒙着黑布的洞，无法看清内部。里面藏着的是危险的蜘蛛，还是一张恶作剧的纸条呢："恭喜您，上当啦！"一个愿打，一个愿挨，这样的时刻比任何时候都接近创世。这个微观精巧、稍纵即逝的小世界，仅存于我们和地勤人员之间，也是我们协同运作的结果。

"至少马知道自己该去哪里。"小巴说。

"但飞机也有自动驾驶系统哦。"地勤人员回应。

小巴无言以对。他惦记自家的马，还说从这儿的窗望出去，在那广袤的原野上，不时看见有马群经过，它们被篱笆挡在离机场很远的土地上。但我从未看见它们，那儿只有疏落的云层投落的阴影，好似些奇形怪状的动物。当飞机起飞时，那些狂野的生灵肯定大受震撼吧，它们从未见过如此巨大的白色鸿雁！小巴有时候也像那些活在洞穴里的小动物，常被噪声和体型都过于巨大的飞机吓坏。我想把这个形象的比喻告诉他，又担心他误会我讽刺他的眼界太窄。那么多年未见，我对他的脾性已不那么了解，不得不小心观察他的言行举止。

小巴说，如果成行，这将是他第一次坐飞机，但像这样候机已不是第一次了。他无法理解现代飞机的运作，害怕机械带来的非精确性，所以总是临起飞前打退堂鼓，回到边疆去骑马。听到广播时,他甚至一下子瘫软下来,像紧绷的气球被刺穿一个洞,深深呼出一口气。候机过程总是那么令人紧张,毕竟跃入空中的航行,并非是人体的本能,而是一种强制突破。他以为这次肯定又不能坐飞机了,可是那么快,现在又有另一趟行程摆在他眼前。我们必须一起做出抉择。

我问他之前想坐飞机去哪里。

他承认,其实他一直想回去南方看看,而我则是他关于南方的全部想象,甚至是全部回忆。

他又问我,为什么古人会想象出飞马这类生物?翅膀明明跟马没什么关系。又问我,蹄子和翅膀哪个更好控制方向?习惯在地上行走的人,大概很难想象鸟类是怎么用翅膀控制方向的吧,而飞机这种庞然大物,又是怎么在空中转身的呢?他那么疑惑好奇,又那么热情好问。

"是啊,怎么回事呢?"我反问自己。

一个无数次在云层间穿梭的现代旅客,一旦触及这样的问题,却显得为难了。难道在点亮房间绚丽的灯泡时,现代人会像基督徒餐前向主祈祷感恩那样,想起爱迪生来?——"啊,感谢您,为我们带来了光明。"从今天开始,我坐飞机一定会不自觉地感谢莱特兄弟吧,如果不认识莱特兄弟,也会向飞机发动机表示感谢。我多么渴望出游,渴望陌生,在天空转一圈就能抵达全新世界。而小巴呢，他相信他的马能带他去任何丘陵平原，去任何山川峡谷。但我们从未想过如果目的地是随机的，那么我们的飞机、我们的马，又会作何感想。

他悬着一双颤抖的手，对是否把它们伸进纸盒里犹豫不决。相信吗，十根手指分别有一颗小小的脑袋，它们的脑纹路正是指肚上的旋涡。民间里总说，旋涡的形状以及它的开闭，暗示了人的命运。小巴说，他的指纹全是闭合纹，非常罕见。有一个云游的僧人曾对他说，他注定是一个不凡之人。"注定？"说起这件事时，他纳闷道，一边琢磨这两个字眼。他从未见过注定发生的未来，更没见过注定诞生的事物。他对僧人的话还是感到了振奋，至少他的生命中，存在一种"注定发生"的可能性。

"难道就没有恒久不变的事吗？"我问。

"有。比如……"小巴欲说还休。

因为他注意到，地勤人员在一边竖起耳朵听他讲话。窃听是不可取的，很多事情的走向在窃听之后，便朝着另一个维度方向发展了。拿眼下的事情来举例，如果地勤人员在小巴的话里得出一个结论：小巴无论如何最后都会选择抽取卡片，那么他就不必苦苦守候一旁，而是可以先行回到休息室，反正小巴和我自然会去找他。接下来，这位地勤人员就在回休息室的路上，刚好遇见一位他倾心已久的空姐，需要别人帮忙照看行李，他上前抓住了这个机会。一种爱情因为我们三个之间微妙的关系变化，就这么诞生在这小小的机场里——我这么说，地勤人员不一定同意，毕竟人们总喜欢拿天注定，或者宿命的论调来美化每次邂逅。

"比如，"我说，"旅行结束后，我一定会回到原本的生活。"

"对了，你这么说，我想到了我的指纹，"小巴提高了音调说，"闭合指纹，意味着有始有终，在闭环上运动一定会回到原点。好比每次骑马，只要我紧握缰绳，哪怕闭着眼睛，马最终会带我回到出发的帐篷。僧人说的话倒有几分道理。我也许真是一个不凡之人吧，心有所向，万物皆是指引。除非在我闭眼的几分钟里，马其实已经带我绕地球走了一圈。"

"我看，你准备好了。"

"准备好什么？"

"抽卡片。"

地勤人员随后把盒子举过头顶，暗示我们行动。

"不不不，还没有。"小巴甩手。

地勤人员又放下盒子，把它抱在胸前。

"别担心。如果指纹最终能指引你回来，就不必担心旅途上无伤大雅的小插曲。再说飞机和马，它们的功能在本质上是相同的吧？"

"有道理，至少得相信僧人的话，对吧？"

小巴话音刚落,地勤人员又充满希望地举起盒子,像极了动画片里的山魈长老,在众狮面前高高地举起了它们的新王子辛巴,宣示它们未来的命运主宰正悬在举头三尺之上。这么久了,却没一个人上前来抽第一张卡片。我们是离盒子最近的乘客,其他乘客都等着看我们先一步行动。

我叫地勤人员把盒子放低一点。他躬身,把盒子缓缓递到我们面前。我和小巴同时抬起一只手,它们将做出同样的抉择,穿过纸盒子上的黑洞,到宇宙的另一头,去摸索随机排布的星辰图,共享命运。引力规定了星辰的轨道位置,但此时,我无法相信它能在我们身上发挥什么作用。如果没有引力,我本来可以更随机地漂浮在生活里。引力的形象可以是具体的某种东西,此时它的形象代表正是小巴,是一件带辐条、中心固定的轴承。

你看,小巴还在喘气。

"你紧张得不行。"我说。

"我很放松……"但他的嘴唇都白了。

"你死到临头还说谎?"

"瞎说!我只是紧张得要死……"

"那头确实出了紧急状况吧?要不然哪个机场敢拿乘客开玩笑?"

"我只是害怕有变数。"

这段日子,我一直在观察小巴的变化。哪怕是现在,我仍想不起他在高中时代是什么模样,而眼前的他,是一个我前不久才第一次见到的陌生面孔。我只能借助我们共同的回忆,来确定他是我的旧友。这其中包含着好奇、猜疑、确证的全过程。我不禁想到宋烟。我对小巴进行默默的观察和分析,跟宋烟对我做的事有什么区别呢?在确证之前,所有的观察与分析都是一种隐秘的乐趣,甚至是一种难得的智趣。我们的精神生活正是建立在这种私自的心灵活动上的。我有什么理由遏止宋烟的心灵活动?一旦这么想,我竟有点内疚。不知在那遥远的南方,如今宋烟在做什么呢?她一次电话也没打给我!而我又耻于主动联系她。

小巴深呼吸,调整思绪,然后说:"来,我们抽签吧!"

"好!"我马上招手叫地勤人员过来。

我们并排着手掌,接着又调整为叠放,融合成一只共同体般的手,伸进纸盒子里,随机抽取一个共同的目的地。手一伸进,我们忍不住打了个哆嗦。纸盒里的空气实在太冷了,里头确实是一个宇宙黑洞般的真空。越是这样,我越感到兴奋。小巴的手却还在颤抖。

这时,一个雷响,雨下了起来。停机坪很快变得湿漉漉的。候机室里氤氲着黏糊糊的湿暖空气。

"真像回到了南方。"小巴望着雨幕说。

"啊,下雨了!"地勤人员把盒子收回去,"不能抽签。"

"怎么了呢？"我问。

"下雨的时候不合适做决定，就算是抽签也不合适。"地勤人员抱着盒子，径直回到办公室去。

小巴如释重负，瘫软在座位上。雨下得烦死人，淅淅沥沥的，隔着满是水雾的玻璃朝外看，真有几分南方的烟雨蒙眬。在时有时无的交谈中，我和小巴正慢慢重拾往日共度的学生时代，但我一下子想不起来那是什么样的同窗情谊，又有过什么奇异冒险。我们好像曾经一起逃过课，到河里游过泳。水流速度那么快，不知不觉间，波浪就把我们两个原本紧靠的小小身躯分开了，把我们的人生朝着不同方向冲走了。直到很多年后的今天，我们才在恍惚间相遇，正如百川东到海，所有看似随机流动的河流，全在看不见的引力作用下汇聚大海。大海是我们日思夜想的旅程终点。

暮色渐深，雨也停了。我迫不及待地唤来地勤人员。一切如常，只要重新把手伸进盒子里抽签，我们的旅程很快就能起航。

"小磊，对不起！"小巴把手插进口袋，"我决定不抽了……"

"我们不是约好了吗？"我说。

"宋烟说得对，你应该克制一下，不要太沉迷彩票。"小巴站起来，像要往机场外走，又在原地踟蹰着，"我刚才说过,你是我关于南方的全部想象,全部回忆,你能来看我,我好像重游了高中时代,很满足,很感谢你。但是,马应该在大地上跑,不是在天空飞。"

"那,我们坐火车去吧?!"

"你还不明白吗?烟雨濛濛的南方早已是我的过去。告诉你吧,我每天都坐在同一块石头上放牧,那石头从我出生时就在那儿了,多年来没有移动一分一寸——或许这才是我能自由生活的理由?如果那块石头每天夜里都悄悄变换一个位置,每天清晨我都要苦苦去寻找它,我想必会疯吧。"

"你真正要说的不是石头,对吧?"

"我说的就是石头。"

"不——你说的是我!"我不想戳穿他的担忧背后的真相——

在他眼里,我只是一朵随时变幻形状、四处流动的白云,哪天就会从他身边飘走。毕业后,我从来没有想起要主动联系他,这次相见说到底也只是一个梦幻的意外。他视我为南方世界里唯一的挚友,而在我眼里,他不过是一个毕业后就匆匆回到边疆的旧同学,连他的模样也不想起来。他之所以从不主动联系我,是因为他把我们的友谊变成了一种想象,一种回忆,只有想象和回忆不会失去,毕竟它们从来也没有像一块石头那样真实地存在过。迁徙是一场无尽的身体流浪。从一开始,我们的关系就是不平衡的。我理解了小巴的决定——是的，只要我们不再回去南方，我们的友谊便会永恒地存在于天地之间。那是一种久远的、朴素的思念之情。我不是早就懂得这个道理了吗？正如我早就相信，只要一天不中奖，我便一天能活在对中奖带来的那种巨大欣喜的期待中。

我又忽然思念起宋烟来。我们在一起五年，未曾分开过。只要未曾分开，爱就不会变成想象或回忆，而是真实存在的事物。我却因为赌气，偷偷离家出走，如今爱人相隔千万里，爱也变得渺远了。我决定马上回去。

但航线还不知道什么时候恢复。此时，我的手已经伸进机票盲盒里。在恢复航线之前，我还能再任性一回。我背信弃义似的，抽了一张卡片，但上面没有写明目的地，只有一个英文代码：H。

"H代表什么地方？"我问。

"暂时保密，落地后你自然会知道的。"地勤人员把卡片收回去，说马上为我安排旅程。

"都怪这场雨！"我转身对小巴说，"如果下雨之前我们就抽了签，事情的走向可能会不一样。"

"但……这不就是你一直所追求的世事变幻吗？"小巴说，语气没有揶揄我的意思，反而像成全了我，"小磊，祝你一路平安！"

"这几天的时光令人永生难忘。再见！"

我们就此拥抱道别。

去停机坪要走一条狭窄黑暗的过道,穿越过道时,我频频回头,以为小巴会临时改变主意跟上来。来到空旷的停机坪,隔着水雾淋淋的玻璃,我看不见小巴了。但我知道,他正站在那儿背后,挥手目送我踏上旅途。

我有一种悲伤的预感:我们余生也许不会再见了。

航空公司为我安排的竟是一架灌溉用的小型农业飞机。不知道这架飞机能去什么地方,或许只是在附近绕一圈,又把我送回来吧?我上了机,问机师:"请问什么时候起飞?"这位机师穿着一套沾满油污的工装服,看起来像一个维修工,他说:"先生,等您准备好,我们就可以起飞。这架飞机是为您一个人准备的。""我准备好了。"我回答。

机身抖动几下,缓缓起飞,噪音巨大。雨后的天气令我有些困倦。透过窗户,我迷迷糊糊地看见自己凌空越过农田、牧场、村庄,一群枣红马绸子似的滑过山丘,遍地的白色绵羊像大地的菌种……

边疆的风景,逐渐从眼前消失。我在一种无意识、无梦境的黑暗中睡过去。醒来时,我降落在一个熟悉的地方——咦,正是故乡城市的机场。一架灌溉飞机如何能跨越千里回到南方呢?就像当初我从一个虫洞似的涵洞隧道抵达了边疆。机师放下我后,又慢悠悠地驾着他的飞机,消失在云雾中。机场运作正常,风平浪静,根本不像发生过紧急事件。走出机场后,我突然意识到,卡片上的"H"代表的无疑是"Hometown"。

通过随机抽签,我抽到了自己的城市,这种概率是万中无一的,好比中了头奖。但眼前的城市,看着熟悉,又有哪里不一样。它的布局发生了某些改变。原本是博物馆的地方,如今是一家大型超市。原本是十字路口的街道,现在只有一条直路。我住的单元从三楼变成了六楼。翌日抵达公司,组长问我是不是来面试的,因为他从未见过我。我检查口袋里的工牌,得知自己是一家图书公司的编辑。但我对编辑工作明明一无所知。另外,宋烟没有问我这几天去了哪里,她在埋头赶建筑图的进度,可是明明这五年来,她一直是一个社会科学院的教授助理。

我不禁勾勒出这么一种可能:基于盲盒随机性质的抽签,导致我所抵达的是一个经过随机重组的故乡城市;所有的人物关系、身份职业、建筑布局,都被投入纸盒里进行了一轮大洗牌似的,然后重新抽取,再组合出一串新的人生号码;而且,这种洗牌每天夜里都会进行一次,第二天,这个城市又以全新的面貌再次降临。我特别在意宋烟的变化。她不再是原来那个稳定理智的女友,今天她也许是一个脾气暴躁的人,但明天可能会变得脆弱,后天则是沉默,大后天却变得唠叨……总之她不再关心我。我无法将这种变化单纯地归结于女人善变这种论调。我怀念她曾目光如炬地观察我的那道灼灼注视。

当然，也有可能是我的记忆出了错，不断错用昨夜的梦境混淆今天的现实。总之，自此后，我虽然不再做梦，但生活的构成像梦一样四处跳跃，随意接驳。我的职业每天都在变化，我当过宠物店主、建筑师、文案写手、图书编辑、厨师……我花了许多时间，去适应这种充满随机的新生活。你若问我喜欢这种新生活吗？是有点意思，但也说不上喜欢。

不变的是，我每天依旧去投一注双色球。不同的是，现在的我渴望中奖，当然也不是为金钱，我只想借助一次能被确证的事件，为这混乱的一切定风波。我想起那位有如梦幻泡影的旧友——小巴，若此刻他在我身边，他肯定会告诉我如何找到一块永不移动的磐石，坐在上面，岿然不动，静看身外之物烟消云散。

后记：山月遍照路迢遥

过去几年，我好像霉菌一样蛰居在粤地的乡村书斋中，度过三十岁前最后的日子。那时因为出行受阻，乡村寂静，反而进入了思维活动和创作欲最旺盛的时期。风雨晦暝时，航渡的针盘也失灵，唯有躲入草木阴影中求存，唯有写作能让人在不安的流逝中内省，在纸上将命力分解、吸收和重塑，如霉菌侵蚀木器内部，以细微的触手完成了这些小说。写这篇回顾时，无论好坏，曾经倾回丧失的生活多少有了新方向，道路早已敞开，烦的又是广东已经连续下了两个月雨，出行亦如同跋涉，时间几乎用在如何使一切事物霉变上。我的心灵也快抵近霉变的极限。蜗牛从休眠中苏醒了，院子处处有它们的踪迹，留下云母色的黏液。这个乡村太小，花半个小时就能走完，每天散步遇到的人跟我说着同样的话，我们像游戏里相互触发对话的非玩家角色，唯独不会开启隐藏剧情。这是一个以衰老、节日和节气来计算时间，其余一切恒久不变的山谷。无法创作的日子，我经常枯坐院子里，凝望不间断的雨水。看着蜗牛时，我感觉自己的头也像蜗牛一样在地上爬行,延缓时间流逝。

在广东,没什么是不朽的,包括一个人在那里长久生活下去的愿望,也会被微物之神霉菌瓦解。霉菌侵蚀广东人身边的每一件木器、每一本书、每一样食物,不经意掀开席子,才发现每夜支撑脊梁和睡梦的床板早就成为霉菌王国。恐怕连霉菌本身也会长霉菌。我在充满孢子的空气中呼吸和创作,仿佛习得霉菌的思维,创造了这些小说镜像空间:在一个金色茧房里,一个由神性、理想、艺术、权力、恐惧、嫉妒、爱情等等有机质包裹成的膜里,蛰居着一群迷惘自欺的人;某日,一颗孢子悄然落在膜的边界,发芽,腐蚀出一个空洞;异样的波动吸引他们抬起头,看见在那空洞之上、在自我围城之外、在烈日照耀的地方,有一个未曾见过的世界;他们必须在膜完全破溃之前,决定留在"里世界",还是走到"表世界"。

《吉普赛郊游》写的是这群人被迫走出"里世界"的奇遇,他们遭遇的冲击、挣扎、苦痛与忧郁是这本书的普遍情绪。自我世界是一种幻觉,外部世界也是一种幻觉,正如楚门一样,他们要经历一场重新认识世界真相的伤寒杂病。这种痛彻的认识是通过"出走与归来"抵达的。

与同名篇《吉普赛郊游》相比,在重新认识世界真相这点上,列在开篇的《绞刑山索隐》与之更切近。绞刑山最后一任守山人，惮于绞刑台传说，从不敢登顶，也不让游客越过界线。可惜世界变化对于个人的恒久而言，是怀有背叛的。为维护绞刑台存在的正当性，他在夜里踏上登顶的山路，恰好在破晓时目睹真相，恐惧与信念赋予他的生存意义最终被送上了绞刑台。《魔一般的黉夜》中的少年明惠与父亲庄生去了趟佛寺，佛寺的历史和父亲的秘密对他而言同样是绞刑台，一种被玷污的佛性瓦解了他的完美世界。两篇小说里的母亲早已预见，并咽下了在那审慎表象之下的荒芜宿命，以苦涩的爱欲与母性连接了山上山下两个世界。生命在封闭茧房里坐享理想的胜利，一旦面对凄凉的现实生存，顷刻转变为明亮的失败。若失败注定不可挽回，那么我们全部的失败堆叠起来，也能为残缺不全、无佛庇护的一生竖起一座舍利塔吗？

无论地理层面还是心理层面，那时的行走冲动都受到压制，时间停顿，心灵怔忡。在完成这些小说后，我尝试将自己一点点从腐湿的土地中拔起来，像风滚草一样出走，努力在外面的世界跋涉得更远些，停留得更久些。放逐、漫游、归来、游移、观察，是我和这群人物共同的心灵史。

因此，我以"出走与归来"为线索编排了这十篇小说，作为向旧世界的告别。在编排之前，这些小说本身就反映了这样一种内在愿望——我只是进行事后追认——它先于明晰的理性，通过人物言行向我传达了其模糊的冲动：无论身居何处，人始终怀着一种出走离散的欲望，先是以纸上行舟的方式，最后身体力行，远走他乡。出走，对应归来，这两种行为无论是自发还是被动的，都是具有精神力的行为。自然，在每篇小说的真正主题显露之前，"出走"与"归来"就已成为这些小说的最初驱动力（如《绞刑山索隐》《焚风期杂病论》）；同时，因"出走之不能"和"归来之不能"而产生的障碍力，也成了小说的一种反向驱动力（如《吉普赛郊游》《大禹归来》）。这些小说习得的是这样一种霉菌思维：人物成为旧世界的物质分解者，在体内重建能量秩序，最后向新世界喷吐孢子以完成精神迭代。这些小说是一团来自南方世界的孢子，顺着多向度的风向外离散，尝试降落在另一些能与此共鸣的心灵木器上。

兰波说："我说过，应该去做通灵者，让自己成为通灵者。"我也想成为一个通灵者，避免在小说里对现实经验采取直接描摹的策略，走向对泛灵气质的感知。这些小说与这个时代的广泛表象不直接吻合，要么是对个人历史的提炼，要么有寓言倾向，召唤原初本性，描述心理层面的感觉活动。相传有一种秘术，通过强大持续的想象力物化只存在于幻想世界的事物。通灵者运用意念塑造现实的力量，往往遭到质疑，无法证实也无法证伪。既然我们可以借助特定手段去证实肉眼看不见的电磁波，不妨试图借助小说人物的本质行为和事件，去感知隐藏在表面经验下的精神世界，哪怕冰山一角。它更可能实现的并非凭空造物，而是将对未来设想或者古老愿望转变为一种可实践的现实。虽有此宏愿，这些小说仍只能说是"内省型""超出现实"的，还谈不上"超验"或"先验"。

按个人历史和寓言倾向划分，我大部分的小说可以分为这样两个脉络。前者是"肉身"的，五官与现实经验更相似。后者是"形而上"的，或说是"骨骼"的，触感更冷，对现实经验的化用也更隐蔽。

《群星，娇娥，植物学》是一篇"肉身"作品，基于父母的婚姻和寄居求学的经历，最初发表时叫《跃入群星》。我寄居无主的生命，渴望进入引力轨道，母亲的名字带"娇"字，父亲曾是农民，与植物学有讽刺性的近义，于是有了这个新题目。它从头至尾都在展现美景的消亡：绿茵场上的少年感首先在开头消亡，妈妈对婚姻的美好想象先于别的一切消亡，爸爸对未来构想的消亡则贯穿整个人生。我们重建美景，我们怀念消逝的河川、灭绝的恐龙。小说中的妈妈说，她有时更喜欢灭绝的东西，像缅怀逝去或不曾有过的幸福。

《大禹归来》是一篇形而上的寓言作品，"骨骼"来自广州建筑设计院的工作经历，我当时负责管道设计。讽刺的是，暴雨天，设计院门口经常变成汪洋泽国。我把设计院里的水专业人员比喻为无法归家的大禹，大禹的灵魂寄生在我们身上，泄洪的秘密就掌握在我们手中，然而我们不懂治水，只懂在暴雨中踏水而行，在办公室纸上谈兵。设计总监给我学习治水的机会，两年下来，我依然只是个平庸的绘图员，是大禹继承者中最无用的一个。广府城市的管网图是一座迷宫，时间的洪流不断冲刷城市，让治水变成又漫长又徒劳的工作，将我们淹没在挣扎求存的黑夜。

2023年伊始，我结束长久的蛰居生活，踏上真实的人生郊游。郊游从走进乡村广阔的林区开始，探索乡村与乡村的边界。河对岸的村庄说着和我们不一样的方言，他们说客家方言，我们说粤语。两地人曾在同一所学校上课，来自对岸的同学笑我们不会说他们的方言，他们却可以流畅自如地使用我们的方言。童年时不曾留意到这种妙处，如今才察觉到，一河之隔竟可以划出两个截然不同的语言习俗世界。

这场本在方寸之间的郊游，后来变得漫无止境。夏天先抵达江南水乡，夜游园林。秋季飞往英格兰，巴斯公园的小径用金黄色的夏栎落叶铺成，白垩色的大西洋海岸冷寂风急，原以为霉菌只是东方家庭专用的分解者，在住处的木柜背板后依然发现了霉菌痕迹。还因为对马华文学中的华人世界充满好奇，去了高温多雨的马来西亚。有次坐出租车穿越猴群出没的雨林，到岛屿东边的瓜镇寻找华人海鲜餐馆。没料到瓜镇这个地方，有如此多繁华市井的景象，超市、住房、加油站，这里才是本地人聚居生活的地方，我们所在的荒寂的游客海滩不过是幻象。还在雨林的黄昏第一次撞见野生犀鸟，它悄然降落眼前，用焦黄色的大喙啃食果子，然而未等看清又飞往更深处。对神秘的犀鸟念念不忘，回国前一天，在海角散步时向大自然祈祷，希望再见犀鸟一面。不到五分钟，一只犀鸟从头顶滑翔而过，没一会儿，第二只、第三只、第四只犀鸟又落在树上，美丽的尾羽和鸟喙让人看得深远入神，只想落泪。旅途中那些灵性显现的时刻，那些被呼应的圆融、圆满之感，必然会被长久铭记。

不久前去北京，华北平原前那段路很难见到崇山峻岭，列车开行许久才会穿越隧道。凝视广阔平野时，列车突然穿越隧道，视觉瞬间中断，遁入黑暗。毫无防备，车窗玻璃映出自己方才观察风景时的静默面容：啊，竟是这样呆滞、崩解，甚至悲伤。大吃一惊，未见过这样神思出离的自己，躯体在浪掷中化为无定形，陷入微微谵妄。

从游目庭院方寸，到跋涉墙外苍野，我以为还能回归乡村生活。殊不知，去异国，返故地，一次次迁徙洄游，旅行者归来时，已不是旧的自我。重返乡村生活给我带来巨大的焦虑与不适，曾得益于偏居山谷而勃发的创作欲开始急剧下降，写作数次停顿。多数时候，思考改变不了眼前最实际的困苦，还会带来更深的困苦。偏居一隅已成一种折磨，我只能继续在路上，将自己从封闭单调的乡村社会流放到更深刻的世界去，每隔一段时日回村看望家人和小狗珠珠。

至此，《吉普赛郊游》也有了题解：一次短暂出门的郊游，却变成一场难以归来，甚至无家可归的漫游。这里的"出走"，是通过其反面"出走之不能"抵达的。小说中，一家人在预感海啸来临的前夜集体离开，中途受到阻挠滞留村庄，当他们获许离开时，父亲已经不知所终，发现留下来成了唯一出路，留在变得陌生的故乡，做一群沉默的东方吉普赛人。这篇作品写于2020年，为我后来的轨迹变化做了预判：一旦滋生出走的欲念，便无法真正归来。艰辛的漫游之后，奥德修斯不一定能重新掌权旧世界，在故乡等待他的或许是一场决裂和瓦解。它也迫使我重新审视乡村生活，审视与父母与自己的关系。我和母亲终于谈起《群星，娇娥，植物学》背后那些我们共同经历过，但没有倾吐过的往事沉疴。她是我母亲，我是她儿子，这种凿凿的关系在血缘之上，通过互证和纾解的情感得到了一次重新确认。

2023年出版《夜叉渡河》，是刺穿生活边界的第一颗孢子，我借由它开启渡河之旅。如今《吉普赛郊游》出版，借此告别一个旧世界。我们渡河，然后入林，遇见说不同语言的人们，约定去往未知之地郊游。虽然大而言之，身从幽冥入冥道，人生不过是从一个困境到另一个困境，但不管如何，这些作品为我保留了蛰居时期的种种余绪。我的小狗珠珠今年五岁了，其间一直在我身边，感谢它喜欢和我一起散步。

还想继续跋涉下去。山月遍照路迢遥，还有神圣的犀鸟飞过头顶三尺之上。

路 魆

2024 年 6 月 23 日